沉水香

羽井缺一◎著

浙江工商大学出版社
ZHEJIANG GONGSHANG UNIVERSITY PRESS

图书在版编目(CIP)数据

沉水香 / 羽井缺一著. —杭州：浙江工商大学出
版社，2018.8
ISBN 978-7-5178-2899-0

Ⅰ. ①沉… Ⅱ. ①羽… Ⅲ. ①长篇小说－中国－当代
Ⅳ. ①I247.5

中国版本图书馆 CIP 数据核字(2018)第 180285 号

沉水香

羽井缺一 著

策　　划	杭州万事利天时文化创意有限公司	
责任编辑	刘淑娟　　任晓燕	
责任校对	穆静雯	
封面设计	林朦朦	
责任印制	包建辉	
出版发行	浙江工商大学出版社	
	（杭州市教工路 198 号　邮政编码 310012）	
	（E-mail:zjgsupress@163.com）	
	（网址:http://www.zjgsupress.com）	
	电话:0571 - 88904980,88831806(传真)	
排　　版	杭州朝曦图文设计有限公司	
印　　刷	杭州半山印刷有限公司	
开　　本	710mm×1000mm　1/16	
印　　张	15.25	
字　　数	217 千	
版 印 次	2018 年 8 月第 1 版　2018 年 8 月第 1 次印刷	
书　　号	ISBN 978-7-5178-2899-0	
定　　价	48.00 元	

水粉香

你闻到过水粉香吗?

香,总能勾出各类欲望:爱欲、食欲、情欲、性欲……

但有种香,绝对不属于上述范畴。它是浓烈的,暗色中燃烧着怅惘;它又是醒目的,水粉的白映衬着无尽的黑暗。

宛若一朵伤花,用尽最后一抹精魂,在盛放……

这种香,会引诱出你全部的恐惧。它在自然界中神秘地存在着,在你的嗅觉下幽幽飘过……先是这层香,接着是香附着的主,悄悄地独自登场!

你不会愿意闻见这香,你也不愿见到那"主"。若无从选择,见到一次,你便会怕世间万物之香。你会觉得每一股香水味的内核里,都包藏着它。

这,便是水粉香!

——女鬼身上附着的浓香。

壹

午夜,月光孤寂地投入黑夜的怀抱。

夜,四处奔涌,大千世界在它的快速流动中,形和魂都凝固。

在青县郊区弯弯曲曲的公路上,唯一活动着的是一辆黑色轿车。

辛远按下车窗,苍白的脸上透着疲惫,右手握着方向盘,左手懒懒地搭在车窗上。

疾风如鼓,呼呼卷进车内,猛吹着他短碎的头发。他眯起眼睛,享受这份清凉。

沿江公路，依山傍水，却人迹罕至。一边是一片墨色的青湖，一边是轮廓模糊的峰峦，两边都没有路灯。公路，看不到头，也看不到尾。向前一直蔓延的，是黑暗……

只有车开到哪里，车灯的光才照射到昏黑前方的一截路——像无影无踪的幽暗，不停转弯，又不停向前奔涌——轮回无边。偶尔，如死水的青湖，因车灯照耀，折射出点点波光，然而那光是如此了无生气，一眨眼就消散。

黑与光交织着，车灯照出了远方的景物，是兀立在湖旁的凉亭。

中午，带游客经过沿江公路时，辛远不经意望见这古色古香的已有百余年历史的凉亭。凉亭北方有一棵巨大无比、高达数丈的树，向四周伸展着茂密的枝叶。枝叶盖在纤巧的凉亭上方，如一只肥大手掌。远远望去，亭、湖、树构成一幅美妙山水画。游客惊喜，两人停车前往，在亭内闲坐许久。徐风携清凉，惬意得像时光凝结。辛远和游客坐在亭子里，不知不觉都打了个瞌睡。

醒来后，游客娓娓道来某个故事，从他讲故事的神情中看得出，他为何热衷此地。他口中的故事发生在民国时期，事发地就在青县。这个故事，辛远以前也曾听爷爷讲过，只是两人讲的，略有区别。

那故事，像泛黄的老照片，应留存在记忆里，但似乎又觉得遗漏了点什么，就像一抹最诡异最妖艳的色彩，它就在那，你却忽视了。

还不等辛远的车与凉亭擦肩而过，车子突然有些异样，差点失去控制。他控住方向盘，缓缓向右停靠。下车，借着手机屏幕的光查看，发现车胎上扎进了几个钉子。

一看手机时间，接近零点。

一路开过来，几乎没遇到其他车。这个鬼地方，前不着村后不着店。

他愣愣地站了片刻，身体疲倦，脑子也稀里糊涂的。那几秒，他几乎本能地、孩子气地拒绝接受眼前的困境……蓦然，暝暗远处传来不知名的鸟叫声，冲破了寂静，那叫声凄厉、幽怨、空荡，令人毛骨悚然。

在辛远仰望的视野里，都是影影绰绰的模糊景物，晕染出难以形容的虚幻感,令人无端生出惊疑。他此刻最大的心愿便是回到家里,痛痛快快地洗个澡上床睡觉,或者,不洗澡直接跳上床睡觉,也行。

总而言之,他就想爬上家里那张床,闭上眼睛,把自己完全抛给睡眠。

——离开这个鬼地方!

他昏昏沉沉地取出手机,茫茫然却不知打给谁。确切地说,手机通讯录里保存的名字不多。以前的手机,从字母 A 开始到字母 Z,添加的人越来越多,可联系的人却越来越少,有些名字只是充数的角色,永远沉睡,沉睡到他无法记起该名字的主人到底是谁。丢了手机后,大部分人跟着旧手机销声匿迹。如今剩下的,是还能在日常生活中有所交集的,寥寥数个。

他按了一遍,看到了"伟娟姐",大拇指稍稍停留了一下,但只是数秒,名单继续往上走了。不一会儿,看到了"汪犹衣"三字,他没做考虑,直接拨通。

"衣衣,你睡了吗?"

话筒那边传来夜猫子汪犹衣中气十足的声音:"啥事?"

"我车胎坏了……"

"你在哪?我来接你。"

"在沿江公路的凉亭……"

挂下电话,辛远给车子熄了火,不知道做什么,只能坐车里出神发呆。

安于现状,和着夜色中的宁静,使得思绪少了白天的躁动,有了一份半梦半醒间的恍惚。

他微睁双眼,静静凝视着前方。那棵大树隐匿在黑暗中,凉亭半露半藏。他想象着凉亭下被夜色覆盖的湖面。黑暗中,他那双清澈的眼睛,泛起丝丝暗流。这样一双眼睛,偶尔,会让人窥见至简明净的内心;偶尔,能读出他生活的闲散;偶尔,空得像丢了魂魄……

渐渐地,这车子成了幽暗斗室,能活动的斗室。它渐渐颤动起来,车玻璃成了流动的水晶绸带,流泻出异样姿态。若伸手,似能触及微妙的光带。它们在轻微荡漾中,不动声色地蔓延着,蔓延出一种难以形容的虚幻感——晃动着,流动着……

——好似在水底。

这个念头，犹如被人伸手一拍，他惊醒了，连带那个梦，想再回头捕捉，却是不易。

意识的触角，上半秒延伸在世界尽头，下半秒却安放在他躯体内。一条脑海里的秘密路径，刚现形，又隐去，直至无痕……

莫名其妙，身体突然有所感应，周围已变成伸手不见五指的黑暗世界，气温骤然下降。

他定睛细看，仍旧是在车子内，逼仄的空间，一动不动的车玻璃。再望前方，在暗夜中，依然会有些微光，辨别得出凉亭外廓的模糊线条。死建筑仿佛也能活，让人产生出一种它正隐隐约约朝自己走来的幻觉。

刹那间，他快速地眨了几下眼睛，头皮有些发麻，车内空间越局促，内心就越忐忑。

一份宁静，莫名其妙被打破了。

他下了车。

世界正进入万籁俱寂状态，而他总有种焦虑的等待，仿佛要从这寂静中听到一些神秘声音……越是走近那破败的凉亭，越是感觉异样……

走进墙烂椽损的凉亭，他依旧选择了中午坐过的那条石凳。虽然气温适宜，但午夜时分，一坐在石凳上，身体所触及的凉意，迫人精神一振。

凉亭下方，便是湖。有道石栏杆，拦住人的去路。要不，黑灯瞎火，脚踩空掉水里，也未必可知。

静静的夜里，清风拂过身体，记忆中有阵阵颤抖，像是不稳的画面，辛远想要抓住点什么，却又不知那是什么。

一个女人的笑脸，闪现在他脑海里，像电流经过似的，刺啦啦，刺啦啦……他却总是抓不住，难道那是斑驳的银幕上曾出现过的面孔？

辛远笑了笑。他除了嗜睡，最喜欢的，便是胡思乱想。

有一缕香，若隐若现，幽幽飘来。辛远深吸了一口，随着呼吸，嗅觉发挥了最大想象，令他倏尔不安起来。气味没变弱消散，反而越来越浓，浓到令人产生一种奇怪的感觉——恐惧。

你可以闭眼不看，可以充耳不闻，但无法不呼吸，无法逃避那香味。

外面真有了动静。

辛远定睛一看，眼前洞黑一片中，浮现出梦一般的景象——只见一个孤零零的身影，出现在凉亭内。

是一个女人，身影瘦弱，穿白色旗袍，淋过大雨似的，全身上下都湿淋淋的，无声地坐在外面石凳上。

半夜三更，怎么冒出个人来？辛远困惑地望了望外面，薄月钻出厚云层，高悬上空。这样的天气哪来的雨水？再看她的穿着，更是古怪。

周围空气，倏忽间变得阴冷。

那股香味更加浓烈，有一股直抵心灵最隐秘处的力量，正随那香味，愈钻愈深。

她背着身，看不到脸，丝丝缕缕的长发发梢在不停地滴水。她缓缓俯下身去，大概在呕吐，大口大口的，却是水……她不停呕水，却是无声的。

空气中，大团大团的寂静，所有声音被屏蔽了似的。诡异安静，寒气逼人，蔓延整个空间。

辛远心生蹊跷，忍不住打了个寒战。

他发声，声音里有颤抖："喂，你怎么了？"

被湿发黏住了半张脸的女人，听到了他的问话，被黑发包裹着像木偶一样的僵硬头部，缓缓转过来……

惊悚在弥散！此时所有声音开始复苏了，他听得到自己胸腔内加重加快的心跳声、沉重的呼吸声……在那一瞬间，恐惧感油然而生，备受煎熬的他猛然想到了三个字。

——水粉香！

突然对面有一束刺眼强光袭来，辛远被迫闭了一下眼，睁眼瞬间，本能地朝光亮处看去。只见一辆车迅疾驰来，一个急刹车，停在了凉亭前。降下车窗，露出一个女孩的脸，还有震耳欲聋的摇滚乐。

"上车！"女孩子喊道。

原来是汪犹衣。辛远迎上前去，又想到那凉亭里的女人，回过头去，惊讶地发现：凉亭内已空空无人。

刚打开车门,他想了想,转过身。

"怎么了?"汪犹衣疑惑地看他走向凉亭,"你落东西啦?"

辛远按了手机按键,屏幕亮了,他照着刚才那女人坐过的石凳看。

——石凳上,很干燥,没有水渍,一滴水都没有。

隐隐中,只有一缕幽香,遗留在空间,似乎正从石缝间,一丝一丝地散开来,如水般,在空气中一层层晕开。

"你闻到了吗?"辛远问汪犹衣。

"什么什么啊,上车,走了!"汪犹衣的声音如摇滚乐嘶吼般。

贰

辛远突然想起自己做过的一个梦:

"……很害怕那个死后的世界,但耳边总能听到他们的声音。明知不能逃,还是想搏命一试。子弹无处不在,他是最后一名幸存者。以为安全,直身瞬间,一颗流弹飞进他额间……那一刻,视力模糊,生的世界变了形。同一秒,灵魂出窍。看到那个他曾惧怕的世界和鬼魂,心中的恐惧竟离奇消散,甚至还有一份阴郁的安然。大家相视一笑,有些指指他额头。不用说,他也知道那边有个洞。他笑了:原来这里并不可怕并不荒芜,只是大家的样子都不好看……"

那个黑色的梦境,让他在醒后的几分钟内,心生恍惚——以为梦中才是真实,而醒后的一切都是梦境。

此刻,朦朦胧胧、昏昏暗暗,他怀疑自己刚才所见,宛若投射在水面上的倒影,被风吹成弯曲的幻波,风定了,它便消失了。

那见,是见吗?

或者,根本无见,只是心的幻影,眼的错觉……

他大病过一场,自此以后,体力心力都跟不上从前。特别是自己的性灵,有时敏锐过头,有时却愚钝不堪。自己的精神之屋,仿佛承载不了沉重肉体似的,时时会走神一场,在万里之外飘荡,连光都追不上。

辛远定了定神,像是把自己的灵魂从那凉亭重新揪回体内。一上车,音乐轰炸似的,像怪兽在嘶吼,他习惯性伸手将音量按小。

汪犹衣看了一眼辛远,嗤笑道:"真粗鲁。"她伸出手指,摁了一下停止键,问:"今天介绍给你的游客怎么样?叫啥汤的?"

"汤一友?"

"对,汤一友。"

辛远想了想,说道:"蛮怪的一个人。"

"怪?"

"他不去旅游热门景点,却爱往小巷小弄钻。"

"怎么听起来像以前的卖货郎?"

辛远笑了,他想起汪犹衣说她小时候追着卖货郎屁股跑的情景,他模仿卖货郎的吆喝声:"卖雪花膏,卖香粉咧,要不你先给钱,下趟我给你捎东西?"

"我看他开的价挺高,偷偷把他从旅游公司截了下来,转到你这里。拜托啊老兄,我在冒风险,你倒好,见人情的话一句也没有,还要我付钱才给捎东西,你索性把你自己捎过来好了。"

一说出口,两人沉默了一下。

"谢谢衣衣。"辛远先打破了这份沉默。

"哈,我们是兄弟嘛。"

"对,兄弟。"辛远心不在焉。

汪犹衣假装嗔怪地睨了他一眼,低低道:"前世欠你的。"

两人不自觉地又沉默了下来,只有车轮碾过地面的胎噪。

辛远关上车窗。身子在上车前早已冷汗涔涔,风吹更觉不适。他目不斜视地看着前方,渐渐出了神。

一旦出神,眼睛便会怀疑起所见的一切:前方像巨大黑洞,车灯像伸出手探险的勇者,不时撕破魆魆黑夜。

　　路边有竹林。有些不知遭遇了什么,竹身被拦腰折断。有一竿一半颓倾在外,前半截已呈枯败之势,车子与它靠得很近时,竹梢受震颤动,残存的身体摇曳着最后一点生命力。

　　辛远从后视镜中望着,那竿醒目而怪异的竹子,残留在他眼里,渐渐远去,与黑夜化成一体……

　　到了辛远家楼下,彼此道了声晚安。汪犹衣把车灯开亮,照亮了辛远身后那幢楼,也照亮了门牌号——"西藏新建路5号"。

　　汪犹衣喊住了辛远:"辛远,把你车钥匙给我。"

　　辛远没想太多,便直接从裤兜里摸出钥匙,递给汪犹衣:"车胎坏了,能用吗?"

　　"你睡个懒觉,车胎交给我去修。"

　　辛远这才明白汪犹衣要车钥匙的意思,他想阻止,对方早已快速倒车。她个性就这样,好心又霸道。知道阻止无用,他放下了手。

　　车子转弯前,汪犹衣从车窗里伸出左手,摆了摆。这是她常用的再见方式。

　　他笑了,也挥了挥手。

　　楼道里,没有灯,只能靠摸。多年来,他已经养成了摸黑走楼梯的能力。

　　先11阶,再7阶,转弯再11阶……秩序依旧,从不改变,经历的是重复的感觉。周围只有自己一个人,走熟悉之道,竟产生诡异错觉,恍惚间总以为自己会一脚踏空……

　　快到家门口,真一个趔趄,差点摔倒。

　　奇怪!

　　按亮手机,用屏幕的光照了照黑魆魆的楼梯口,还是老样子啊。他笑了笑自己,关掉了手机。

　　左边这间,住的是他年高九秩的爷爷,右边这间则是辛远的。

这是陈旧的集资房,已有二十多年。住户大部分是老年人。像辛远这般年纪的,大多搬去了单身公寓、高层大宅或排屋别墅。辛远没有住大房子的欲望,也不在意世人的目光。天性散漫的人,不想明天,过完一天算一天。

　　走到自己家门口,疲倦已从头到脚包围了他,但他还是走到爷爷房子前,凭手感辨别出爷爷房子的钥匙,摸黑打开房门。

　　自从他父母遇意外去世后,这是他多年来的习惯:不管回家多晚,他都要先去爷爷那边看一眼。

　　爷爷身体一直很好,思维清晰敏捷。在爷爷这个年龄,他的大脑,或许算是奇迹般的存在。

　　但辛远是受过意外之痛的人,总是有根绷紧的神经,觉得头顶上悬着一把命运之锤,指不定哪天就劈头盖脸地砸下来。更何况,年迈老人,像一颗即将消逝的星,虽仍散发着生之光芒,但谁也说不准它的光芒能维持多久,或许,下一秒它就会跃入死域。

　　辛远凭感觉,蹑手蹑脚摸入爷爷卧室。

　　还未进房,有股熟悉气息悠悠飘来,似药味,更似老人身上的气味,却不会令人不适,相反,那是温和的香,令人安静沉心。感觉总是虚无缥缈,嗅觉刚捉住缕缕馥郁,记忆搜索对比物,却在搜索到一半时,又飘走了。

　　从小到大,此独特气味是亲切符号,是爷爷的气息。

　　但今晚,他又一次想到了水粉香。

　　是谁讲的,已无处可觅。这似乎是青县老人们最爱讲的一个鬼故事,它一定以凉亭作为背景,也需要夜行者作为故事中的人物:

　　某深夜,行路疲惫的人,看到一座凉亭,想进亭子歇歇脚。在幽暗之中,他却闻到了浓郁的水粉香。这香,最能考验人心。如果一个人德行可敬,在层层叠叠的香气里,能嗅出恐惧,他一定不敢逗留,会起身离开。但心术不正之辈,在嗅出恐惧之前,却先会被浓艳吸引。怀着猎艳之心的人,最终会与恐怖的女鬼面对面……

　　辛远笑了笑。

　　那故事如此深入人心,深深地埋在他心底,如投影仪一般,遇到特定环境便会催化、重演。

有一丝路灯的微光,从窗的一条缝隙中射来,附在墙上的某个玻璃镜框上,冷冷地发着清光,那镜框内,安置着奶奶的遗像。

以前,他敢和已故的奶奶对视,最初以为画像里奶奶的视线是聚焦在最中间,但渐渐发现不是的……于是,他经常玩的一个游戏,是和奶奶"捉迷藏"——一旦他动,画里奶奶的视线也跟着动,后来他加大活动范围,惊讶地发现,不管他移动到哪,遗像里的眼睛似乎总瞅着他,除非他把自己藏起来,连自己都看不见那张遗像为止。

陪伴爷爷的,不仅有那股熟悉气息,还有墙上这张遗像。

是亲人,不会觉得可怖,就像这气味,反而令他心安……他再次嗅了嗅爷爷房间里的气味,确切地说,是爷爷睡着的那张木床与他本人所混合的气味。

那张黑灰、黑褐纹理相间的床,没有华美雕刻,无纹饰无镶嵌,朴素古旧。床前下方是脚踏,脚踏右边是二斗二门小橱,左边是一只马桶箱,类似的床在大部分民俗博物馆都可以见到,但爷爷的这张床普普通通、简简单单,比不得陈列在博物馆的那些金漆雕花床的精致贵重。

记忆中,爷爷这张床比父亲的年龄还要大。爷爷一生清贫,一张床,睡了大半辈子都舍不得换。他节俭的生活态度,由此可见一斑。

辛远走近脚踏前,屏住呼吸,仔细聆听爷爷的呼吸声。

这是每晚睡前耳朵必做的功课,也是内心隐秘的折磨,他心头明白:这呼吸声,总有一天会消失……

老人呼吸声重,在夜里特别清晰。

辛远心安,转身欲离去。

忽然感觉不对——以往,爷爷的呼吸虽重,但有规律,可今天,老人呼吸急促而粗重……辛远犹豫了一下,不敢马虎,他脱了鞋,踩上脚踏,摸索着按亮了台灯,微微弯腰,凝视爷爷。

爷爷满脸褶皱,睡觉的样子却很天真。眼皮感应到了外面的亮光,他费力睁开眼,空空地望了望辛远的方向,又闭眼睡去。

辛远心生不安,爷爷神态里隐约有痛苦。他再仔细一看,发现枕头颜色有些异常,伸手一摸,半边枕头,竟然是湿的。他伸手摸爷爷的额头,额头又冰凉又粘湿。

"爷爷?"辛远把手缩了回来,心里一沉,觉得不妙。

"嗯……"爷爷喉咙里滚动着"呼哧——呼哧——"含糊不清的声音,他又一次努力睁开眼,聚焦了好长时间,才看清对面的人是谁。

"爷爷,你不舒服吗?"辛远轻声问,怕惊醒了老人。

爷爷清醒了,慢慢从被子里伸出手来,略有些吃力地指了指腿的方向,声音虚弱:"我,摔了一跤,腿有些疼。"

辛远轻轻掀开被子,果真是啊,爷爷的小腿,在踝关节上方约15厘米的地方,明显变形了。

不知爷爷怎么摔了一跤?也不知这么大年纪的他是怎么爬回床上的?更不知他是忍了多长时间的痛,一个人昏睡着……老人一定是怕惊着他,又唯恐耽误孙子的工作,才独自硬撑着,一声不吭。

爷爷佯作若无其事地笑了笑,可额头的冷汗暴露了疼痛对他的折磨。他望向辛远,眼睛像孩子,透着安慰,似乎在说自己都不信的暗语:我没事。

爷爷怎会没事?!亏他忍了那么久……辛远眼有些酸。

辛远弯下腰,抱住爷爷瘦弱的身体,借此逼自己咽回眼泪。

"走,爷爷,我带你去医院。"

"我"之一

白天,燥。

黑夜,凉。

偶尔,看一眼夜来的入口处,望不到一丝亮光。

夜色,让一切都混沌成一片。站立时间久了,会产生错觉。就像一个人仰着脖子看天上落下的雨,看着看着,会以为雨是停滞的,而自己却是在往上飞。

自己的心,像脱缰野马,朝未知前方,狂奔。

外面传来动静,是救护车的呜呜声,朝这个方向,疾驰而来。

我抬起一只脚,站的时间久了,微微有些麻。

在救护车灯照到这幢楼前,我已离开了所站位置。

车灯发出的白光刺眼、强烈。它刺着人的眼,令眼睛无法承受,本能地竟想回避。

那光,笼罩住了整一幢楼。

也笼罩住了那门牌号,将其更醒目地显现——"西藏新建路5号"。

叁

忙碌了一晚,才将爷爷在医院里安顿下来。医生吩咐辛远,爷爷一周后可做闭合性骨折的手术,要先去交住院押金。

"做手术要打钢钉钢板,你要用进口材料还是一般的?"医生问。

辛远想都不想答道:"当然要好的,进口的。"

"进口的,要五万多。"医生头也没抬,说。

辛远意外地愣住,舔了舔嘴唇,说话变结巴:"进,进口和一般有什么区别?"

"进口的,韧性好,重量轻,弹性和人体骨骼相近,最重要的是,不容易生锈。"医生抬起头,打量了一下辛远,"你自己想清楚。"

"还是要不生锈的,进口的吧。"辛远坚持着,但语气显然没了最初的底气。

攥着医生开出来的收费单子,辛远出了医生办公室,脚步有些沉重。

五万元。

——这是初期入院的收费，将来住院费、医药费等累积上去，将远远超过五万。

自己的银行卡里，是三万多一点的存款……远远不够。

辛远和很多人一样，做着一份不喜欢的工作，研磨青春，磨灭激情，省吃俭用，攒钱度日，不是他们不想逍遥挥霍，只为了防守一个未来，一个平安之未来。换言之，是防天灾，也防人祸。

生活就是如此乏味——为了应付生命中猝不及防的种种，积攒能量，年年，月月，日日，不敢懈怠。

为了一个坏的可能，过着最不如意的生活。想来，很可悲，可谁不可悲呢？

辛远今天才意识到这点，但这份意识，来得还是太迟。他心中充满了自责，对自己曾经如此吊儿郎当、漫不经心地过活。

他站在收费处，明知不可能，但还是硬着头皮问："我能否先交一点费用？剩余的，过几天再来缴。"

穿着白大褂的收费大妈翻了翻白眼，皮笑肉不笑地说道："医院是吃白食的地方吗？"

"我会尽快缴齐的。"

"你同院长说去！"收费大妈毫不客气地将单子扔了出来。

薄薄的单子在空中停滞了一秒，像它面前这男人脸上的表情，紧接着，毫无重心地飘来荡去，直至坠落在地。

辛远尴尬，蹲下身，捡那张纸。

一只陌生的手也朝单子伸去。辛远抬头一看，竟然是汤一友。

"你怎么在这？"辛远诧异。

"我可能感冒了。昨天凉亭的风吹得我头有些晕晕乎乎的。"汤一友果真有些鼻塞，说话都带着较重的鼻音。

"这个季节，温差很大。你刚来，还不适应。"

汤一友笑了笑，点点头，问："你怎么在这里？"

"我爷爷昨天摔了一跤,胫腓骨骨折。"

"啊?"汤一友瞪大了眼睛。

"医生说了,过一周才能动手术,他已经九十多岁了,身子骨一向硬朗,这次要吃苦头了。"辛远叹了口气。

"怎么,刚才我好像听到你在说费用的事……"

如果这一刻能做隐形人,辛远绝不二话。周围排队的人仍用异样的目光打量着辛远,有几个,指指点点,咻咻笑着。那些窃窃私语声,比收费大妈的分贝似乎还高,它窸窸窣窣叽叽咕咕,像浪潮,一波又一波,冲击着辛远的耳。

"还需要多少?"汤一友问。

"什么?"

"你爷爷的医药费,还差多少?"

"两万。"辛远垂下了头。

汤一友没再多说话,从他挎包里取出两叠封好的百元大钞,递给辛远。

从困顿中突然抽离,最初反应竟是无法接受。辛远一瞅到钱,顿时傻了,过两秒,才弄明白汤一友的意思,他赶紧摇头摆手。汤一友一把捏住辛远的手腕,将那两叠钱放到辛远手上。辛远捧着手上那叠钱,不知所措。汤一友恳切劝道:"别推辞了,你现在需要这一笔救命钱。权当我提前给你支付劳务费。"

"你给我的劳务费也不需要这么多……"

汤一友拦住了他的话:"需要的。实言相告,我不是一般游客,我来青县,不是为了游山玩水,而是为找某样东西。那东西很重要。我想多个助手,一起帮我找。如果找得到,这报酬算提早预支了。如果找不到,你退我一万。你看怎么样?"

辛远明白了汤一友的意思,对方坦率地望着他,辛远不自觉犹豫了。是的,他需要这两万元钱!

但是,有某种说不清道不明的念头在他心中跳跃,像微弱火光,亮晃了一下,便一闪而逝。

爷爷还躺在病床上，还没做手术。不管对方要找什么还是要做什么，辛远都没有条件考虑太多。

辛远不再犹豫，他点了点头。

拿了别人的钱，该感激，该有所表态。但辛远平生不擅长正儿八经地表态，一旦出口一定走形，纵然心中有无以名状的感动。

辛远停顿片刻，觉得还是需要有个态度给汤一友，他表情略有尴尬，语气里饱含着真实感激，只是说话颇不自然，像是语言无法承载措辞外的情感："我，会努力，成为你的助手。"

汤一友并不意外，低头"嗯"了一声，似将离开，突然，他立住，猛地转过身来，问了辛远一个很奇怪的问题："你刚才说，你爷爷九十多岁？"

汤一友的话语里似另藏深意，辛远感觉到了，但他还是快速回应了："是的。"

汤一友没再说什么，只是意味深长地一笑，转身大步离开。

肆

辛远走进病房。

一名护士在给爷爷的手消毒，她抬眼瞥了他一眼。最初的打量，眼神里带有职业性的空洞，可多看了他几秒后，她却莫名皱了皱眉。辛远不知是不是自己过于敏感，他察觉出对方有嫌恶之意，还未待他琢磨出什么，她已恢复如初，低下头利索地插针输液，问："你们家就你吗？"

"还有我爷爷。"

护士抢白："我问的是病人家属。"

"是，就我一个。"

护士闻言，再次睨视辛远一眼，眼神依旧是空洞无物的，像设定了程序的机器人,得到相应信号后,发出下个指令:"那你得找个陪护。"顿了顿,她又如此补充了一句。如果辛远感觉没出错的话,她的话语中带着嘲讽:"你不可能天天陪病人吧?"

她最初的表情就像一把刀,而这句话背后的嗤之以鼻,更有凌厉之风。他哪里得罪了她?可辛远敢肯定:在此之前,他和她,彼此都是陌生人,生活中从无交集。

"是的,我的确没空……"辛远忍气吞声地请教,"请问哪里可以找陪护?"

"到时候再说。"话题是她提的,可他一问,她又不耐烦。

辛远心念一动,问:"请问您贵姓?"

"姓明,怎么说?"护士口气很冲。

也不知是护士帮他找陪护,还是私下她帮陪护揽生意……这些都不管了,也暂时将她恶劣的态度抛之脑后……好吧,这位明护士的话还是有道理的——他没办法天天陪爷爷。更何况眼下他刚收了汤一友的两万元钱。汤一友花钱,是雇他去工作,而不是让他陪家人的。

只要有人能替他照顾好爷爷,让在医院的老人有专人照应,身体不适时能有人及时通知医生,冷了饿了能有人盖被、递口热的,就足够了。

不过还得看照顾爷爷的陪护个人素质好不好,当着家属面热情、背着家属百般虐待病人的新闻,比比皆是。想到这,辛远有点担心,问:"明护士……"

门砰的一声被打开。

汪犹衣整个人被水果篮和一大捧鲜花挟持着,跌跌撞撞冲了进来,辛远赶紧迎上前接过她手里的东西。明护士端着托盘走了出去,辛远的担心没来得及问出口。

汪犹衣一刻不停,摆放着带来的水果鲜花,查看爷爷的气色。有个人在替自己忙碌着,辛远有依靠似的,略觉乏累,坐了下来。

汪犹衣折腾了半天才消停,在病床上一屁股坐了下去。辛远忍不住牵了牵嘴角,紧闭的嘴角微微上翘,似笑非笑。

"唉,你总是这样,从来不会露出牙齿笑。"汪犹衣从口袋里摸出车钥匙来,抛给了辛远,"你笑什么?"

"你刚才的样子……越来越像你妈。"

汪犹衣瞪了瞪眼珠子,憋不住,自己也咧嘴大笑,她忙伸手捂嘴。

"我妈说我不像淑女。"

"淑女得怎么样?"

"笑不露齿。"汪犹衣放开捂嘴的手,故意模仿他的样子,"哼,不过我妈说,男人笑不露齿没出息……"

一出口,汪犹衣才意识不妥,她一惊,又捂了嘴。辛远无所谓地笑笑。

"喂,住院费够了没?"汪犹衣岔开话题。

辛远生活无计划,也从不统筹规划未来。身边人,如汪犹衣,第一念头就知他度不了这关。

意识到这点,他沉默片刻,语言以激烈格斗的姿势,与他内心冲突着,然而话出口时,语气却平静:"汤一友给了我两万,提前支付我报酬了。"

她很吃惊:"不对啊,你报酬没这么多啊?"

"他到青县是来找个东西,让我帮他找。"

"找东西?他不是为了旅游吗?"

辛远的思绪蓦地跑到凉亭那边,想起了汤一友在凉亭讲起的那个故事……

辛远问汪犹衣:"你知道以前沈家小姐的故事吗?"

"你说的是沈月如?"

"你知道?"

"民国的事了吧,听说当时沈家是青县大户人家,沈老爷把女儿沈月如许配给某军阀亲信。可沈月如在出嫁前一天,在凉亭遇见歹徒,她为了保全名节跳水自杀。可这同汤一友给你这么多钱有什么关系?"

"他让我找一个东西,说是沈月如的随身之物,一直带在身上的。"

"什么东西?"

"一串手链,是木头做的手链。"

汪犹衣一脸不可思议,她无法理解,一个人千里迢迢跑到他乡,撒了一

17

堆钱,只为了找一串木手链?

"这人有病!"汪犹衣很快给出了结论。

辛远笑了笑。是啊,木头做的手链,能换几金?换谁都会像汪犹衣这样想。最初,辛远的想法也是——"一串木头,值得让人先预支两万元吗?"

但是,辛远现在的想法有些改变。那汤一友是做足了功课才来的。

"你知道石水安吗?"

汪犹衣觉得耳熟,一时半会又想不起是谁,过了半天,她猛然醒悟。"哦,石水安!"她大叫了一声。

昏睡的病人被惊着了,爷爷睁开眼,身上痛楚还没消除,眼神都是虚脱乏力的。

"爷爷,吵着您了。"汪犹衣抱歉地看着爷爷。

"你刚才怎么了?"爷爷吃力地问。

"我刚记起一个人,对了,您听说过石水安这个人吗?"

爷爷眼神茫然,他在床上蠕动了一下,这一动,疼痛又折磨着老人,他异常困难地问:"他是什么人?"

辛远以为爷爷会听说点什么,见他不太了解,辛远有些失望,但他还是解释道:"据传,石水安是邻县很有名的木匠师傅,他祖上曾是皇家御用木工。"

民国时期的青县,乱世之中,却还安然世外。

当时,沈百万是青县最有名的豪富巨贾。而沈家大小姐沈月如美丽非凡,从她豆蔻年华起,慕名前来求亲的人就络绎不绝。家中多留了她几年,父母的疼爱有几分,但更多的是选亲家选花了眼。

以前,士农工商,士排前,商最末。商人虽拥有大量钱财,但仕途总是无望,政治地位也不高。于是,与士大夫联姻,是商人提高地位的捷径。通过联姻,彼此各取所需。

世俗的婚姻,最终成为一份交易。沈月如没得选择,被父亲包办了婚姻,与颇有权势的张家定了亲。

为了准备盛大的亲迎，沈家喜气洋洋大兴土木，在重修宅第的同时，为沈小姐准备了能风光出嫁的十里红妆。

沈家为沈月如的婚礼，上上下下准备得热火朝天。沈家的兴盛，在那个时期，荣光最盛，月华最满……

汪犹衣性急地打断辛远，问："你刚才说的石水安，同沈家又有什么关系？同汤一友给你钱又有什么关系？"

沈家婚事的隆重，从请师傅的规模中便可看出：泥水匠、石匠、木匠、漆匠、雕花匠，五匠俱全。

沈家还斥巨资请来了石水安，这更令懂行的同行者兴奋。

石水安是小器作业行里颇为有名的木匠师傅，他出身木匠世家，有一手木工木雕绝活。石水安祖上技艺精湛，历朝历代都有石家技师入官做御用木工，石水安的几位叔伯是清末样式房的梓人，专门打造宫廷家具和木器雕刻。石水安自带的工具都很名贵，如小叶紫檀刨子。祖上曾带着这些名贵的木匠工具，参与圆明园宫殿的建造。而石水安更是传奇，从小就显示出非凡天赋，他的手艺，一般匠人望尘莫及。当年他只是舞象之年，但无论是内房家伙还是外房家伙，从整体到局部，只要是出自他手，每一部分都雕饰精细，精巧绝伦，尽显不同寻常的木匠传人之天分。

石水安为沈家小姐打造的整套家具，在发嫁妆时，几乎引发了整个青田县的人争相观看。

千工床、房前桌、红橱、床前橱、衣架、春凳、子孙桶、梳妆台、画桌、琴桌、八仙桌、圈椅……每一样，雕琢新颖见巧，可用巧夺天工的字眼去形容；每一件，都是艺术品，让围观的路人叹为观止。

但最显石水安刻镂功力的，是沈月如手上戴着的那串木手链。

它，是沈月如临死时仍带在身边的物件。

它，也是石水安最顶峰的作品！常人很难在那么小的木珠里雕刻，但那一串木手链，石水安做到了。

经过岁月流逝，沈家小姐的嫁妆，一件都没有留世。汤一友要找的那串木手链，或许是唯一有可能还留在青县的石水安作品。

辛远说："木手链每颗木珠的雕工，据说已经到了木工技艺顶峰。它的价值，已不可估量。"

"可过了近一个世纪，怎么找？"汪犹衣问道。

两人面面相觑。

"辛远，这钱不好赚。"汪犹衣摇了摇头，下了结论，"这串木手链，恐怕早已不在这世上了！"

〜 伍 〜

辛远首先想到的，便是走官方途径。

他带着汤一友，去了博物馆，博物馆的工作人员热情地向汤一友介绍了馆内藏品。游览一圈，沈家藏品或石水安作品，果真都没有。

这实在算不幸——沈家藏品和石水安作品，竟连一件都未能流传于世，消失得令人甚至怀疑那些物件是否真的存在。可换个角度想，不在官方手里，或许在民间也说不定啊。

沈家自从沈月如身亡后，家道一蹶不振，又逢时局动荡，失去了张亲家的保护，在躲避战乱的路途中，他们的好时光，同家财一样，渐渐丢失在那兵荒马乱的岁月里，一世繁华散尽。而得到嫁妆的张军官，不久北上作战，战死沙场。大概他平日为人独断残暴，在他死后，家里的财产被抢了个精光，烧了个精光。原本在青县最为鼎盛的两家人，在短短几年内，竟然都家破人亡。

而一切的拐点，竟都从沈月如溺水开始。

在档案局的电子文件中,辛远和汤一友很快便查到了沈月如的资料——在一份旧报的讣告栏上。当时沈家是青县大户人家,在沈月如溺亡后,报上刊登了引状,内容如下:

亡女沈月如,幼承庭训,资质聪慧,娴习妇仪,尽孝尽礼。不幸蹇及亡女,遇贼强掳,痛于民国二十五年七月五日辰时投水殉节,存年一十九岁。泣卜于本月十二日家奠,届期敬祈光临,存殁均感。仅此状。

护丧功服祖父沈建螟顿首拜。

期服父沈徐权顿首拜。

(下略)

正文下附有沈月如遗像。

一见到那张泛黄图片,两人都呆了。哪怕按现代人的眼光来看,沈月如也是一位美女。相片中,这位淡雅而清秀的民国女子,留一缕头发于额上,穿白色旗袍,右手搭在腿上,左手搭在右臂上,整个人侧坐在凉亭内,微微一笑,娴静柔美……镁光灯在那时一闪,刺眼白光后,时间便被定格在黑白中了。

如此一位如花美眷,却缘悭福浅。图片所带来的冲击远远超过文字,辛远凝视着,感慨万千。

汤一友指了指沈月如遗像中的某处,辛远凑近了看,只见图片中沈月如右手腕上,戴了一圈黑色点点的东西。放大了看,一粒一粒的,串在一起,明显是一串手链。

辛远惊得猛吸了一口气,他情不自禁望向汤一友,后者眼神也与他相遇。他俩谁也没说话,但目光中交换了一个一致的信息。

——这串木手链,果真有!

1936 年 7 月 5 日的上午,沈月如到底发生了什么事,谁也不知道。

沈月如淹死,成了当地的大新闻。当时报纸像个八婆,碎碎念念、翻来覆去地八卦一些无关紧要的所谓内幕的小道消息,但到了最后,谁也没有说出个所以然来。此事牵连了很多沈府佣人。一时之间,人心惶惶,大户人家纷纷辞退不可靠的佣人之类的新闻层出不穷。讽刺的是,之后的所有后续报道,都在写全县人防火防盗防八字不合,至于抓到贼人或探得贼人音讯的新闻,连一个字也没出现过。

按旧俗,发嫁妆是喜期前一天,但沈家为女儿置办的嫁妆太多,人马劳顿,再加之双方慎重,特意又选了个吉日,所以发嫁妆的日子和喜期隔了几天。当时就有底下的人嘀咕,觉得此举不妥。

果真,刚风风光光朝夫家发送了十里红妆的沈家大小姐,于喜期前一天,在深深庭院里,莫名其妙被贼人掳了!贼人掳她,怎么掳?掳她是为了绑架?是冲沈家还是张家?贼人又有多少个?沈家大小姐如何又从对方手里逃出,为了殉节跳进凉亭下的青湖?……

这些疑问,到了今天,依旧存在。唯一可知的是:小姐所有的财产,全被一抢而空。

她手上那串手链也不知所踪。

陆

拷贝了那些资料,出了档案局,两人都有些沉默。

沈月如的遗像,她手腕上戴着的那串木手链,发出了一个明确信号——木手链,的确曾存于世。

但隔了近一个世纪,它在哪里?就算在,也如同大海捞针。茫茫人海,拥有它的人,怎肯轻易让它现身?

当时,隔着电脑屏幕,凝视那一串木手链,有份喜悦的错觉,但过后是抓狂。

求水中月,不过如此。

　　辛远想到了那两万元钱。看来汪犹衣说得对,这笔钱不好赚。或者最后结果就是直接要退还给汤一友一万元钱,可辛远已把钱全部给了医院,哪里还拿得出一万元? 这种思绪搅得辛远万分苦恼。正胡思乱想时,汤一友突然发出声:"总觉得有点不对劲,但什么地方不对劲,又说不上来。"

　　"什么?"

　　"那篇讣告……你看懂了吗?"

　　辛远笑笑:"意思,勉强看懂了。"

　　汤一友摇摇头:"不是指这个,我自小爱好旧物,民间文书也是收集了一堆,最多的是有关丧俗的各类文书。"

　　"你还收集这个?"辛远觉得不可思议。

　　"你家里有这个吗?"

　　"我没你……"辛远本想客套"风雅"两字,但真心话已脱口而出,"胆子大"。

　　"我经常拿出来看一看,猜想那些往生者,是个什么样的人,有着怎样的一生?"

　　在太阳底下,辛远不自觉地打了个寒战,他不知道身边这位,是从阴间来的活物,还是阳间的幽魂。他无法想象,对方端详那一张张遗像一张张讣闻,宛若同死人面对面,他竟没有恐惧感。

　　"每个人,苦也好,乐也好,苦能苦出五颜六色,乐能乐出万紫千红,但到死的那一天,遗像中的每个人,都只能用黑白色。"汤一友似叹了口气,"讣告,老天发放的死亡书,统一了格式,不管死者生前活得如何精彩,留在那讣闻中的,只能是名字的不同……"

　　说到这里,汤一友的眼神与以往有些不同。

　　"我明白了……"汤一友声音低沉,但眼神闪烁着异样光芒,"旧式丧俗的讣闻是很严格的,格式都是统一的。一般只写亡者生前官衔或品级,很少写死者的生平……"

　　辛远想起沈月如的那份讣告,他骤然明白了对方的意思。

亡女沈月如,幼承庭训,资质聪慧,娴习妇仪,尽孝尽礼。不幸蹇及亡女,遇贼强掳,痛于民国二十五年七月五日辰时投水殉节⋯⋯

那份讣告,过于强调沈月如这大家闺秀的生前之"礼",同时还强调了她死的原因——殉节,这份违背了旧式讣闻格式的引状,字面上毫无疑义,粗看没觉得怎么样,但仔细回想,异样之感突起。

"带我去凉亭吧!"

辛远点点头,他的车就等在前方。

亭檐在湖光反射下,波动着明亮。水波晃荡不定,倒映在坐石凳的人的瞳孔内。

这奇妙流动、时时都变幻着角度的波光,大概也曾照耀过民国那个女子的双眸。不知,悲剧降临时,她的双眸是否还会有这份光?

"沈月如,是从这跳下湖去的。"辛远喃喃道。

"凉亭这边,以前是码头吗?"汤一友环顾四周。

"听老人们说,凉亭下方原本没有水的,清末好像还是一条街,叫石板街,全部都是用方方正正的青石板铺成,可惜在民国时期被一场地震给陷了下去。如果你潜到水底,拨开淤泥,会看到这边的河床全是青石板。还有你瞧,"辛远指着右后方,"凉亭右面,就是大树方向,有一条小坡路,地势陡,道路又小,只能供一个人进出,所以这边不太可能是人来人往的码头。这里呀,地震后,直到现在,一直算偏僻地带。"

"嗯,有道理。"

"在青县人的记忆里,从古到今,只有一个四季码头。"

后面小坡路上杂草丛生,几竿竹子突围而出,汤一友困惑道:"那就奇了,他们挟带人质,是打算去哪边? 总不会特意跑到凉亭这边来分赃吧?"

"他们心虚,肯定不敢往码头跑。这边虽然不是码头,但水路还是通的啊,或许他们就是走水路,说不定还有个同伙开了船候着他们呢。"

这话说得有道理,汤一友点了点头。

辛远又想到那串木手链,问:"沈月如死时,那串木手链,究竟是带在身边,还是已经被强盗给抢走了?"

"我猜,该是被抢走了。那些八卦不是说吗?她的财物被一抢而空,身上除了衣物,没其他东西。"

"很奇怪……"说出这三个字,辛远自己先莫名笑了起来,"这沈小姐长得也不错,那些强盗除了劫财,难道就没想过劫色?"

汤一友也笑了,用男人之间对话时惯用口吻揶揄道:"估计那群人是有这个想法,但不知为什么没得手?不过,报纸的娱乐功能,从民国到现在一直没变过。如果沈月如生前被性侵,那是沈家想藏也藏不住的大新闻。可所有报纸,都不约而同地写沈小姐的尸体衣物完整,没被侵犯,连挣扎痕迹都没有,这说明沈月如的确是保住了清白。"

"难道是那群人太贪财,忙着分赃,等动了邪念,沈小姐早已有防备?"

像当场演示似的,在石凳上眺望的汤一友,佯作要跳水,吓得辛远跳了起来,还未伸手,汤一友已从石凳上跳了下来,面不改色地继续着刚刚那个话题:"对,估计就是来不及,眼睁睁看着美人跳湖,那群人心头慌,胆儿颤,哪还敢有别的念头。他们分了赃,下了禁口令,一哄而散。"

"这些人,他们的一辈子,活得应该会提心吊胆。"

汤一友冷笑了一声:"呵,作过恶的人,这是必定的报应。如果已死了,秘密随骨头一并烂去也好。如果还活着,闭上眼之前,一定有煎熬,除非这人生来就是恶人,毫无人性,更没道德感。"

"惨了。"辛远从胸腔里深叹一口气,"那假设这木手链就在某个强盗手上,他到死,恐怕也不敢把这串手链大白于天下。"

"文言文不错。"汤一友略带讽刺的口吻,"大白于天下,有多少事可以大白于天下?每个人都藏着秘密,只是多与少的区别而已。"

辛远注视着汤一友,后者的一双浓眉之间并不平坦,略有隆起,浓眉下方的双目,如这凉亭底下的湖水,泛着光芒,更有深不可测,还有份说不出来的笃定,仿佛一切全已看穿。

辛远舔了舔嘴唇,他艰难道:"茫茫人海,找一串刻意被藏起来的木手链,恐怕真的很难。你不觉得到了这一步,路已经走死了?"

汤一友的嘴角撇了一下,浮起一抹谁也看不懂的笑。

"不,这条路,才刚刚开始。"

柒

回家之前,辛远去医院看望了爷爷。他的腿已有些消肿,但人仍昏昏沉沉。这么大年纪,咬牙忍痛那么久,必定大伤元气。

回家途中,汪犹衣打电话来,约他去广场大排档吃夜宵。

虽没有吃夜宵的习惯,但跑了一天,很疲惫,而且今晚不知为什么,潜意识里,青湖水面的波光,一直重复出现,在他脑海里摇晃。他有些排斥——今夜独自一人,反复回味白天经过。

一个人的空间里,混有一缕不知从何而来的香,那香能催化他的情绪,以心为中央,寂寞像无根之花,情绪层层叠叠为花瓣,隐秘绽开。

子夜一点,广场大排档,人头攒动,夜市正旺,熙来攘往。

一大盘小龙虾,汪犹衣已解决了大半。辛远面前,已放了四五只空啤酒瓶。

"喂,你不吃东西,光喝酒?"汪犹衣剥离着龙虾的头和身子,一张嘴腾出空来问他。

辛远笑笑,目光虚无缥缈,眼神落定处,是邻座一位穿吊带背心短牛仔裙化着浓妆的短发女人,她不停抽烟,不停喝酒,表情木然空洞,她的桌上,堆满了空酒瓶。偶尔,她拿出手机看看,另一只手很老练地夹着烟拿着酒瓶。

"你看什么?"汪犹衣顺着辛远的视线,注意到邻座女人,那女人握着酒瓶的左手背上,文着一个心形刺青。

"你想跟她一起喝,就过去喝呗。"汪犹衣语气生硬。

辛远刚灌了一口酒,被汪犹衣的这句话差点给呛死。

"像你这样带有几分童真的老男人,最合这群女人的胃口。"

辛远瞥了那边一眼:"想问你一个问题。"

汪犹衣气冲冲地白了他一眼。

"她化的是不是烟熏妆?"辛远问。

那女人眉下的妆容黑乎乎的,漫成一片水雾,看不清眼。

"是。"汪犹衣没好声气。

"我一直很好奇,烟熏妆,是不是烟熏过的妆?可要是烟熏火燎过,那眼睛还看得清东西吗?"

汪犹衣一口啤酒噗的喷了出来,指着辛远说不出话来。过了半晌,她半咳半说道:"咳,咳,我要,我要被你给害死。"

好像就是为了应征汪犹衣这句话似的,邻座那女人的手机炸锅似的响了起来,是叶德娴的《我要》——"我我要我要你我要你爱……"

辛远和汪犹衣对视一眼,笑了。

那女人有点醉意,松松垮垮地拿起电话,声音嘶哑,说话旁若无人:"嗯,我还没睡。"

"我,我没醉。我很清醒。就算有醉,那也只是三分醉。"

"爱?呵呵,我的客人们个个都爱我。你说的,同他们说的,哪里不一样了?"她风情万种地浅笑,辛远注意到,她的眼依旧没有笑。她拿起酒瓶往嘴里灌了一口,带着浓浓的风尘味,突然玩笑似的哼了一句老歌:"爱过知情重,醉过知酒浓。"

汪犹衣指着自己手臂给辛远看,低声说:"好多鸡皮疙瘩。"

对方大概叽里呱啦还在说什么,女人笑了笑,直接就关了机。把手机往桌上一扔,她拿起烟,细细长长的白色烟身,在她嘴里迅速地矮了一大截,烟雾笼住她的脸,她的眼越发模糊不清。

女人在包里摸索了半天,才掏出几张皱巴巴的钱,抛给了早盯着她的老板,老板拿到钱,点头哈腰,小心将钱捋平了放进自己裤兜里。女人踉跄着往外走,一股夹杂着烟草味的刺鼻香水味,伴随肉眼看不到的寂寞,从空气中,从辛远他们桌旁飘过……辛远突然觉得腹胀,再也喝不下酒。

一对年轻的男女生走过,女孩在低低啜泣,男孩安慰着。他大概不知他的手是该搁自己身旁,还是该放在女生肩上。手足无措间,男生的手碰到了辛远桌上的酒瓶,酒瓶猝然掉地,一地泡沫和碎片。

"喂,你怎么走路的!"汪犹衣怒斥。

男孩和女孩转过身来,看到辛远脚边的碎片,男生更不知该说或做点什么,而女孩眼里,还滚动着委屈的眼泪。汪犹衣的怒火,刚被点燃,眨眼就被那女孩的眼泪给浇灭了。她挥了挥手,让他们离开。

辛远买单,准备起身离开,可没走上几步,鞋袜有湿湿的异样感,他停下脚步,脱下鞋子,伸手一摸板鞋里面,发现的确湿了。汪犹衣拿过鞋,仔细一瞧:

"鞋底都磨损了。"她捏着鼻子,将板鞋扔给他,"太臭了,一股啤酒味。"

进了家里,窸窸窣窣,摸灯声,黑暗宛如浮在空中。灯一开,黑暗啪地掉落,贴住地面,室内寂然无声。

有一种体验,似真似假,犹如穿梭一片你似熟未熟的未知地,你熟悉它的布景,未知的是布景下藏着的是什么……

辛远打开浴室镜灯,端详镜子里的自己:才三十出头,两鬓间却早早生了华发,一张还有着青春的脸,却嵌着一双心事重重的眼……眼前这个人,越看越觉得陌生。

他情不自禁会有种联想——总觉得对面镜子中那个家伙,不知会冲他做出什么样的表情来……室内无风,可倏忽间,有一阵清凉细风,吹拂过他汗涔涔的脖颈。

不知是自己那张陌生的脸,还是那阵风,他脑后头发像触电一样,竖了起来。

他不再注视镜子中的自己,走到浴缸旁,打开水龙头,耐心等待着浴缸里的水一点点上升,水面跳动着光影,晃动着,晃动着……水,宛若温软流动的琉璃,有一丝激滟,也有一些细细碎末。晃动的水面仿若有催眠功效,人慢慢懒散了,辛远坐在了地上,靠着浴缸,舒展了全身。

水声,哗哗的,他耳内,有一细细声音,在翻来覆去唱着那句老歌:爱过知情重,醉过知酒浓……爱过知情重,醉过知酒浓……

他垂着的手,渐渐碰触到了上升的水,水的温柔令他闭上了眼睛,体温般的舒适热度,给肉体带来了安然,似催眠又似梦幻,仿佛渐渐下沉……

指尖传来了虚无感,微腥而清凉的水草味充斥着他的嗅觉,辛远意识道自己的感官感受起了变化,人也不像在陆地,倒像在水底,他的手指,微微动了动,还是在水里。水里的世界半明半暗,一个模糊身影,在光线照射下,泛着琉璃般的色彩。他试着靠近,看到一个女人漂浮的身影,穿着白色旗袍,头发和手,都在水里伸展着。

紧接着,他注意到她细细右手腕上,戴着一串黑色颗粒似的木手链。

水底世界的安静,顿时被打破了。他试着转动身体,但不等他行动,那女人的手,拉长了似的,握住了他的手。他的手,与她的手,紧握在一起。冰凉的感触,迅速漫过全身。

辛远跳了起来,从半梦半醒间。浴缸里的水已满,溢了出来,在地上流了很人一摊水,他的裤腿全浸在其中。他手忙脚乱将水龙头关掉,拿起毛巾,忙着给地板吸水,将毛巾里的水绞到抽水马桶里。折腾重复良久,才终于将地板上的水,全部弄干。

抽水马桶里,团了黑水,浑浊肮脏。

他困难地剥掉粘湿的裤子,一摸浴缸里的水,已凉。他颓然坐下,有一份疲惫,还有一份梦醒后无法言说的余悸。

凉亭有一股无以名状的力量,和着他渐增的恐惧,在心内,开出诡异之花……

捌

那一晚，辛远辗转反侧，睡前，曙光已来临。这一觉，睡得很不好，像是从天而降的玻璃，砸碎在他梦里，而他不停拼凑着支离破碎的玻璃……

等他醒来，一身汗，连头发都是湿漉漉的，像是被水浇过似的。

一抹天光，投进室内。辛远醒过来，回到现实，望墙上的钟，和汤一友约定的时间早已过了。

神魂不定，焦虑愧疚，汹涌而上，反而令辛远想做只藏头的鸵鸟。但过了三秒，他仍硬着头皮拨通了汤一友的电话。庆幸，没等到辛远的汤一友也放了自己的假。

挂了电话，过紧的心转眼就松了。

辛远找到被自己踢在床下的拖鞋，心里想到"今天该去买双板鞋了"，然后脚像虫子蠕动一样，慢慢悠悠，爬进拖鞋里。背着人，每个成人总会有孩子的一面，辛远也一样，喜欢做一些他人看来毫无意义的事，并乐在其中。虚度时光，是常人易得的"乐"。

辛远注意到，穿的拖鞋面上有个图案，是可爱的小熊头部，小熊眼睛很有意思，黑白分明，有趣有神。正当他要挪开视线时，察觉出异样，他凑近了注视着小熊的眼睛，小熊的眼白微微有点翘起，和黑眼珠断了层，不在一个平面上。

辛远诧异，伸手捏住小熊眼白一端，轻轻一揭，将整一块眼白剥脱开来。

原来图案上的小熊眼睛是全黑的。所谓有层次的眼白，应该是人为画上去的。仔细一看，很像女人用的白色指甲油。再看另外一只鞋的小熊眼白，剥了一角，轻轻一撕，那也是指甲油。

冲到鞋柜察看，辛远发现凡是有小熊图案的拖鞋，小熊眼睛的眼白部位,都抹了一层白色指甲油。

小熊眼睛黑白分明,映照出辛远吃惊的脸。

他,同那堆眼睛对视了很久……

挂了汪犹衣的电话,他出了家门,步行在街上。

汪犹衣说得对,她没有他家钥匙,怎么进他家? 就算进得了,按汪犹衣那大大咧咧的个性,的确做不出这么细腻的事来。汪犹衣吼:"你看我啥时候喷香水涂指甲油啊? 你实在太……你这人啊!"太什么? 她没说下去,就挂了电话。

是啊! 辛远对自己都很无语,他的确太不关心汪犹衣了,哪怕她换套新衣服,换个新发型,如果不是她提醒,他就不会发现。

或许有个小偷光顾,潜入这穷徒四壁的房间,陡生怜意,又因闲得无聊,为了打发时间做这等乐事……如果是这样,还得有个前提——他(她)得随身携带一瓶白色指甲油。

如果真有这样一个小偷,那他(她)肯定是全世界最有童心也最有趣的小偷。

辛远嘴角微微上扬。他出神时的笑容,纯真迷人。迎面而来的一女,误会他冲她笑,情不自禁也相逢一笑。辛远心知误会,却依旧直视着她,似要迎上前去,有意相识。擦肩瞬间,女人望着他驻足,而他头也不回,扬长而去。

不用回头看,也能料想得到那女人惊愕到失望的神情。他像做了恶作剧的坏孩子,得意一笑。

对面走来一群十多岁的年轻人,从头到脚被黑色包裹,黑衣衫,黑嘴唇,夸张的黑眼圈,黑色与金属色的饰品,哥特式的装扮。每个人都有刺青、穿孔,眼神冷漠,步履匆匆。

在与一名眼圈画得特黑的男孩擦肩而过时,彼此对视,冷不丁地,辛远有点被那双直视过来的黑眼吓着。他猛然想到小熊拖鞋的眼珠子,如果没有那层白色指甲油做的眼白,小熊眼睛是纯黑的,就像撒旦的眼瞳,如深渊般可怖,久视会深陷。

异样感,就是从这时开始。

人的背后没有长眼睛,但人有种奇怪直觉——当有人在身后偷偷注视着你时,你总能察觉得到。

此刻就有人在背后死死盯着他,辛远清晰地感受到了,他猛一回头。川流不息的人群中,他没看出任何异常。他默默转过头,但怪异的感觉如影随形,无法祛除。他知道,在某暗处,有一双眼,正目不转睛地盯着自己,那股气息,虽隔着距离,却仍能直接、准确地射来。大太阳下,没来由的恐惧和寒意蔓延全身。

辛远迈着夸张步伐,疾步穿梭在人群里。前方有一家板鞋店,他像逃命一样冲了进去。

店内人很少,店主专心坐在电脑边,不看客人一眼。

辛远边打量鞋架上的鞋子,边捕捉身后动静。被窥视,犹如芒刺在身,不知什么时候,那紧张感已悄然消失。他松了一口气,选鞋子。选好后喊店主,告诉他适合的鞋码。店主应了一声,懒懒起身,进了库存房。

店内客人陆续离开,热闹变沉寂。店里只剩下辛远,他脱下鞋,坐在试鞋凳上,东张西望。

他差点要错过:他偶然间的抬头一瞥,见到靠街的落地玻璃上,模模糊糊地反照出店里的情景——有个女人的身影,如一星闪光,借着阴影,站在他看不见的后方,悄悄向他挨近……他猛然回首,发现店内空空,除了他根本没有其他人。

他像被定住,陡然升起一股寒意。

一口气跑到家里,汗流浃背。

辛远从没跑过这么长的路,从密集压低的梧桐树下、明灭光线间穿梭,恨不得能有魔法,能即刻从长路上消失,跳进家里——

只为了逃避身后那一双眼睛。

关上门,心还在猛烈跳动,但被紧盯的感觉,在关上门的瞬间,已荡然无存。

鞋柜外一堆乱七八糟的鞋,拖鞋上的小熊眼睛,令他情绪又生出变化——他忍无可忍,几乎带着愤怒,将所有鞋子都扔进了鞋柜内。

关上鞋柜门,玄关处已空空如也。他这才想起,刚才在鞋店付了钱,却忘了拿新鞋。

他有点懊恼,然而实在是没勇气,重走这一趟。

光洒满一室,他想去拉窗帘,眼睛却被某一物吸引,阳台角落放了白色瓷花盆,里面的植物已死,只剩下一堆散乱空干的枯枝。奇怪的是,他竟然不记得自己买过这盆植物,更不记得这是盆什么植物。而懒惰的自己虽常常提醒自己,下楼时带上这盆"植尸",却总是忘记将它丢弃,任由它在阳台一角,久久地,延续着死亡。

他终究没去拉窗帘,而是一头躺倒在床上,任由汗沾湿床单,像个死人,一动也不动。

迷迷糊糊中,手机响起。爷爷的陪护周阿姨打来,告知辛远,他给她的费用已不够。

又是钱……

这位周阿姨似乎对他特别不放心,差一天,都不愿意。

辛远一想到要弄点钱,他又想做藏头的鸵鸟了。他叹了口气,沮丧起身,自言自语道:"到今天才知道,辛远你他妈的是个穷人!"

他趿着拖鞋,心里盘算着如何向汤一友开口,如何制订一个工作时间。除了帮汤一友一起找木手链外,他得有空余时间,接别的私活,赚点外快。

晚上去看爷爷前,要么去跑趟码头或车站,接点客人。

出门前,他拿了一杯水,咕咚咕咚全喝下。翻了一下冰箱,只有几瓶矿泉水和一盒方便面。拿了面,泡开,狼吞虎咽吃了。吃完后他拿起车钥匙,急急出门。

换上旧鞋,鞋底薄得快磨出洞来,辛远还是忍不住懊恼了,他提醒自己:还是得抽空,再走一趟,去把新板鞋拿回来。

他思忖着,打开门的瞬间,他愣住了。

那双板鞋,竟端端正正地放在门口。

"肯定是你自己胡思乱想,心又急,随手将买来的鞋子丢在门口。"汪犹衣很快就给这事下了定论。

其实辛远也在回想,回想自己回家前是不是手上拎着那双新鞋呢?但记忆斩钉截铁地告诉他,不是! 之后他也去了鞋店,店主认得自家卖出的鞋,可压根就已想不起辛远,更别说其他人了。对于一心泡在游戏中的人而言,除了游戏在他眼里是真实存在的,其他都是空气。

街头中神秘的视线,或者只是个人的主观臆断,用一种执着的方式,让自己沉溺并深信不疑。

他摇了摇头,无法说服自己。

不知道从什么时候开始,辛远有了一种被人偷偷跟踪的感觉。

——那一双背后的眼睛,存在有好几个月了。或许,远远不止几个月。

信或疑,直觉和理性,势均力敌的两股力量,进入他的内心深处,以它们的方式隐秘存在,和平共处。

傍晚,路灯一并亮起,地面洒满流金。这个季节的气温,不冷不热。辛远和一些开黑车的人,候在车站的安全隐秘地带,等着下一波汹涌而出的人们。

在其他人拼命揽客时,他又有些出神。

前方一个拾荒老头,穿着一件不知从哪里淘来的破牛仔外套,里面那件画着骷髅头的嬉皮士服装和老头很不搭,可他穿出了一种荒诞世界的气质,和这个城市很搭。

老头仰头喝雪碧,雪碧瓶里浮沉的是茶叶,雪碧瓶身在夜色和路灯映衬下,绿得艳丽。老头注意到辛远,咧嘴一笑,遥遥地挥了挥手。

辛远面容舒开,也朝他挥了挥手。

两个年轻女生正走出出口处,她们瞥见辛远的挥手,误以为他是冲她们打招呼,她俩不顾出租车和其他黑车的殷勤招呼,径直朝辛远款款走来。

这天是周末,运气从辛远朝拾荒老头挥手开始,非常不错,六点到九点,几乎没有什么停顿,一个接着一个的,跑了近两百元钱。

辛远从不主动招呼客人。他站在街头,眼里有这个行业里少有的复杂内容,仿佛明明有渴望,却不知该如何呈现。他如此懵懂,越是不直接,反而让越戒备心强的人,反客为主地上辛远的车。

尤其多的,是年轻女客。

送最后一位女客人,是去当地有名的一个夜总会花都。接过对方递来的钱时,他的视线扫到对方左手,她手上有个刺青,是心形的。他迅速地从后视镜里看了一眼,果真是她,广场大排档里看到的那个女人。

虽然卸了妆,面容已是大变样,但她神情中的无所谓,是浓浓妆容掩不住的。

到了花都,停了车。女客慢慢挪动着,打开了车门。辛远等着她下车。突然,她犹豫了一下,把车门给关上,直问辛远:"你有名片吗?"

"没有,请问什么事?"

女客挑了挑眉:"我想包你……"

对方从后视镜中捕捉到辛远的惊愕,她嘴角似笑未笑,悠悠道:"我说的是包你的车。"

辛远把名字和手机号码,都告诉了她。

女客低头,在手机上操作着。辛远手机上收到一条短信息,是陌生的手机号码,短消息上写着两个字——"吴昕"。

"是我。"她简短地说了两字,便下了车。

她一下车,跨上花都的台阶,与车上的她,竟判若两人。她一走一扭,像是走在舞台上,背影都透出几分妖娆。

35

此时，万家灯火，一片声色迷炫的繁华。

辛远一看时间，正是九点多。

衣冠楚楚的男人，从饭桌上辗转到此的男人，在家中坐立不安的男人，想要追求爱情和物质结合的男人……从四面八方涌来，涌向这迷幻之门。同女人抹上胭脂、掩饰本真相反，他们来此，是为了剥脱伪装，露出真实。

今天恰巧也是爷爷手术前的最后一晚，爷爷的腿已明显消肿，明护士来瞧过一眼，她对病人尽心尽责，但她对辛远有一道无形的隔阂，无论他怎么小心、示好，她都一脸厌恶。

可是，为什么？

明护士无视辛远的招呼就走了。辛远困惑，掩饰着尴尬的情绪，递给周阿姨工资。刚才微妙的一出，周阿姨佯装没看到，接过钱，她略带歉意地告知：她想回家办点事，办完事就马上回来。

临走时，周阿姨从包里取出一本已翻烂了的小本子，对辛远边念边交代了一些医嘱。交代完毕，她合上本子说："辛远，有句话我不知该不该说。"

"你说吧，周阿姨。"

"你爷爷这么摔一跤，手术方面，医生也说不会有太大问题。只是，这些天我陪下来，觉得你爷爷年岁高，人总是有些弱了。"

辛远轻轻"嗯"了一声。近几日，爷爷当着辛远的面，不止一次提出要见儿子，还总把周阿姨当成媳妇……医生说，辛远爷爷，或许是老年失智。

爷爷的失智，快得令人惊讶。之前也毫无预兆，并且在大部分时间，他总昏睡着，像嗜睡婴儿，只是呼吸声粗大，像是他的胸腔里，有什么东西破了似的。听着听着，辛远的心也犹如那呼吸声，沉重，折磨。

见爷爷熟睡，辛远自己也走了神，竟不知周阿姨离去。

室内有些闷，辛远去开了窗。

风轻轻吹动着，爷爷头上几根数量不多的白发，在微微飘动。

辛远握住爷爷的手，一手的粗糙，摊开来看，虎口位置有深黄色厚实的茧，这大概是爷爷年轻时撑船留下的。

突然,外面有一阵骚动,有杂乱脚步声,有哭喊声,打破了寂静。

辛远转头看,正有一群人,推着一张病床车,一闪而过。辛远起身,走到病房门口。那张病床车上的病人大概病情加重,医生和几个家属推着车,匆匆穿过走廊。

那病人应该是个年轻女生,尾随着的哭啼者,大概是她的父母。

病床上,女孩子浓密的长发披散下来,从枕边一直披散到车轮上方,一只手臂无力地垂在外头,恍若陈尸。

转弯时,护士将她垂下的手,放回病床上。

那么年轻……辛远脸色沉郁,他走回到爷爷的病床边,默然坐下。

说不清是遗憾,还是别的,像辗转于肺腑中的空气,有一股他无可控制的"场"在悄悄形成。抑闷的气氛,笼罩着一切。

脚有些痒,他还没伸手去挠,突听外面走廊上又是一片嘈杂。

他觉得奇怪,跑出去看。

长长走廊上,一张无人的推车,只有一个轮子,慢悠悠地前行着。推车上,白布从头到脚地盖着,布的轮廓显出人的形状。既然不露出面来,那一定是尸体了。只见推车底下,有水在慢慢滴落,滴滴答答,流了一路。

他心生疑惑,定睛细看。

推车上,一头湿漉漉的乌发正垂在外面,显得愈加阴惨。

嗖的一下,他全身发寒。

推尸车和他之间的距离,慢慢缩短。

车轮,碾着地面,声音尖厉,在空荡荡的走廊上回响着,生出凄凉之感,而那白布下的尸水,渐渐变红,成了血的颜色,沿着车轮,在地面上画出奇异的波浪形的符号来——

～～～

突然,一只蚊子死咬住他的腿,他伸手一拍,把自己从那鬼气悚然的梦境中拍醒了。

他噩梦初醒,心律紊乱,还不等他回过神来,视线早已一步聚焦到一只蚊子身上,它已吸足了血,叮咬在爷爷额头上。

他不敢伸手猛拍，只是轻轻用手拂了拂。那颗蚊子，鼓着肚子笨拙地飞了起来，大概吃得太饱，它靠在病床上方的墙上，停驻不前。

辛远见有机会，便伸手，猛地一拍。

当杀心已起的那刻，腥风已随掌起，不等血肉模糊、残肢遍野，蚊子的魂魄早已离窍。

白净无痕的墙上，残留下一摊醒目的蚊子血，不，其实是辛远他们的血。

辛远手心上，一掌猩红。

——杀一只蚊子，让它吐出自己的血来，却不料，自己也沾一手的血腥。

辛远觉得恶心，跑出病房，去洗手间，狠狠洗了洗手。

回到病房，望着打开的窗，不承想这个时节也会有蚊子。辛远几步走过去关了窗，小声地嘟囔着。

他坐了下来，看了看手表，已过去了两个小时，心里估摸着周阿姨大概快回来了。

他又抬头，想再看看墙上那摊蚊子血。视线所及，他嗖的站了起来，双眼发直，盯着墙壁那一处。

白墙上，多了一样东西。

不是那四溅的蚊子血。

是个符号，他梦中刚出现的符号——

～～～

拾

临近中午，汪犹衣才匆匆赶到，辛远的爷爷早已推进了手术室。

汪犹衣拎着一袋快餐盒子和一瓶白酒，远远就看到了辛远一人在手术室外坐着，神色焦虑。

汪犹衣看他的脸色,只问了爷爷进去的时间,不说其他,便直接从袋子里拿出一张娱乐周报来,垫在椅子上面,逐一将快餐盒子撕了盒盖,分别排放。

一名护士走来,汪犹衣拖住她问:"有一次性杯子吗?"

护士面无表情,摇头。

"那放尿的杯子呢?"

护士犹豫了一下,汪犹衣见状,也没等对方回应,嬉皮笑脸地尾随着护士前去。过不多久,她回来了,左右手各执两只小塑料杯。

她倒了白酒,递给辛远。

辛远心怀芥蒂,察看那杯子,有点下不了手,问:"哪里拿的?"

"还哪里呢,化验科啊!"

还没等辛远反应,汪犹衣便将杯子硬塞进他的手里。

"又没让你灌尿。在没放尿之前,都是干净的杯子。"汪犹衣见他还迟疑,一瞪眼睛,又想不出劝酒辞,把酒桌上的顺口溜都搬了出来:"你是不是我兄弟?男人不喝酒,交不到好朋友。"

她那江湖豪情的傻样,令辛远忍不住笑了,他拿起杯中酒,一饮而尽。汪犹衣见他眉眼舒展,得意一笑。

"吃点菜吧,看你瘦的,像饿了七天七夜的饿死鬼。"

汪犹衣像母亲唠叨着孩子,忙忙碌碌,催促着他吃饭,把筷子掰开,递了过来。辛远的心,有点回暖——好久没有人这么关心过自己了。刚才汪犹衣说他像饿死鬼,其实在一座城市里生活,一个人吃饭,一个人工作,一个人睡觉,活得的确像孤魂野鬼。眼前的这双筷子,仿佛路边路人给的羹饭,给的阳间温暖。

除了爷爷,世上也就只有她,肯给他暖了。

辛远取过那筷子,或许是太熟的缘故,感激的话反而很难出口,心里奔腾着各种表达,但话到嘴边却一个字也说不出口。

他有一双非常干净的眼,那双眼睛,兴奋时会冲出几分天真,安静时则凝集忧郁。

"我……"他看了她一眼,又移过视线。

汪犹衣定定地凝视他,他的嗫嚅不语,让她产生了误会。她红了脸,情不自禁地掉过脸去。过了几秒,汪犹衣掩饰着,换了个话题:"沈月如的事,进行得顺利吗?"

辛远摇了摇头。

汪犹衣咬了一下嘴唇,说道:"我查到了一些。"

辛远猛转过头来,汪犹衣目光灼灼地注视着他,她接下来的话,让辛远恍然大悟。

"沈月如应该是有个爱人的!"

——什么贼人掳走大门不出二门不迈的大家闺秀,什么绑票沈月如是为了报复两家……所有的这些猜想,在"沈月如有爱人"的这个答案面前,全都击碎了。

沈月如有心爱之人,怎能忍受权钱联姻的包办婚姻?

沈月如有心爱之人,怎会眼睁睁看着自己与爱人劳燕分飞?

所以,在婚前的头一天,在所有人松懈了警惕之心时,她趁机偷偷跑了出去,和爱人一起殉情。

唯其如此,她一个堂堂大小姐才能顺利被"掳"了出去。因掳她的人,就是她自己!

——由此,大部分的疑团便可解开了。

可是,她的爱人呢?

生前,不见他影;死后,也不见他尸?

"你是怎么知道的?"辛远疑惑。

"在旅游公司就是这点好,三教九流,古代人现代人,什么样的人,你都能接触得到。"

"你还同古人聊过天啊?"辛远故作惊讶地问道。

汪犹衣拊掌大笑,辛远眼睛亮亮的,嘴角弯成一轮月。

"你也真是的,咧开嘴巴笑一笑呗。"汪犹衣边笑边指着他的嘴巴。辛远故意分开嘴唇笑了笑,怪得很。汪犹衣一见,更是乐不可支。

一些面带愁容的人经过手术室，听到他俩的笑声，一脸错愕。有谁会在手术室外笑得如此开心？辛远和汪犹衣，彼此互视了一眼，忍住眼内的笑意。

手术室的门正在缓缓打开，露出医生轻松的半张脸。

手术很顺利，辛远松了一口气，把爷爷送回病房。

周阿姨拿着她那小本子，查她的记录："医生说还得再让你爷爷待上半月，上次同你说的费用，这两天得马上交。"

之前手术室外的笑，像是在水底憋气许久后的透气，更似淡薄的蜃影，飘飘然，便消散了。

又是钱……近来，它频频出现，像是在提醒着自己的困境，以及无能。

病房空调开得很低，爷爷闭着眼在昏迷中不自觉地咳嗽着，辛远帮爷爷把被子盖好并掖实了。空调风打到辛远身上，他也觉得寒。

仿佛为了更契合无端的苦闷，汪犹衣脸色沉重，走进病房，把手机拿给辛远看。那是一条短消息，写着：

"如果效率太低，或者辛远被家事所累，那我只得麻烦你另换他人。汤一友发。"

近期辛远身不由己，也的确有点心不在焉，汤一友对此不满、想要换人，都是正常的。可笑的是，当看到这条短信，辛远脑子里，第一反应还是那两万块钱。

汪犹衣和辛远，脸色瞬间有些暗淡，都蹙眉不语。

最终仍是汪犹衣懂得排解，佯作轻松，轻笑说："没事，汤一友要再换个人，上手也不会这么快。我们好好去解释一下，看他这个人，也不会这么绝。余下的事，爷爷这边你放心交给周阿姨和我，你就尽力去帮他找那手链。"

她冷静又克制的语气，仿佛一下子长了十岁，大概不自信，絮絮叨叨着，似自语也似说给辛远听："同他好好说，人都是讲道理的。"

周阿姨握着记事备忘录，虽不知发生了什么，听到汪犹衣的话，也不清不楚地附和着，茫然点头。

辛远默默抱着胳膊,沉吟不语。

"信?"周阿姨不自觉读出了小本子的字,大概有些老花眼,拿远了看,研究着什么似的,皱着眉叹息:"唉,我的记性,越来越差了,自己记的也忘记。"

"什么?"汪犹衣走了过去,帮着周阿姨读小本子里的内容——在周阿姨的小本子上,一面新纸上,只有一个歪歪扭扭的字——"信"。

"信?"汪犹衣与周阿姨对视了一眼。

还不等众人悟到"信"的意思,周阿姨的脸已从茫然转向恍然,她急急转身,从抽屉里取出一白色信封,递给辛远。

"我的?"辛远惊讶,接过信,"谁送来的,什么时候的事?"

"我也不晓得,我刚出去了一会儿,你爷爷病床上就放了这么一封信,看上面的名字,就是你的。"

没错,收信人姓名栏上是写着"辛远"两字。

辛远拆开信封,取出一张折叠得很工整的白纸,打开来一看。

眼中陡然失色,白墙快速动了,辛远用强大意志努力抵住突如其来的眩晕感。他闭了闭眼,再仔细读信上的字。

那纸上的字,字体娟秀,字数寥寥,写着:

你送我的不死之水呢?

内容很怪,却不足以令他心乱。可怕的是,字的后面,画着的那三个波浪符号,妖魔一样再次出现——"～～～"

拾壹

辛远找到汤一友,在他所租的旧公寓楼的天台上。

汤一友远远坐着,盯着一面竹筛,他瞥见在楼梯口出现的辛远,用食指在嘴边做了个噤声的指示。辛远不知发生什么事,僵立在楼梯口,一动不敢动。

过了良久,天空中有鸟儿飞过。辛远抬头望,层层叠叠的云,透着刺眼的光。

有几只鸟扑棱棱地飞腾着,跃到天台上歇脚闲步,叽叽喳喳地,清婉悦耳,煞是好听。有一只胖鸟率先注意到竹筛下的面包屑及米粒,它急促地跳了几步,左顾右盼了一番后,跳进汤一友设下的陷阱内。

汤一友一拉绳子,竹筛应声倒地,惊飞了其他鸟儿。

两人朝竹筛跑去。竹筛里的鸟儿,扑腾着翅膀挣扎。

汤一友小心翼翼掀开一缝隙,将手放了进去,迅捷地将鸟抓了出来。那是只很美的白鸟,眼睛小,眼神清澈,鸟爪在徒劳地伸蜷,竭力在汤一友手中挣扎。

"这个时候,对它来说,幸福的不是食物,而是自由。"汤一友笑了笑,抚摸了一下手上的白鸟,然后对辛远促狭地挤挤眼睛,问道:"你喜欢玩这个游戏吗?"

"没玩过。"

"我很喜欢。"说完话,他忽然往上一抛,鸟脱离了他的束缚,伸展翅翼,疾冲向天空。

汤一友仰望天空,那点影子渐渐消失,他表情复杂地说道:"小时候,我爸妈忙,我就一人找乐子玩,最爱玩的就是捕鸟。捕鸟,有人说容易,有人说难。我属于后者。最得意的一次是发现同一只鸟被我捕了两次。那是一只很可爱的鸟,我很喜欢它……事不过三,我对自己说,如果它第三次入我的网,我会杀了它。"

"为什么?"

汤一友讽刺地笑笑:"这还需要理由吗?"

汤一友背着光,辛远突然看不清他的脸及脸上的表情。

风有些大,像一双拍打的手,震得一些铁皮在颤抖,发出哗哗巨响。

"引诱它们死亡的,不是我们,是它们自己。"汤一友冷冷的声音在靠近辛远,"走吧,辛远,既然你来,你一定也是给沈月如的木手链设了网,看看有没有什么鸟进你的竹筛。"

带汤一友去"青县第一笔"费智家里,是汪犹衣的意思,也是汪犹衣将自己所查的线索,一并算作是辛远的"劳动成果"。

很明显,当听说"沈月如有爱人"、青县有一位熟知沈家历史的文人时,汤一友的双眸亮了,其中有一抹赞许。那眼神,让辛远一直悬着的心,重归旧位。他知道,汤一友暂时不会辞退他了,这份工作依然稳端在手中。

在挂满了书画和堆满了书籍的乱糟糟的书房里,费智接见了汤一友和辛远。很显然,费智对他俩的到来早已知晓。

费智个头不高,但看人的目光,始终带着居高临下的倨傲。

费智与汤一友、辛远寒暄了一番,从久仰大名开始,到蓬荜生辉结束。辛远按照汪犹衣的意思,随口胡诌,与一直握着手的费智寒暄了半天。从客套话中打听出他们记者的身份,费智稍稍敛了傲态,从书堆里,腾出两个沙发。汤一友毫不客气地坐下。

"具体的事,你们那位美丽年轻的汪领导已经打电话给我了,我是知无不言言无不尽,你们想问什么就问什么吧。"

"不急,费先生。"汤一友坐在狭小局促的沙发里,显得颇为悠闲自在,他环视四周,指着书架最显眼醒目的正中位置,露出惊讶神色,问道:"哟,费先生,这一排都是您的著作啊?"

对于汤一友口气中的钦赞,费智流露出受用的神情来。

整整一排!辛远情不自禁,对费智心生敬仰。他仔细一看书名,大多与青县的历史人物、风土人情有关,如《青县风云人物》《青县璀璨文化》《青县神奇山水》。

"凡是我写的,都是青县的文化扶持项目。"说此话时,费智带着文人天生的自负,"很巧,你俩来找我,所问的那个人,正是我手头上要进行的某个文化项目——我打算写这个人的传记。"

书房角落,有一盆毫无生气的树藤。在辛远眼里,此时它宛若幻化成一株无形的妖艳花藤,借着那干枯躯壳,蔓延在空中,挥舞着它的手臂,幻生出的花朵萌发着、肿胀着。

"沈月如?"两人不约而同,语带惊喜。

"是的。这本书一完成,我们青县会多一个历史风流人物。"费智的话,铿锵有力,掷地有声,带着领导们在会议中惯用的语气,"沈月如,在我看来,是完全可以和朱丽叶、祝英台相提并论的!"

风吹动着书房窗帘,窸窸窣窣抖动,阳光碎碎地射了进来,切割成一条条形状不一的光柱,投射在三人的眼里,灼灼发亮。

空气中,仿佛有着盛放花朵的芬芳气息。

"沈月如的故事,发生在乱世之中啊……"

某一日,沈月如和她的丫鬟,去了街头。

她的情人,便是那一次,与她偶遇。

惊鸿一瞥后,彼此都不能忘怀。情人重金买通丫鬟,恳求她做他和沈月如的传书信人。两人秘密地通过书信,倾诉渴慕之情,一来一往,定了情分。

不巧,乱世之中,为求自保寻一靠山,沈家决定和张家联姻,沈月如终于鼓起勇气向母亲求情,希望母亲能说服父亲,别让自己嫁给不爱的男子。但女人没有话语权,父权夫权下,沈月如眼睁睁看着婚期逼近。

在当时,在青县,张家势力大如天,就算私奔,也奔不出他的手心。

既然没有生路,沈月如与情人相约一起殉情。殉情的日子就定在大婚的前一天。

　　那一日，情人在后门等着沈月如，一起去了约定的地方……

　　"后来呢？"汤一友追问。

　　"什么后来？"费智讲完了故事，呷了一口茶。

　　"情人死去后的尸体呢？为什么独独只发现了沈月如的尸体？"

　　"最后，他们化作了比翼鸟，一同飞到天上去了。"费智挥了一下手，做出了翱翔姿态，头微微昂起，几根鼻毛若隐若现。

　　那株开在心里的花树，顿时失了阳光，蔫了，成了腐花朽木，刹那间弹指飞灰。

　　辛远讪讪笑着，生怕中断了费智此时激情，小心问："那个情人——变成鸟飞走了？"

　　"你们难道没看过梁祝吗？他们化蝶的故事你们不知道？"

　　"知道。"汤一友按捺住无名怒火，忍气吞声问道，"但那个情人的名字总该有的吧？"

　　"名字？"费智取下架在鼻梁上的那副厚眼镜，皱了皱眉，说道，"我还没想好。"

　　他伸手，从砚台旁拿过眼镜盒，取出擦镜布，狠狠地擦拭眼镜，举起镜片仔细查看污渍。透过费智的眼镜，辛远看到那眼镜后面的世界。

　　——透过那眼镜，这世界，变得很小。

　　砚台上，还残留着一摊墨汁，大概停留多日，空气中，弥漫着一股说不出来的酸臭腐气。

　　辛远的心凉了一大截，他不甘心地追问："那这情人是子虚乌有的？"

　　"我查了很多资料，可以肯定，情人一定是有的。要不沈月如收拾自己所有细软，在婚前一天离家出走，算什么事呢？"

　　这句话，说得有道理。

　　可是，好像不对！

　　辛远蓦地察觉到什么，仿佛触碰到了异样的咒语之门，真相的芽苗，正在破土而出。

"去殉情,为什么还要收拾细软?"辛远不信,喃喃道。

费智张了张口,无法辩驳,脸上不自然地有了一丝愠色,大概不习惯别人如此质疑。

"那么石水安您听说过吗?"辛远问。

"当然。但他不是青县人,我们不会为他立碑树传。"

汤一友淡淡一笑,还不等辛远再说什么,起了身告辞:"那不打扰费先生了。哪天有了其他问题,再请您不吝赐教。"

费智微愣片刻,大概他正说得兴起,没料到汤一友他们这么快就要走,一时又摸不透对方意图,不自觉地流露出失望,与他们一一握手道别。

走出费智家,两人都有一丝无法言明的愤怒。

辛远无奈,缓和气氛笑笑道:"其实,我挺怕见这种人。"

"什么人?"

"文化人,特别是文化男士,他们身上有四个特点:一傲,二色,三俗,四酸。"

两人促狭地笑了,笑着笑着,汤一友深深吐了一口气,大概是胸中郁积很久。

辛远敛了笑,心又沉了……原本以为这次会面会有点结果,没想到却只是看到一出自我妄想的戏罢了。

汤一友察觉到他的心思,拍拍辛远的肩:"这一趟,还是有收获的。"

看民国报纸,说是小姐随身的财物,全被一抢而空。今天费智说小姐是收拾了自己所有细软逃跑的,两个版本都证明了——沈月如离家时,她自己私存的财产都被拿走的事实。

一个新想法,一闪而过。

辛远迟疑地问:"她是想私奔?"

"肯定是。"汤一友轻轻地、不容置疑地说道,"只要找到那只变飞的鸟儿,便能找出那串木手链!"

拾贰

那只变飞的鸟儿,在不停翻涌的时空中,隐遁无迹,偶尔能听到它的啼鸣,但人们始终见不到它的真面目。

反倒是辛远,觉得自己更像汤一友竹筛下扑腾的鸟儿。他手上还攥着汤一友离去前交给他的一纸协议。于汤一友,这份协议的内容是"游戏规则";于辛远,则像西行之"紧箍咒"。

——两万块钱就是那咒语。

这份汤辛合作协议,有点像包车协议,又有点像私家侦探和雇主之间的协议,详细写着辛远所在乎的两万元:或如何紧握在手,或如何眼睁睁看其流失,或如何成债,种种的划分。

汤辛合作协议

甲方:汤一友

乙方:辛远

以三月为限,以乙方收到的两万元定金为基础,以找到沈月如的木手链为目的,实施多退少补,特制订以下协议:

1.包车(全程陪伴)全天(按10小时计算)租金为六百元;一天内,超时3小时以上,按照包车半天计算,即追加租金三百元;若超时在1小时之内,不另付费。乙方须随叫随到。如若不到,每次扣除六百元。

2.以签约日期为起始,在一月内,查出沈月如的情人。如果超过一月,超出一天就扣除一百元,以此累计。

3.以签约日期为起始,在两月内,查出沈月如木手链的下落。一旦查到它的下落,再奖励三万元。如果超过两月,超出一天就扣除一百元,以此累计。

4.在合同期内,甲方如单方面终止协议,乙方将不退还甲方的两万元定金。

5.本协议内容为绝对隐私,本协议一式两份,甲乙双方均有义务保守秘密,否则一切后果自负。

以上协议望甲方乙方共同遵守。

这份不成文的协议中,最有利于辛远的还是第一条,于他而言,随叫随到,没有任何难度。若是汤一友能天天包车的话,只要三十多天,那两万元便是辛远自己的了。

但第二条和第三条,他心里却是一点底都没有。

汤一友把这份协议交到辛远手里时,他郑重地对辛远说:"选择权在你手上,你可以选择 yes,也可选择 no。"

辛远想到了躺在病床上的爷爷,他没得选择,只能选 yes。他拿过了协议,在上面签下了自己名字。

天黑了,天气转瞬即变,大雨将至。

辛远的心,如同雨中摸夜路,似乎找到了灯光,但同时也引入了更复杂更昏暗的迷阵。

这串木手链的价值,是最令辛远百思不得其解的。汤一友寻木手链的过程,辛远算一个勉强的引路人,但通过这样一段引路,他就能得两万元?

辛远忍不住想:如果有幸,他俩找到了木手链现下的主人,假设对方肯卖,那么汤一友要花费的数目,恐是辛远无法想象得了的……

真是奇怪啊。这串木手链,就算被木工巨匠石水安雕刻得再怎么举世无双,充其量它也只是一串木头,它又不是翡翠玛瑙、金银珠宝。一串木头,值得让人先预支两万元吗?难道是辛远不懂收藏,因此低估了它的升值空间?

不可思议啊!

戴它的第一个主人已死去,制造它的主人肯定也已往生。木手链,或早已消亡;或还存于世间,沉睡在某个抽屉角落、柜子旮旯里,残留着沈月如手腕上的温度,等待一次重见天日;或它已见天日,被戴在另一个女孩的手腕上,承受着另一世重生般的阳光……

他正胡思乱想,出神发愣,手机响了,吓了他一跳。手机屏幕上跳跃着"吴昕"两字。深陷在木手链怪圈中苦思冥想的辛远,一时之间想不起吴昕是谁。他犹豫了一下,还是接了电话。

"喂?"

通话那头传来一个女人沙哑的声音:"来接我。"

他诧异地拿开手机,"吴昕"的名字肯定是他输入的,可这人是谁?

"什么?"

"来花都,现在。"对方说话声音小,有点含糊不清,但意思很清楚——让他去花都接她。

花都,粗哑的嗓音,一个心形刺青,在他心头浮现了上来。

他明白了,她是谁。

午夜,花都门口仍车流密集,人声鼎沸,花都正门口的大屏幕照得周边亮如白昼。

辛远的车从车流中涌出,缓缓停在台阶下。

一个化着浓妆的女人正趔趔趄趄地从台阶上走下来,还没等辛远辨认出,她一把拉开辛远的车门,爬了进来,混杂了酒和香水的怪味充斥车内,辛远忍不住开了窗。

"把窗关上。"她无力地命令,似酒缸里快溺死的人,挣扎数番后,爬上岸才得以发出声。

客人要求,不得不服从。辛远只好忍受,关上了窗。

"别停车,马上开。"她大着舌头,报了个地名。

"你喝醉了吧?"辛远问道。

吴昕小包里的手机炸锅似的响起来,她取出手机,看也不看直接关机,然后警惕地朝后面看了看,不耐烦地催道:"快开车!"

后面有车,在拼命按喇叭。

辛远回头,却对上吴昕那一双眼眶描画得很黑的眼睛,冷冷发着光:"你开不开?"

辛远转过头,发动汽车。车子缓缓地动了起来。屏幕光给人犹如白昼的错觉,渐渐消失。

"叭"——身后传来持久的喇叭声,非常粗暴无礼,像一个人歇斯底里地发作。

辛远从后视镜中匆匆看了一眼:一片远光灯,刺得后面一片发白。那强光,刺得他眼痛。很难分辨是哪个发作者在烦躁地按喇叭。辛远收回视线,迟滞几秒,才适应了前方黑暗……

辛远清晰感应到,狂鸣车笛的那人,是冲着他来的。

沉水香

一截木头,因死亡,因机缘巧合,经历数百年后,脱胎换骨。

它因风雨蚀、刀斧踩、蚁虫食等外界侵害,受了伤,从生到死,经历了决绝、痛楚、摧毁……在那腐烂潮湿的天然坟墓中,本应渐渐化成土,死成一片尘埃。

浮生若斯。

这木头,却没,它超然于外。

长久孤寂加阴冷,它的伤口竟自然分泌油脂,油脂渐渐包裹,又把死包裹成了生,从惊惧到迷惘,从迷惘到安然,从安然到恬淡,它把那伤,凝结成奇香。

而此香一旦凝成,永不消散。

香气变化万千,寂然入鼻,令人心头沉淀,却又衍生众多感慨。

香气缥缈上天,而经历死亡历程的木头渐重,它早已不是前世的木石,去了轻浮的前身,它越来越沉,不在尘世间浮浮沉沉。

此木一旦入水,马上就能沉到水底。

它有个好听的名字,叫"沉水香"。

想来,世间男女,凡胎真相与木头伤疤并无区别,绝大部分之恋,不论初期多么轰轰烈烈、绮丽缠绵,最终也是从生到死的演变,渐渐烂成了土,在弹指间飞散。

只有极个别不凡的异数,能历经劫难,一段末世情爱,修成了永久留世、倾世之香的"沉水香"。

但不管如何,它都是忘川上幽幽飘荡的木,回头望,欢作沉水香,侬作博山炉。

欢爱一时,撑不了一世。

入水那刻,前尘往事,俱已忘。世间寂静如初,凉薄如水。

沉水香是众香之首,香料中的钻石。

沈月如手腕上戴的那串木手链,原来并非是普通木珠,而是上等沉香木材。

原来如此!

听了汤一友的解说,辛远这才从原先的困惑中解脱出来,他好奇地问:"一串沉水香要多少钱呢?"

"它以克论,一般数万元一克。可惜,市场上九成是假沉香。"汤一友说得云淡风轻。

辛远一听,猛惊,这才明白作为引路人的他所得报酬为何如此之高。

"一友,你为什么一定要找到它?"

"兴趣使然。何况是石水安作品……实话跟你说,我在某拍卖行有一职务的,止找一件镇店之宝。"

辛远恍然大悟。

"辛远,你爷爷好些了吗?"汤一友话题转到爷爷身上,令还陷在沉水香惊人价值中的辛远没反应过来。

"好,好很多了。"

"那就好。今天也没什么事,去看看你爷爷。"汤一友拦住辛远的客气,笑着解释,"你爷爷有九十多岁,他就是青县的活历史,或许,他也知道沈月如的故事。"

"可是,"辛远脸上露出为难之色,"爷爷自从摔过这一跤后,神智有时清楚有时不清楚,我怕你会失望。"

"没事。"汤一友说,"不管怎么说,我知道了就得去,这么长时间不去探望老人家,是我失礼了。"

当汤一友很有礼貌地带着礼品来到病房时,辛远远就望见爷爷丢了魂的样子,老人正盯着天花板,外界喧哗都没能让他转移视线。

周阿姨见有客来,她俯下身唤爷爷,她的声音直而尖锐,不带任何感情。这使得辛远情不自禁怀疑,他不在爷爷身边时,周阿姨是否会尽心尽责?大概不会吧,身为陪护的她,对病人的痛苦早已司空见惯。也难怪,护工每天面对的是脏和累,又见惯了生死,早已培养出不同常人的麻木和冷漠。只是,失智老人是否会受罪? 突生此念,令辛远有点坐立不安。

辛远真想守着爷爷,不需他人,就自己。每陪伴一次,近距离端详爷爷,总会发现这个从小养育他、保护着他的老人,不知不觉中已形如槁木,苍老瘦小,好像缩了水的羊毛衫,从 XL 号变成 L 号、M 号、S 号……仿佛有无形的力量在逼近,告诉自己,爷爷在离自己越来越远……

辛远曾经过单人高级病房,那些病房中的人,脸上也有痛苦,但同多人病房中病人的瘦骨嶙峋、家属的愁眉不展,还是有很大的不同。

该死的医药费,该死的生活费……

想到钱,辛远逼着自己振作了一下。余下来的日子一定不会好过,毕竟这世上没有不死之水。

辛远不自觉地抬头望了一眼前方白墙,那个符号很淡了,但在他眼里,仍然触目惊心。

爷爷是失了魂还是走了神,抑或是耳背更重,对周阿姨的大声叫唤,他置若罔闻。周阿姨抬头,嘴角一撇,指指脑子摆摆手,她的举动显然有嫌恶之意。

"麻烦你,帮我们买两瓶矿泉水来。"还不及辛远反应,汤一友伸手递给周阿姨二十元钱,"剩下的,不用找了。"

周阿姨满脸欣喜,拿了钱出了门。

两人坐了下来,静望着躺在病床上的老人,辛远隐隐有些心疼。像是感应到了孙子的想法,爷爷的嘴微颤了一下。一阵猛烈的咳嗽,令爷爷的视线终于松动了,从天花板上移到抚他胸口的辛远身上,渐渐又移到了汤一友的脸上。

爷爷喘着气,声音断断续续,问:"你是?"

"爷爷好,我叫汤一友,是辛远的朋友。今天过来看看你。"

"哦,辛远的朋友……"爷爷又把视线转到了辛远脸上。

辛远点点头。

"爷爷,今天来是想请教您,还记得青县以前发生的一些事吗?"汤一友开门见山。

"你想知道以前的事?"爷爷凝视着汤一友,慢慢说道,"以前啊……有些记得,有些记不得了。"

"您听说过青县的沈家吗?"汤一友问。

"哪个沈家?"爷爷茫然。

"出过一个悬案的沈家。"

"青县最富的沈家吗?"爷爷疑惑地一瞥汤一友,咳了几声。

从汤一友与老人的一问一答中,辛远发现爷爷今天的精神挺好,思维也很清晰。同时辛远也看得出,汤一友很兴奋。

爷爷眼里,仿若射进民国时的一串阳光,拉开了年轻时光的罅隙。

"对以前的沈家还有印象吗?"

"沈家围墙很长很高……"在爷爷的追忆里,沈家里面的世界和外面的世界分开了。里面世界的砖砖瓦瓦上,雕着吊挂的蝙蝠。里面世界还长着高高的树,有时候外面的人会看到树上缠挂着的风筝。风筝没飘走,飘出来的是昆曲调子,外面的人有时候边走边跟着哼几声……爷爷回忆的眼神渐渐黯淡了下来,重新回到他的衰老世界:"可惜了,现在,沈家没了,连一块'福到'的砖头都没了。"

"爷爷说话方式真特别。"汤一友笑了一下,继而转回老话题上,沉吟着问,"沈家的'福',的确没到。沈家人口算多吗?"

"幼年时我上过私塾。"爷爷这句话,算回复了汤一友所言的"特别",然后继续回答汤一友的后一个问题,"沈家人丁不算兴旺,如果我没记错的话,沈老爷娶了三房太太，但只有正室生了一个女儿，其他两房颗粒无收。"

爷爷口齿清楚，答话敏捷，实在出乎辛远和汤一友的意料，两人对视了一下，彼此都很激动。

"没有竞争者，这女孩可以独享宠爱，她就是沈月如吧?"汤一友问。

"是。"爷爷在病床上点点头，语气端然，"小姐闺名是沈月如。"

"沈月如的死，在当时的青县是不是很轰动?"

"是的。"

"在出嫁的前一天溺水身亡。爷爷，当地人怎么说?"

爷爷叹了口气，带着几分惋惜："还能怎么说? 大家都很可惜。"

"那是不是强盗劫财害命?"

爷爷凝重地沉默片刻，他的表情告诉在场的人，他在竭力回忆，但显然，回忆之路又迷离出雾失楼台、月迷津渡之幻境——他脸上露出了这般神态。

爷爷爆发出更猛烈的咳嗽，好像回忆掠夺了他周边稀薄的空气。辛远上前，半扶起爷爷，抚拍着老人的背。

"爷爷，你认识沈家小姐吗?"汤一友问，"算算您的年龄，同沈月如应该算是同辈人。"

爷爷费力咳出一口痰来，才止住了那没完没了的咳嗽，他开口时，因为刚咳嗽过，声音变得沙哑：

"大户人家的小姐，外面的人，怎么可能随随便便见得到?"

"那……"汤一友沉吟了片刻，调转话题问，"爷爷，那个时候，您是做什么的?"

汤一友的问话有点微妙，像语言背后有一扇隐蔽小门，一双手正悄悄探入，那里埋伏着重重机关。

辛远本能反感汤一友刺探的语气。

"我……"之前回忆犹如乐音跳跃，但汤一友的问话改变了调性，爷爷的回忆如乐器逢寒的崩裂。停顿几乎难以察觉，爷爷比辛远更能沉住气，心平气和地答："我是一名船夫。"

"爷爷是单桨独船还是和人合伙……"

"我喜欢独来独往,不喜欢与人一道。"

"那爷爷绝对算是老板啊!"汤一友笑道。

爷爷没笑。

"船夫是不被人叫老板的。"爷爷说这个话时,听起来有些疲惫,"老板的发音,与橙板很像,这是船家的忌讳。"

汤一友微愣,但很快醒悟,一脸愧疚。

"不好意思,我对青县的风俗还不是很了解,忌讳之处,请爷爷谅解。"

"你不是本地人?"

"是的,我不是本地人。"汤一友恭敬作答。

爷爷宽容地笑了笑。

"就算是本地人,也不会了解船上所有的忌讳。"他的笑很快就消散了,眼神有些阴郁,"再说,我也不算船夫了。我已好多年不干这个了。现在就算有这个心,你们看看我这老废物,还拿得动一支桨吗?"

岁月像疾驰而来的列车,轻易就碾过了老人的身体,老人叹息里带着沉重。

没人说违心的客套话,病房内一片沉默。

"我不是十八岁的愣头小子,争强好胜的日子已经过去了。现在,我就跟这张床耗,看它能让我躺多少天。"爷爷像宽慰他们,边说边笑,用他少有的幽默口气。

汤一友和辛远却都没有笑。

病房内又静默了,唯有中央空调在轻轻嗡嗡响着。

爷爷扭过头去看窗外,光有些刺眼,他没避,只是直直望着,眼神渐渐变得散乱。

"像光一样的水啊……"他叹息着说。

"什么?"辛远没听清楚,"爷爷,你说什么?"

爷爷眼神迷茫。一看那眼神,汤一友便明白,老人的神智又跳离了自己的肉体。

"谁?"爷爷干瘪的嘴唇嗫嚅着。

"谁?"辛远更茫然。

爷爷伸出一根骨头微凸的手指头,先是指向汤一友,接着又犹疑地指向辛远。

辛远和汤一友,面面相觑。

周阿姨拿着两瓶农夫山泉走进病房,爷爷对着周阿姨问道:

"辛远妈妈,这两位是谁?"

周阿姨皱了皱眉头,自言自语:"又糊涂了。"

辛远不敢相信地瞪大眼,"爷爷怎么到这地步了?"

"他脑子已不清楚了,有时好,但大部分除了睡,就是乱认人。"周阿姨逮住机会抱怨道,"一会儿乱叫我辛远妈妈,一会儿又当我是贼。"

她语气里的不耐烦、厌恶,令辛远的愤怒突然上涌,他差点要发作,但又怕他现在不忍住,最终只会让爷爷更受苦,毕竟周阿姨和爷爷单独相处的时间,要更久。

"年纪大了就这样,你以后老了,也会这样。"出人意料,汤一友冷冷出声了,"照顾病人,什么样的状况都得学会应付。你作为陪护,应该有过培训吧?"

周阿姨张大了嘴巴,大概没料到有人会将她一军,她懵了,一时接不上话。

辛远问:"我爷爷现在经常这样?"

周阿姨没什么好声气,但比起之前,显然有点虚:"动完手术后没多久就这样……刚开始倒也好好的。"

躺在病床上的老人,眼神里有一种对陌生环境的恐惧,他正不知所措,大概以为自己正面对着一群不知来路的陌生人。

面对这样的爷爷,辛远有些无助。

——甚至比躺在病床上的老人,更迷茫。

"现在医院的钱也拖着,我的钱也没着落……"周阿姨嘀嘀咕咕着,像是发泄心头早已积压着的不满,更似在反驳汤一友刚才的指责。

"我……"辛远的脸色不好看,话也说不响,"钱,很快会给你的。"

"我上次说过的王阿姨不错,你就不听。你看……"汤一友莫名其妙地冒出这么一句。

什么王阿姨?汤一友什么时候说过一个王阿姨?辛远不解,看汤一友边说边朝辛远挤挤眼睛,心中恍然,再回头一瞥,周阿姨果真面露几分紧张。汤一友从口袋里摸出一叠钱来,数了数,共十张,交给周阿姨:"这工资你先拿着,以后做不做,还得看你自己意思,和辛远的意思。"

周阿姨拿到了钱,又听汤一友这番话,顿时紧张起来,她涨红了脸赶紧解释:"我没有别的意思,老板你们不要误会。"

"没有误会就好。"汤一友望了辛远一眼,意味深长地对周阿姨说道,"既然做了,那就好好做。"

周阿姨手里紧紧攥着那十张钞票,连连点头。

汤一友拍了拍辛远的肩。辛远回过神来,视线触及周阿姨手上的钱,他的脸唰地红了,还不待他开口,汤一友笑着说道:"既然做了,那就好好做。说你呢,干活挣钱去。"

拾肆

从医院出来,辛远和汤一友站拐弯处,举目仰望,城市末端金乌西沉。

光明消逝,两人站了会儿,心中迷茫,不知该何去何从……

辛远喃喃:"接下去,不知道该怎么查了。"

一只鸟从头顶飞过,转瞬,目不能及。

汤一友牵了牵嘴角,似笑非笑,说:"你又感激我,又厌恶我?"他说得这么直接,出乎辛远意料。

汤一友太犀利了,他看出了辛远的感激,感激他一再的出手帮忙,但同时辛远对工作天生的消极和没兴趣,也没掩饰住,虽然辛远当前不能没有这份工作……

辛远欲开口辩驳。汤一友阻拦了他的解释。

"你反感我对你爷爷的态度,是吗?"

连这他都能发觉。辛远感慨,心知解释再多都无用,任何否认都只显出虚伪。

"是的。"辛远索性承认。

"你认为,我的口气,像是警察在审问犯人?"

"为什么?"辛远鼓起勇气抬起头来,语气有些生硬,眼神直视对方。

"问得好,为什么?"汤一友迎着辛远的目光,"你知道吗?至少有好几种人可以胜任你的工作,比如私家侦探。可我为什么找开黑车的你?"

辛远心虚地回避了他的目光,摇了摇头。

"你九十多岁的爷爷,就是青县的活历史。汪犹衣介绍你给我的时候,我只想要一个司机。但当得知你有一个九十多岁的爷爷,我知道,这份工作,非你莫属了。"

辛远登时清醒了,他以为自己是为了爷爷,才硬着头皮接受这份工作。可是没想到,竟然是爷爷的高龄,成全了他这份工作。

此刻的街上,霓虹灯全亮了,人们为五光十色的假象所惑,停下了脚步,驻足观望。每一份被注视的商品,在他们眼里,宛若短暂拥有。

一个背着很大蛇皮袋的拾荒男人,驼着背走着,每跨出一步,身体重心都放在前行那条腿上,似乎他不是在走,而在拖身体,拖着经过路边汽车,拖着路过琳琅满目的商铺,拖着与各行人交错而过。他的眼睛,一直盯着地面,仿佛他的视线,最适当的位置,便是在低处。

汤一友也注意到了:"你看那男人,似背着很重很沉的东西。你有时给我的感觉,就是这样。你看你,连亲人这边,都没想过要从他那边了解一些青县往事。你已自我封闭,消极怠工,我说什么你便做什么,从不主动交流,只是机械完成任务……"

"我……"辛远惶恐了,想说点什么,却又无从说起。

汤一友又挥了挥手。

"有些话，我不用明讲，你自己也该明白。辛远，任何维持生存的工作都是无趣的，生活也是盲目的。做什么，的确都是毫无意义的，除非有爱。"

做什么，的确都是毫无意义的，除非有爱！——辛远的心，被重重敲打了。

"你得想想，你为谁去工作？"说完此话，汤一友毫无预兆地大跨步走了，辛远回过神来，对着汤一友的背影喊道："我送你回去？"

汤一友没有回应，没有任何手势，也没有回头，径直朝前走。辛远悻悻然地收回了手。

黑暗临近，辛远孤零零地站在街上。

汤一友的话，像一颗子弹，直射进辛远心里，内心有某种沉睡的东西，在缓缓苏醒。

爷爷肚子里有多少青县的故事，或许连他自己也说不清，他一定亲历了沈月如的那个时代。沈月如的家族，沈月如的溺死，沈月如她本人，一定可以在民间，有众多版本，众多演绎。辛远若想知道，单从爷爷这边，便可获悉许多。但他连一次都没去问过。那是因为他接活时，恰逢爷爷摔伤，忙乱所致。是吗，是这个理由吗？

不是的！——那些托词，实在很虚假。

他和爷爷之间，无疏离之感，甚至他看重爷爷超过他自己，有件事不可否认：的的确确，他是为爷爷才接了木手链这活。

辛远不会忘记，某一日他在外开车，突然记起当天是爷爷生日，打电话告诉爷爷，让爷爷等他回家，他会带只蛋糕。爷爷坚决不要，找了一堆不爱吃蛋糕、老人不能吃蛋糕的理由，还保证这一天他一定会吃得好。那天生意特旺，等辛远到家，爷爷已睡了。辛远退出房时，去厨房偷看了一眼。橱柜里，孤独地放着一小盘腌黄瓜。

每想到那画面，辛远都心酸至极。爷爷这年纪，还能过多少个生日？辛远常害怕，怕来不及弥补生日之憾，爷爷就……辛远告诫自己：不管发生什么，一定要对爷爷尽心尽力。

是的,为了将来少点遗憾,为了渡过眼前难关,为了那两万块钱,为了让爷爷顺利手术,甚至也为了自己苟活,他要这份工作!之前的奔波忙碌,只是外相,他并没有上心。如今,他明白自己对工作的无心,再也不能继续了。

手机铃声把他从沉思中拉回现实,他定了定神,看清了来电者:"衣衣?"

"辛远?"汪犹衣感应到了什么,迟疑着问,"你怎么了?"

辛远清了清嗓子,佯装轻松说:"没什么,在家里一个人待着,好久不说话。"

"吃过饭了吗?"

"应该是的。"辛远想了一下,似乎有吃饭的记忆,似乎又没有。自从他和汤一友在医院门口分别之后,他好像取了车,径直开回家,途中有没有下车去吃快餐,却是一点也想不起来。偏偏模糊了判断的,除了记忆,还有食欲。他觉得胃里似有东西填着,似又空着。

心和胃,总是连在一起,分不清楚彼此。

"你这个人怎么这样,有没有吃过饭都不知道,要不要去大排档?"汪犹衣嚷着。

"今天不想出去了。"

"你……"汪犹衣一时气结,"你也太不爱惜自己的身体了。"

"你是不是有事?"辛远不想纠缠于没完没了的吃饭问题上,提醒汪犹衣。

"差点忘了正事,我问你,费智有没有什么新线索给你?"

"他正在创作梁祝一样的故事,刚好把沈月如和她的爱人写成化作比翼鸟。接下来的情节怎么编,得看他本人的即兴创作。"

"啊?"汪犹衣大叫一声,失望极了,"真是鸟人!那你有没有什么新进展?"

"今天汤　友提醒了我,问我爷爷,爷爷会知道些过去的事情吧。"

"对啊对啊!"停顿了一下,汪犹衣在电话那边大喊大叫,高兴坏了,"我想来想去,竟然没想过你爷爷这边。爷爷是老青县人,他看得多听得多,问他,一定会有收获。"

汪犹衣的热忱,令辛远心中一暖。原本这事就同她无关,她的积极性却远远要超过他。可她如此上心,还不是为了他? 汤一友说得对——做什么,的确都是毫无意义的,除非有爱。

辛远左手拿着手机,右手摸着肚子,开玩笑道:"我应该吃过了吧,怎么又饿了,是不是怀孕了?"

"神经病,哈哈哈,出来吧,老地方,八点半。"

刚挂了电话,转眼手机又响了,还没看清是谁,辛远手已按了通话键,话筒那边传来急促的女声。

"快来接我!"

辛远拿开手机,一看屏幕上显示的名字,是吴昕。

"你在……"

"花都后门。"

"我……"还未说出下面的话,通话已被中断。

辛远拿着手机,愣了片刻,接着,他动作迅速,拿钥匙,穿鞋子,打开家门,跑了出去。

花都后门,众多空调外机声音轰轰,水滴似雨。

与前门的人来人往、繁华热闹形成了强烈对比,后门破败不堪,垃圾堆成了几座小山,酒瓶、塑料袋、散乱的扑克牌,甚至还有女人内衣。

辛远停了车,还来不及熄火,花都后门悄悄打开,一个浓妆艳抹的女人从中闪出,快步跑向辛远车内,开门后将手上大包扔了进去,人也随之窜进后座。

"快开!"吴昕低声喝道。

同时,花都后门被一脚踢开,一个人高马大留着络腮胡的男人冲了出来,左右扫视,一眼看到辛远的车,迅速地朝车子跑来。眼看对方凶神恶煞地即将扑到车子上来,辛远意识到了什么,他的脚本能地踩油门,车子冲了出去。

辛远透过外后视镜看到,那男人呆了一秒,立即又跑进了花都内。

"他是谁?"辛远问道。

"同你没关系。"

"如果有危险,这笔生意我不做了。"辛远将车子缓缓停靠在小路边。

吴昕从包中取出几张百元人民币来,扔到副驾驶座上。她冷冷道: "开车!"

辛远瞥了一眼副驾驶那方向,犹豫了。

"没什么危险。"吴昕嗤笑了一声,讽刺道,"那男人,在追我。"

"追你,还是在追命?"辛远盯着后视镜,刚才那阵势有点吓人。

吴昕脸上充满了鄙夷和嘲笑,她迎着镜子中辛远的目光,抬抬下巴,不急不缓地说,"电影看多了吧? 追命的话,我还来得及叫你来接我? 开车,送我到家吧。"

辛远若有所思,发动了车子,慢慢开到了宽敞大街上。

后面传来汽车引擎的轰鸣声,两人往后一看,络腮男正坐在一辆出租车里,不死心地朝他们疾奔而来。

完全没有料到追求者是这么疯狂,辛远大惊,顿时换挡踩油门,还不等他的车冲出去,络腮胡的车已狠狠撞上了辛远的车,并死死顶住。

辛远踩死了油门,才得以逃脱对方的纠缠。络腮胡却不依不饶,死咬不放,大按喇叭,继续朝他们撞了上来。

吴昕紧紧拉住车内扶手,脸上血色已无。

前面是一堆泡沫箱等杂物,等辛远发现时已是来不及,他只好横冲直撞,水平向前继续加速。四处飞散的泡沫箱阻挡了络腮胡的视线,他的速度不自觉慢了。辛远不敢再减速,继续加快速度往前疾驰。

很快,两辆车神奇地拉开距离,从车水马龙的大道中,被川流不息的车流冲散。

"不能去我家了,"吴昕心有余悸,声音微颤,"你家在哪里?"

辛远木木的,没回答,他都不清楚自己是如何卷进那不似真实的追逐中的。他就像被幻影追逐的阴灵,不知是幻象还是真实。只有灵魂,有一刹那的迟滞,还停留在之前的速度中,一旦慢下速度,灵魂也随之回归。

拾伍

辛远开车接送客人多年,什么样的怪事都会碰到:有拿着照片找人的,有上了车一路大哭的,有想骗他钱的,有明明丢了东西却拒收的……可包了他的车,又连带着想租他房的人,吴昕是第一人。

带她去他家,他一路踌躇,心里隐觉不妥。但踩着油门的脚,没有停顿;握着方向盘的手,也没试着朝其他方向转。车,直直地开往家的方向。

途中,辛远是有机会开口的,在吴昕下车买麻辣烫时。可直到吴昕重新上了车,他重新发动了车,也始终没有开口。就这样,犹犹疑疑,一路开到了自家楼下。熄了火,他还有机会拒绝,但他又不知该说什么,或该做什么。他错以为沉默是最好的态度,可吴昕根本就不领会其意,她见辛远停车又熄火,坐了片刻,见他没反应,便开口问:"这是你家楼下?"

"嗯。"

"你家几楼?"

"三楼。"

吴昕想也不想,直接提着东西下车,砰地关上车门,又敲了敲驾驶位的窗玻璃。"下车吧。"她反客为主。

辛远无奈的表情,吴昕视若不见,指指楼上。

"是你家,你带路。"

辛远望了望她,又扫视了一下周围,除了他俩,没有其他人。

他探身,从副驾驶座位底下捡起刚才吴昕扔下的钞票,慢慢地下了车。他走到车子尾部去看了看。突然,一只手伸到他面前,手里又是一叠钱。是吴昕,她懒得看后面,说道:"修车的钱。"

他懒懒接过,慢吞吞走向楼梯。

走到家门口,他取出钥匙,身后的吴昕停在楼梯间,没同他一起挤在家门口,保持着一个让辛远感觉自在的距离,笃定地等门开。这一刻,竟有些漫长,也让他心生错觉——以为自己在用吴昕的钥匙,打开吴昕的家门。

门一敞开,一封夹在门缝里的信,掉了下来。又是白色的信封。

辛远心中某根叫作紧张的弦,被拨动了一下。他捡起信,只拿在手上,在拥挤的玄关口换上小熊拖鞋。吴昕随后进来,重复了动作,并随手关上了门。

门一合上,原本一个人还觉宽敞的空间,因有了两人而变得拥挤狭小。对面或背面,总能感受到陌生人所带来的气流,扰乱了平静。

"厨房在哪里?"吴昕问。

辛远用手指了指右边。吴昕走进厨房,传来碗筷碰撞和水流的哗哗声。

辛远的目光落在了手上那封信上,心中有畏怯,仿佛那信封内藏着一个妖怪,冷不防会跳出来咬他的手指头。手一哆嗦,信被他扔到了桌上。

出了厨房的吴昕已是素颜,卸妆后的脸宛若晚春。吴昕眉眼之间多了些英气、豪气,少了一些靠妆描画出的婉约柔美。

她拿了两副碗筷放在桌上,把还冒着热气的麻辣烫倒入碗内,一碗荤,一碗素。

"吃吧。"吴昕毫不客气地在素菜前坐了下来,将荤菜碗上的筷子递给了辛远。

的确饿了。辛远取过筷,也毫不客气地坐下吃。两人沉默无语,专心一致埋头对付眼前这碗食物。

吴昕吃了几口后就停了筷子,她从大包里取出一瓶白酒和一包烟,二话没说先把烟给点上,一张素白的脸,隐藏在袅袅香烟后。

她把酒推到辛远面前,辛远露出不会的笑容。她笑了笑,把酒瓶打开,也不用杯子,先往自己嘴里灌上一口。

"我暂时回不去,你这里,我想借宿几日。"吴昕吐了一口烟,卷曲而飘忽的烟在空中弥散。

辛远默默无语,心里有说不出的别扭,正盘算着自己该如何打发对方时,只听吴昕悠然说道:"放心,不会给你添麻烦,每日一百元租金,水电煤另算,你看怎么样?"

幸亏还没出口拒绝她,辛远心念一动,抬头瞅了吴昕一眼,后者一身寂寥,嘴角总是衔着一丝颓废、暧昧的笑,但眼神锐利,像能把人看破。这种眼神和笑容,一般人无法承受,辛远自然也回避了。

吴昕靠在椅背上,斜睨辛远,笑着吐出一口烟来。

"你怕我?"

辛远摇了摇头。

"你有女朋友吗?"

辛远又摇了摇头。吴昕笑了笑,又灌了一口酒。

"我不信。你这模样,应该是招蜂惹蝶型的。"

"现在的蜂和蝶,找的都是花朵大的、花蜜多的。"

吴昕笑了,特别豪放。

"如果看到喜欢的,我会主动对他说,去我家吧。"说此话时,她脸上有几分邪魅狂放,她伸手拿酒瓶,轻啜了一口,"以前喜欢一个人,还是挺容易的。而现在,却变得越来越不容易了。"

"那么爱的呢?"

吴昕没回答,有点出神,仿佛空气中有一股巨大力量,形成了旋涡,将她整个人吸了进去。停顿了片刻,她恢复神情,无话找话地问:"你为什么要开黑车?"

辛远想了一下,回答:"没有好好读书,没有好文凭,没有好背景,没有好能力……那你呢?"

"我?"吴昕一脸无所谓,"当然是为了钱!也有过想在里面瞎碰个人,能凑合着过日子。不过,时间久了,这梦也就不做了。去我们那边的男人,能有几个好的?呵!"她又吞了一口酒,把酒瓶递给了辛远,见他仍是不喝,她嘴角一牵,满是讽刺,"有些男人,白天想让我们做圣女,晚上想让我们做小姐。真是可笑!"

"今天追你的那位,也是这样?"

她没回应,脸上却透着鄙夷。

两个人毕竟陌生,无话时便有藕丝缠绕般的尴尬,况且吴昕在烟雾中的那双若有所思的眼眸,令他很不自在。

他想到了隔壁爷爷的房间,道:"隔壁是我爷爷的房子,面积比这间更小,你如果需要,就住那一间吧。"

她点点头,对着那封信抬了抬下巴,问:"有信怎么不看?或许是哪只蜂哪只蝶给寄的。"

她见他没动静,直接把信拿了过来,递到辛远面前。

辛远接过,撕开信封口,有张照片掉出来,吴昕帮着捡起来,定定地看了一会儿。辛远抽出信笺,上面又是寥寥几字:

我们一起买的迷迭香,还在散发香味吗?

吴昕凑过头来,一眼便看到了信笺内的文字,她大笑:"明明有女朋友嘛,看不出你这老实人也撒谎。"

辛远没有回应,他劈手夺过吴昕手上的照片,只见照片里是一盆株直立、叶灰绿、狭细尖状的植物,叶内开着淡蓝色小花,看起来好似小水滴。而栽种此花的盆是一只白色瓷花盆。

这只白色瓷花盆好生面熟,似在哪里见过。倏忽一念,他遽然站起身,往阳台走去,开了灯,去看阳台角落里的那一盆被人遗忘的植物。

阳台上的白色瓷花盆,高度、形状、品种与照片上的一模一样。再细细比对,虽然阳台上这盆植物,已经形如枯槁、颜色发黑,但仍保持着与生前一模一样的形状。毫无疑问,照片上那盆迷迭香,就是阳台上这盆死亡植物的生前。

这是巧合吗?

不,绝对不是巧合。他心头明白。

原来,这盆植物是叫迷迭香。信中说"我们一起买的",到底又是谁和他一起买这盆迷迭香?

他的头,隐隐痛了起来,像是潜伏在他脑子里的怪物,用手撕裂着,试图从中爬出来。电光火石间,有一片段像海市蜃楼般出现在他脑海里……

一只手,伸出一根小指头。"打钩钩。"一个含笑声似从遥远天际传来……

这双白皙瘦薄的手,在阳光下,闪着钻石般的光芒。

这双手,从一个花农手里接过这盆迷迭香。

记忆到此又卡住,余下来的一切又成一片空白。

从脑海中莫名跑出来的这一小段景象,像幽暗长廊,不见头也不见尾。

这是梦,还是妄想? 毫无预兆地在他大脑里出现了几秒,便又隐匿了,诡异万分。他通体冰凉,顿时觉得周遭空气变得稀薄。

吴昕看出他的脸色变得煞白,正欲开口,突然听到房门被人猛拍。辛远还没收回魂来,又被那突兀的敲门声吓了一跳。

吴昕见状主动起身,走去开门。

"开着灯就知道你在……"高亢的声音戛然而止。

辛远的头大了一下,他硬着头皮走到门口,果然是汪犹衣,她手上提着一袋快餐盒,张口怔怔,望着吴昕。

汪犹衣面对辛远家突然出现的陌生女人,起先是茫然,接着疑惑,疑惑过后是恍然。吴昕猜出了几分,她朝后缩了回去,轻轻离开了三人对立的困窘局面。

汪犹衣没掩饰住她的不信和不甘,还有无所适从的惶惑。看辛远没有解释,也没有介绍,她脸色变得更为凝重,掉头就跑。

"衣衣……"辛远来不及换鞋,只在门口喊了几声,只听得汪犹衣急急下楼的脚步声,仓皇、狼狈。

——也好。

辛远心里叹息了一下,他一直将她当友人当亲人,他在意她爱惜她,她若有事,他理所当然会站在她身边,护她、关心她、照顾她。但他不能给予她一个男人一生一世的爱恋承诺,也无法承受她的心思安放在他的身上。

69

汪犹衣如花般美好的年华,应璀璨开放在一段你情我愿的恋爱中,而不是枯竭在无可奈何里,到了最后,连最初好感都燃烧殆尽,一丝不剩。

他轻轻欲将房门关上。

有人急促上楼,然后直扑这边,一双手将门猛地抵开。

仍是汪犹衣,她蹙着眉头,看了他一眼,满是幽怨。她这一眼,真实地将心里的痛楚,直接传递到他那边。

有些人,不能一起爱,却能一起痛。他的心,隐隐疼痛起来,为了她。

她没说什么,只是将快餐塞到辛远手里,含着眼泪,掉头就走。

逃一般地走。

"我"之二

都市里的暮夜,一直会让我冷静审视自己和这个世界。

暗中的城市,像只庞然大物,用生灵无法察觉的速度蚕食着全部,包括所有的爱恨、生命、时间、梦想,乃至光亮。

它借众多欲望之手,改变一切,吞噬一切。

你若不警惕,没有灵敏嗅觉,你不会发现它的存在……你当它是死物,却不知它的穹苍之上,有双无形的眼,在窥视着你的喜怒哀乐,随时随地,将人心中的阴郁凝成此番晦境。

三小时前,一个女人带着满脸掩饰不住的情欲,上了这楼。

两小时前,另一个女人掩饰不住她满脸的失落,下了这楼。

西藏新建路5号,这破破旧旧的楼,是组成此城的微小细胞。可就在这粒细胞中,只见人来人往,爱死欲生,苦乐自尝。

三楼,两间房的窗户都还亮着灯。

看来,这是一个失眠夜。

每个窗口,所有人的念头,如低低潮水,翻涌而出,与黑夜融为一体。

他们困于此刻,却不明了——此刻一念只存在于现在,过去从未存在过,将来更不会存在。

人间世相,只在一念间。

一念过后,如这躯体,时刻奔向腐烂发臭的黑夜尽头。

等初晓来到,在边缘重新挣扎,如落大荒,如漂大海。

念念成形,成就的是无尽黑、无尽痛。

真相如斯。

拾陆

那几天,汤一友没来电话,汪犹衣也是。

辛远想过要给汪犹衣一个解释,毕竟事情不是她想的那样……可又觉得,解释反而给了她另一种暗示。说比不说更错,那还是一言不发吧。

人的身体真是反复无常,嗜睡症去了,失眠症来了。

等待中的无所事事令他睡不着,起了个大早,去了市场,买了一堆生活急需品和猪骨头等食材。回到家,煲了个骨头汤,等汤煲好已是临近中午。他自己盛了一碗饭,和着锅里剩下的一点汤,马里马虎心急火燎地吃完,便拿着保温桶匆匆去医院。

今天,爷爷状态很好,喝了大半桶的骨头汤。

辛远将蚊香等生活用品交给了周阿姨,周阿姨整理好东西后,拿备忘录翻了几页,又翻出一堆的事来,其中就有医院催费。

"医院说规定明天之前要缴费,要不……"

辛远对周阿姨做了个制止的眼神,她瞥了爷爷一眼,识相地住了口。辛远看吃饭时间到了,便让她先去吃饭。

忙了一上午,这一刻,才能坐下来,辛远端详爷爷。

"你疼吗?"辛远注视着爷爷的伤腿。

爷爷笑着摇了摇头,微微咳着。

"你瘦了。不出半月,就可以把你接到家里去。"辛远握住爷爷的手,安慰似的语气,"一时半会可能还走不了路,到时候我给爷爷买个轮椅。"

"很贵,别乱花钱。"

"不贵的。"辛远宽慰着爷爷。

"辛远,我存了点款,卡放在你奶奶遗像的镜框背后,一转过镜框就能看到。密码是你生日,你把钱取了,把医院的余款给交了,如果还有剩的,给我买个差一点的轮椅就行。"

"爷爷,不用,我有钱……"

爷爷轻轻按住了辛远的手,老人的手温暖而厚实,沧桑而绵软,他手心温度传到辛远心中,他慈爱地凝视着孙儿,眼里是掩不住的疼惜和懂得。"你力已撑尽了,不要再硬撑了。"

这话让辛远心头一酸,仿佛自己又回到了做孩子的时光。

"孩子,那份工作太辛苦,辞了吧。"爷爷此刻很清醒,他竟然一眼看出了辛远心中的迷茫。

"不辛苦。"辛远说,"这份工作不累,就是……没有线索。"

"衣衣同我也说过。这事蛮难的,都已经过了这么久,沈家早已家破人亡。你要找个旧物,还不同大海捞针一样?"

"爷爷,沈家的人,你一个都不认识吗?哪怕他们家里的用人?"辛远仍不死心,充满希望地问。

爷爷静躺了会,似在竭力回忆。老人的眼里忽闪着一些记忆的光亮,一睁一挣,一眨一扎。

往事已成陌生风景,有些早已飘散无形……记忆在一扇黑色的门前,永远紧闭着,连条缝隙都不见……老人努力了许久,用愧疚的口气说道:"孩子,对不起,帮不了你。"

"那你有没有看到过沈月如,哪怕只是一次?"辛远不甘心地追问。

爷爷的肺又拦住他想说的,刹那间他呼吸困难,手微微有些抽搐,辛远上前想抚他胸口，可爷爷又恢复了平静，他缓缓抬起手臂，摆了摆手。

"没有。"

虽然心里有准备，也深知千金小姐养在深闺人未识的道理，但辛远总是抱着一份侥幸，抑或说，潜意识里，他幻想爷爷至少会见过一次：在那个年代，万里晴空下，她款款而行，一头浓密的青丝泛着亮光，秀美的下巴微微上扬，羊脂白玉在小巧玲珑的耳边摇曳流荡……在辛远想象中，爷爷一定能描述出这样一个立体的沈月如来。

可是，没想到……看来，汤一友要失望透顶了。

别说汤一友，连辛远自己也是。

天已暗，刚出医院，就有人喊住了他，一个男人瘦得像从《指环王》里出来的咕噜，正举着他那枯枝般的手臂，朝辛远挥舞着。

辛远立住，那男人便跑了上来。

"那个，你去码头吗？"

这位"咕噜"貌不惊人，眼力倒是很惊人，竟然一眼看出辛远是开黑车的。辛远刚点头，"咕噜"就拉开车门上了车，熟门熟路。

开了没多远，"咕噜"在后座犹犹豫豫地出声了："那个，是火车站……对，是火车站。"

"你要去火车站？那码头还去不去？"

"叫你去码头就去码头，叫你去火车站就去火车站，废那么多话干吗？"

看来"咕噜"脾气不小，辛远没多说话，换了个方向继续前行。

开着开着，辛远又有了一种异样的感触，后背发冷，似乎有双冰冷的目光在死死地盯着。

他瞄了一眼后视镜，"咕噜"安坐在车里望着窗外的风景，风一吹一吹，稀稀拉拉的几根头发在风中东倒西歪。

辛远扫视了一下马路，人来人往，车流不息，彼此交错而过，一个交汇的眼神都没有，就像每个人除了自己是真实存在，其他都是满眼空花，一片虚幻。

没有什么特别的人或车,在盯着他们这辆车。可今天他感觉就是不对,却又说不上来什么地方不对。或许是自己妄施揣测。直觉这东西,有时或许真实存在,有时或许只是胡思乱想,离现实相差十万八千里。

　　快到火车站前,他这样安慰自己。

　　铅灰苍穹下,一盏盏路灯,居高临下,流洒着泛黄的光。

　　到站前,"咕噜"打了一通电话。大概是不想让外人听到谈话内容,他压低嗓音,说着似是而非的话语,如"过三分钟就到了……很近了……你们怎么说,哦,嗯,好……"他边说边警惕地留意着后视镜中的辛远,两人一旦视线相触,"咕噜"就转头看窗外,显然在竭力掩饰着什么。

　　"咕噜"指了指前方某个位置,辛远将车稳稳地开到了指定地点。"咕噜"问辛远多少钱,边问边下了车,关车门的同时从裤子后袋里摸钱。

　　"咕噜"站在驾驶位,隔着窗,把刚摸出来的几张皱巴巴的钱,放进辛远的手里。辛远的手刚碰触到那几张纸钞,"咕噜"就朝某个方向挥了挥手,恰在此时,意外发生了。几名身穿制服的执法人员突然"从天而降",也不知从什么地方冒了出来,迅速冲向辛远的车,还没等辛远反应过来,他们拉开车门,将辛远拉了出来,一队人马制住了人,另一队控住了车。

　　这一瞬间,就像一尾小鱼刚探出水面,苍鹭就已伸长了嘴,小鱼腾空,第一次,它见到了那么刺目的光。

　　凌乱的光,就像水面上颤动的波纹,划过辛远惊慌的瞳孔,直到一束猛光直直照射过来,笼罩住眼睛,像笼罩住光统治的疆域。

　　辛远无法转动脸,有人控制着他,还不等他明白当下处境,一支话筒凑到跟前,白茫茫中有一个女人的声音,她不停在说话,那些声音在强光下,显得虚无缥缈。过了很久,辛远才听清楚一直盘旋在耳边的那句话:"你为什么要开黑车?"

　　扎眼的光逼着辛远眯缝着眼,强光之下,一片模糊,宛若一个变形的虚幻之界。过了很久,视线才适应了,又恢复了聚焦,看得到大致轮廓——前方有一个人,扛着摄像机正对着他。辛远抬起手臂,本能地想遮脸。没想到,手臂刚举起,就被身边的人粗暴地按下。他别过头去,但无法躲避那不断泼洒在脸上的滚烫强光,汇聚成的赤裸裸的羞辱。

只见那话筒又对向了他身边的人,女声问:"黑车猖獗,危害甚大,但是长期以来,黑车可以用'屡禁不止'来形容。请问你们是通过什么办法抓到黑车司机的?"

一个男人中气十足的声音:"咳,我们市民多次有被黑车非法拉客、宰客、甩客甚至遭辱骂的经历,别的地区还发生了抢劫强奸等恶劣事件,当然我们青县的治安一直是全省最好的。咳,咳,针对日益严重的黑车问题,我们全面开展治理'黑车'专项工作,这次成功打击了非法运营。此次整治工作将持续至年底。这次的突击行动,可说只是一个序幕。我们希望,通过我们的努力,为市民创造良好的环境,让他们享受到安全的服务……"

眼前所发生的一切,有不真实之感,辛远想笑,却一点也笑不出来。

那声音再度在辛远耳边出现,义正词严:"你为什么要开黑车?"

辛远冲着声音发出的方向,把不可理解的问题抛了过去:"你呢,为什么要做主持人?"

周围刹那间沉默,大概没想到辛远竟然如此冷静,他的回答远远未达预期效果。那束刺眼灼热的强光终于移开了,眼前如一头扑进了黑暗,辛远还未适应,就被人推搡着,一脚高一脚低地上了一辆车。

路灯的浅黄色,渲染着此时此刻的不真实感。车内空调温度开得很低,配合着外面笼住天地的淡黄色,世界从燥肥到瘦凉。

电视台的人和执法人员正在握手道别,紧接着,"咕噜"一脸讨好地和这两组人挥手道别。旁边有一众看热闹的人,围在周围,眼神空洞无物,就算放到任何一个剧组里,都会被导演嫌表情呆板。他们只是呼吸着,长久地一动不动,无法让人看清楚他们是来还是去,是继续逗留还是离散。尽管如此,"咕噜"脸上也流露出自得之色,这场举报大戏,有观众,而他,是编剧兼导演。

火车鸣笛,在建筑物的遮挡下,时而隐匿,时而出现,唯能感觉它进站的速度越来越慢,然后彻底被候车室拦住了视线,停在一个看不到的地方。

辛远注意到,那个"咕噜"指着辛远的车,车被一名执法人员开走。

辛远慢慢垂下头,接受眼下所发生的现实。突然有个人出现,跳入他的视线,那人脸上有一堆胡子,络腮胡——正是那个追吴昕的络腮胡,他站在人群中,满脸诡异的笑。

络腮胡目睹了全过程,但他不是看客。只见他上前,赞赏地拍了拍"咕噜"的肩,示意自己要离开。后者一脸谄媚地目送。

辛远呆呆望着,瞬间心若洞火。原来,自己的倒霉,不是偶然的!

大概意识到了辛远的视线,朝着辛远方位,络腮男举起手,做了个"再见"的口型,上了一辆奔驰车,面无表情地离开。

络腮男难道不是一名出租车司机吗?

辛远的心,猛地一沉。

正当辛远百思不得其解,手机铃声大作,是吴昕打来。此时,最不想见到的,便是这个人的名字。虽然他也很想当着她的面,追问更多问题。

"墙上挂着的,是不是你奶奶的遗像?"接通了手机,吴昕开口就问很没头没脑的话。

"是的。"辛远答。

"我闯祸了,把你奶奶的遗像给摔破了。"

辛远没回过神来,吴昕只好又重复了一遍。听闻奶奶遗像镜框被吴昕不小心给打破了,加上络腮胡给他安排的这一出。囚禁之苦,加之烦躁,在体内积聚怒火,辛远失去耐心,恨恨挂断电话。

奶奶的遗像、爷爷的存折、爷爷的医药费、周阿姨的话……当理智压过愤怒时,辛远想到了自己差点要忘记的正事。

辛远从车里惊跳了起来,差点撞到脑袋。

坐在前方驾驶位上的人懒懒道:"哟,事到如今,你倒还很乐啊?"

辛远没有理会对方,赶紧取出手机,打电话给汪犹衣。

手机响了半天没人接。

辛远心急如焚,不知该如何是好,心里还没想好辙,手却不自觉地按了手机的重拨键。

这次很快，只响了一声，手机就被接通了。汪犹衣的声音从耳机里传来时，辛远顿时觉得有了希望。

"什么事？"汪犹衣声音蔫蔫的，像是没精神。

前方那人又说道："早知今日，何必当初。也就我好说话，让你拨个电话。换我队长过来，你想都别想。"

辛远没理对方，眼睛却紧张瞧着外面，看到队长模样的人正准备朝这边过来，他急急对着话筒，一口气不断地说道："衣衣，我现在说话不方便，你听好了。你赶紧帮我去一趟我爷爷家，昨天你看到的那个女人就住那边，你向她要一张银行卡，马上去银行里取出五千元钱，帮我交到医院，爷爷的医药费规定要在今天交掉。拜托，马上帮我跑一趟……密码是我生日。"

汪犹衣沉默了几秒，声音又恢复了以往的干脆利落，她应道："好，我这就去。"

挂电话前，辛远突然问："衣衣，我们还是不是兄弟？"那头沉默了几秒，挂了电话。辛远意识到事情还未办妥，然而这时，那队长离这辆车只有十几米远。

辛远赶紧按了已接电话那栏，直接就拨了出去。很快，手机那边传来吴昕的声音："你再挂一次试试？"

"对不起，我……"

"说对不起有屁用……"

眼看那队长只有几米远。

辛远语速很快："遗像后面是不是有张银行卡？"

"是的。我给你放……"吴昕意识到了什么，她还未说完又被辛远抢先："昨天你看到的那个女孩子，这会正去你那边，你把卡交给她。"

"就这事？"

"是。"

"行。我也同你说个事，遗像很古怪啊……"

还未等电话里吴昕说完遗像是怎么个古怪，辛远见队长已拉开车门，一屁股坐了进来，辛远立刻关了机。

那队长转过身来,瞄了瞄辛远和他手里的手机,厉斥道:"想搬救兵?现在迟了。"

车发动了,驾驶者得意地咕哝着:

"我就说嘛。"

～·拾柒·～

来到执法队,辛远半绝望地等待着。他心知肚明,等着罚单。这等待不算慢,罚金数字也在胡乱猜测中,定形在一张罚款单上。

——五千元。

若不交这五千元,就别想要回车子。但辛远哪里去找这五千元?况且没了车,他不能再替汤一友工作,无法做到随叫随到,那两万元,就只能眼睁睁看着它成为债……经济窘迫,恶性循环。

辛远有气无力地瘫在座椅上,脑子一片空白,仿佛什么都不想什么也就不会发生。短暂的茫然若失,短暂的自欺欺人。

"拿着罚单快去交罚金。"

辛远被人给轰了出来,短暂的假象也破灭了。他心中又想到了"伟娟姐",但他始终没勇气去找这个女人。他每求她一次,她和他之间的平衡,就微妙地打破。他虽承认自己一无是处,但他没有无耻到想靠一个女人来维持生存。可这一次,他已经由不得自己了。自尊和生存,真是两码事。这是难以决定的选择。选择哪一面,都会奔向不可预知的结局。而结局,不是去皮,就是伤骨。

别无选择。

他,拿起了手机……

罚单像个跷跷板,又让事态重新回归到了原地。当然,这是以加了五千元的数字作为筹码。

车子被取出时,章伟娟还满脸堆笑地朝里面的人表示感谢,语句流畅,态度不卑不亢。她在这些人眼里,是个女人。她在辛远他们那些人眼中,却更像一个男人。

出了执法队,章伟娟就将车子开到了马路一侧,熄了火,两人坐在车内,寂静无声,只是静望远方天空,在路灯照耀下,显出浅黄色,那光斑,带着蛊惑人的魔力,自不量力地驱赶着无穷暗色。

辛远转过脸来,已好久没见过章伟娟了,她依旧是精致妆容,波浪长发。此刻远方的光映衬着洁白如浮雕的侧脸,她眼下方已有些细纹,但每一条细纹,都含着威光净华。这张脸在年轻时,一定是美的。

她不笑时,脸有股苦相,她大概是知道这点的,所以一直是个笑盈盈的女人。只要感受到你的目光正在她的脸上,她的脸就像设了自动开关似的,弹跳到令人安心和笃定的弧度上。

而此刻,她没有笑。

"伟娟姐,这五千块钱,等我凑齐了,我马上……"

"你,慢慢来。"她道,口气冷冰冰的。

"好的,我已经好久没交平事基金了,下次一并交给你。"

"这,这本来就可有可无,少,少你一个,多,多你一个都没什么关系。"很奇怪的是,面对辛远,章伟娟说话总会有一些结巴,而她与别人的对话,从不这样。

"大伙儿全靠你在帮忙疏通关系。"辛远客客气气地说道。

"这么多年了,执法队那边的情面,自然,自然是有的,这,这用不着你操心。"章伟娟面无表情地说,"但你,你得操心你自己的事,怎么闹到有人,有人来设局使坏? 你什么地方得罪了人,你,你自己清不清楚?"

辛远默默无语。

章伟娟直盯着辛远,眼神如寒星,闪耀着锐利光芒,而口气里充满着从未有过的严厉:

"既然你说了，你已有了，有了女朋友，你何，何必再去招惹孙全他女朋友，你以为天下女人随你想，随你，想招惹，就能招惹得了吗？"

她的眼神，与其说凌厉，还不如说是浸透了悲意，那是情欲燃烧后的灰烬，残余的灼热，以为能伤到人，其实烧的都是自己。

"更何况，孙，孙全是谁？他是，是米老鼠，是花都老大。"她的脸上清清楚楚写着"你完了"的字样。

不等辛远明白此话的含义，她深深看了他一眼，打开车门离去。

辛远思路一片混乱，他发现孙全开着奔驰，心里便有预感，自己惹上了麻烦。但不想对方的社会地位竟远远超出他的想象。而伟娟姐所说的"女朋友"，他什么时候向她说过自己有女朋友？

他没辩解追问，同不给汪犹衣一个解释一样。既然沉重的现实已无法再应付其他，如果自己无心，何必让对方有心。

辛远目送章伟娟的背影离去。章伟娟个子很高，人又挺拔，她站在一群黑车司机中间，不会比谁显得矮，并且大姐大的气场，让她在一群需要她的男人中，显得鹤立鸡群。

只是，只要细看她的背影，你会发现挺得笔直的背影，仍是如此纤细柔弱，显露出她只是一个女人，一个孤独的女人。

回途，辛远又是一个背负五千元债务的人。

经过花都，辛远用新的目光打量了一下这个地方，孙全的地盘。

一些肥头大耳、油光满面的男人下了奔驰宝马，腆着肚走上台阶。一群穿着黑色西服的保安，点头哈腰引领着他们，走入那一掷千金的地方。

这是一个奇异的地方：用钱酿成的千杯不醉酒，用钱堆砌的风情万种笑，用钱打造夜郎自大哥，用钱上演相见恨晚戏。此地，情花落色花开，钱是催熟催情剂。为了在短暂时刻，拥有锦花簇拥的心心相印之幻觉，钱是万能黏合剂。钞票上的一星灯火，才是他们眼中唯一真实的光芒。

放一千，对方脸无表情；放五千，脸上才有了稍许的柔波；放上一万，摇曳生姿，幻化成邪艳桃花，才能换得色心欲重浪，蚀骨销魂醉。

五千元,在花都,只为博美人一笑。在花都外,五千元,却快成为压垮骆驼的最后一根稻草。

　　这个世界,荒诞吊诡……

　　见到吴昕的第一眼,辛远以为自己走错了地方。爷爷的房间,原有味道已被一个女人身上的脂粉气所掩盖。气味让熟悉的房间变得陌生,面目全非。

　　吴昕脸上是一反常态的忐忑,她简单叙述了汪犹衣已取了银行卡的事,这让辛远暂时安了心。吴昕引着他,来到爷爷房间。二人走路的过程中,辛远问:"孙全是什么人?"

　　吴昕的背影一僵,她停住脚步,声音冷冷传来:"你在查我?"

　　"我为什么要查你?"辛远觉得她问得很荒唐,"一个开着大奔的男人,为什么去开一辆出租车? 你说他追你,花都老板,追自己夜总会里的……员工?"

　　吴昕转过身,直视着辛远,面无表情:"这不关你的事吧?"

　　在这双空洞的眼睛内,无任何情绪,连一丝厌恶、一丝反感都没有。她的眼神,反令他有点手足无措,为自己莽撞出口而后悔。原本是他有理,可出了口都成了错。

　　"我被执法队抓住,罚了五千元,拜你那位大款所赐。"

　　同她说这些有什么意思? 他说出口就后悔了。她的眼神却莫名缓和了。二人都沉默了片刻。

　　"那个,照片?"辛远提醒道。

　　吴昕醒悟过来,指了指墙上。辛远顺着她所指的方向看去,墙上原本挂照片的地方变得空荡荡的,那块区域的颜色比周边要淡很多,依稀还能辨得出原本的相框方位。他环顾室内一圈,没有看到奶奶的遗像。

　　"我奶奶的照片呢?"

　　吴昕随意地用手指了指阳台。

　　辛远走了出去,一眼见到遗像镜框,正背对着他们,面朝向栅栏靠着,就像一个亡魂的脸贴着栅栏,眺望外面世界。

辛远伸出手,日光抚着他,这样的温度,就像奶奶在世时用她的手抚摸着他幼时的手。他小心地将相框翻转过来,手的触觉有微妙的改变,摩挲在手的是纸质感受,却不是光滑冰凉的玻璃。果真,玻璃已缺失。奶奶的遗像没了屏障,暴露在空气中和太阳底下。

他有些难受,恨自己的贪,为了一点租金,让奶奶的遗像经受这一波折。生时无奈,有诸多求不得,死后唯求高挂在墙上的一点宁静。这是活着的亲人能给往生者的唯一安慰,除外无他。

吴昕看出了他的反感,点上一根烟,开始解释:她到了这里,第一夜就失了眠,之后几天,依旧无法入睡。最初她以为是自己整日里在吵闹纷乱的环境里,猛地进入安静之所,一时间不适应所致。

但渐渐觉得不对劲!

她断断续续睡了,却噩梦连连。或者睡得正酣,毫无预兆地一激灵,完全清醒。

到了早上,晨光洒进寂静房间,诡异感才渐渐消失,光亮令她安心,睡到了下午。快醒来时,意识半浮半沉,冷不丁她被魔住了,几番灵肉之间的挣扎,才让她惊醒了过来。

从床上坐起,她细细环顾四周,凭女人的直觉,她感应到诡异的源头就在她的周围。当她的视线从地上到天花板,从床上到窗前,从窗前到墙壁,她怔住了,她一下就明白了。

那张年老女人的黑白照片!

这大概是辛远的奶奶。黑框中的黑白照,应是死者的遗像。

"我尝试不去看你奶奶的遗像,但奇怪的是,我总是感觉,不管我人走到哪,遗像里的眼睛就盯我到哪……"

听到这句话,辛远的躁怒奇迹般地消失了,甚至想笑,他想到以前他爱玩的盯眼睛游戏。吴昕没说错,是这种感觉。对于亲人而言,他不觉得可怖。但对于一个陌生人而言,此等折磨加上夜晚不眠的联想,遗像里死者默不作声的注视,让她觉得可怕。于是,她踩凳伸手去取墙上高悬的遗像,手却落了空,相框掉落,玻璃碎了一地。

她自知闯祸,赶紧从一堆碎玻璃里将相框拿了出来,手忙脚乱擦拭遗像上的玻璃碴,不料遗像画卷拢了,露出藏在里面的东西来。

"在你奶奶的遗像后,放着这样一个东西,对死者总是不敬的。你看……"吴昕大大咧咧从辛远手中夺过相框,用食指在遗像画上轻轻一滑,像纸一端翘了起来,一张塑料照片露出一角。

吴昕呵呵一笑,说:"古怪。"

辛远轻轻将那照片给取了出来。

的确古怪!他大吃一惊,不敢相信眼前所看到的这张东西。在青县,遗像所属之处最为洁净。亲人总是持端正恭敬之心,相框的里里外外,须用新的白毛巾擦拭上好几遍。放遗像过程不可有一丝马虎,位置要不偏不倚。安放遗像都如此小心谨慎,怎容得照片后面夹有异物,而且还是这样一份异物。这一定不是无意所为。可爷爷为什么要藏这塑封照片在奶奶的遗像内?而且,偏偏是……

辛远头脑紊乱,额头渗出冷汗。

塑封照片在空气中发出震颤声,虽轻微,但辛远听来却刺耳得很,就像一颗炸弹,炸了他的领域。

爷爷,你到底隐瞒了什么?你,到底是谁?

汪犹衣没来找辛远前,他独自一人,蜷缩在房间里,承受一个塌陷的世界。

剥脱的一块墙壁,揭开了墙皮丑陋的一面。那大概是与往事混合一起的血肉模糊。辛远久久盯着那一处。若是目光可以让一切复原,墙面上是否会平滑如初,掩盖这斑驳?

汪犹衣来到辛远家后,便把银行卡放在了他家桌上。她捕捉到他不同寻常的沉默。

"医院那边已没问题了。我去看了看爷爷,他恢复得不错。"她佯装轻松地说着,见他还是老样子,她小心翼翼地问:"你,怎么了?"

83

辛远抬起脸:"我觉得不能再接汤一友的活了。"

"为什么?"汪犹衣睁大眼。

辛远欲言又止,终还是指了指桌子,汪犹衣回头看桌上,除了她刚才放着的银行卡外,旁边还有一张塑封照片。

她走了过去,拿起照片一看,起初也不觉得有什么,渐渐她的神情也变了,她诧异:"难道这是……"她没说出后面的话来,猛回头望辛远。

"在哪里发现的?"汪犹衣问。

"奶奶遗像的相框内。"

汪犹衣手一抖,塑封照片从她指间滑落,她连忙低头去捡拾,借以掩饰心中的震惊。

"难道爷爷是强盗,是谋杀犯? 只有一个人良心不安,才会将它和奶奶一起供奉。"

"不,不会!"汪犹衣的脸上也失去了血色,她摇摇头,慌乱中还留有一丝镇定,"我们不能随便给一个人定罪,与其在这胡思乱想,你为什么不直接去问问爷爷,这到底是怎么一回事?"

"他会告诉他的孙子,他是什么样的人吗?"

"难道他就一定是那样的人吗? 你问都没问一声,你怎么知道爷爷就是强盗,是谋杀犯? 或者,里面有什么曲折的故事,有他不得已的苦衷,你又怎么会知道? 或许,一切根本不是你想象的那样。"

"会吗?"辛远抬起头,他探寻着汪犹衣的眼神,似在找寻一份有力的肯定和支持,"或许不是我想象的那样?"

"我觉得,一定不是你想象的那样!"汪犹衣斩钉截铁地说,其实这份笃定从何而来,连她自己也不明白。她只是知道,如果自己此时也有所怀疑,辛远会更受不了。她接着说:"至少,你该当面问问他,为什么在你奶奶遗像的后面放上这个?"

汪犹衣手中挥舞着那张塑封照片,又恢复了她往日的霸气和自信。她总是能将他阴暗抑郁的感觉过滤掉,并留下明亮,像是随时都能将这份明亮,转化成晒干他心头霉渍的日光。

是啊,这条路的走向,出乎了他的意料。如果不走这一趟,你怎么知道,是什么样的故事,等待在前方?

尽管疑惑仍在心头,他的信心仍是弱的。他沉默良久,郑重其事地求她:"请不要告诉任何人……关于这件事。"

面对他哀求的口气、无措的神情、眼底的不安,汪犹衣眼神很复杂,但她克制着,伫立着,只是轻微地点了点头。

拾捌

晨,多云,太阳不烈,似天下太平之象。

辛远找到了爷爷。在花园里的一棵巨大白色紫藤花架下,茂密的紫藤犹如天然遮阳伞,爷爷窝在轮椅里,在微风中睡意昏沉。

辛远支开了周阿姨,他扶着爷爷的轮椅,蹲下身子端详老人。

爷爷的脑袋倾斜,打着呼噜。他睡觉的样子很可爱,像瘦小版的维尼熊。

辛远的心很矛盾,看着老人腿上搭着的灰色棉布,总觉得那非黑非白的复杂颜色,像是提示他,爷爷包裹着一些不可告人的秘密和过去。同时,犹豫怜悯也同处一体——看着如此苍老的他,辛远知道,老人的岁月已经无多。作为孩子,做不到让爷爷在走完自己最后路程时能闪耀光辉,至少也不能带着一身的污锈。

辛远伸出手,赶走一只围着老人脑门转的苍蝇。

老人的眼陡然睁开,有从梦境拉回现实的迷茫,当他看清是辛远,他笑了,笑得像个孩子。

在这一尘不染的笑容面前,辛远发现,自己所有的质疑,似乎全要化成灰烬。

辛远差点丧失勇气。

但冥冥中自有安排，或者是，老天都了解他的那份犹豫及懦弱。

辛远带来的那只超市帆布袋软软地倒在地上，塑封照片的一角露了出来。爷爷低头，视线正碰上那照片。

"这是……"爷爷的手指了指那只帆布袋。

天意！

辛远闭了闭眼睛，心中重新产生了那股熟悉的冲动，这股冲动让他所有言行沿着心中设想的那样，顺理成章地走了下去。他从帆布袋里拿出了那张照片，用手捧着，拿到了爷爷面前。

爷爷举起了手，哆嗦着。风飘过，树叶在哗哗响，或许是，它们听到了他内心深处的叹息。这双布满皱纹和老年斑的手，颤抖着，从辛远的手里，接过了那张照片。

老人盯着照片，年老双眼里满是悒郁的悲哀和苦痛。塑封照片上的光反射着，刺到人的瞳孔里，让他本能地闭上眼睛。试探着睁开，再仔细凝视：那是一张泛黄老报纸，中间是一张老照片，照片里是一个坐在凉亭内的穿着白旗袍的女子，似笑非笑。女子的照片上面，是触目惊心的三个字——"讣告栏"，随后的引状内容，曾是汤一友和辛远见过并讨论过的。

这就是沈月如的遗像，这就是汤一友和辛远曾在档案馆找到过的那张老报纸。

"爷爷，你曾说，你从没见过沈月如。"辛远语气低沉。

爷爷默不作声，原本喘得很急的呼吸声似乎也消失了。

"可你为什么要把沈月如的遗像和奶奶的遗像放在一起？是不是因为不能光明正大地挂上沈月如的遗像，只能偷偷将她和奶奶的遗像挤在一个相框内，逢年过节，享受你供奉的香火，对吗？"辛远紧盯着爷爷的眼追问，"可是你为什么要这么做？难道沈月如的死和你有关？或者，你就是其中一个强盗？"

爷爷依然一言不发，谁都无法猜出老人此时此刻在想什么。辛远也不再咄咄发问，只是注视着他。他不知道自己看老人的眼神，与几分钟前曾有的温度,已是天壤之别。此刻的他,变得不像是他,甚至生出自己都不了解的冷静和憎恨。

老人的眼睛眯成了一条缝,似乎思绪迷离了。爷爷开口了,说的竟然是:"你是谁?"

这是多么庸碌无常又可笑的等待!辛远摇了摇头,不想再忍,出口道:"爷爷,不要演戏!"

这话一出口,辛远自己也觉得吃惊。这念头什么时候生起的?是猝然出口,还是上次汤一友盘问爷爷时,辛远已有感应?

"我只想知道,你到底是不是诱拐沈月如的强盗?是不是你伤了沈月如的性命?"

爷爷的眼又慢慢合上,脸上流露出一丝谁也看不懂的悲哀,随之而来的,是两串老泪。

"瞒不过你。"爷爷的脸上,露出背负着罪恶与伤痛的人才会有的沉重,"我不杀伯仁,伯仁却因我而死。"

爷爷又看了一眼沈月如的遗像。他的眼神滞重而飘忽,纵横跳跃在过去和现在之间,某一段遗留在阴暗处的遥远记忆,显现在脑海……

"那一天,是民国二十五年七月五日,虽然是炎夏日,还没出太阳的天并不太热,湖边的风一吹,倒有些凉快。感觉上,同现在这温度差不多。就是这一天,我早早被人下了定金,约好在凉亭那边,接一对客人。"

爷爷眯缝着眼,沉陷在往事里,脸上无波无澜,只是语言,随着那条追忆之路的铺展,从远到近的娓娓道来:

"那是我第一次见到沈月如,也是最后一次见到她。"爷爷眯起眼睛,有光刺进瞳孔,不知是破云而出的金光,还是回忆中那流动着光的水波。

……

那天,浮云遮住了晨光,青湖水面上刮来凉透的风,和早晨温度骤升的热风交战交织,令水面上雾气霭霭,水天一色。

爷爷名叫辛木,那时还年轻,是一个撑船人。他持桨驾舟行在浩瀚烟波中,只听得鸟儿啁啾,却见不到鸟影。凉亭柱子、栏杆石凳,似乎与辛木的小船在相向靠拢,彼此命定般地接近。

他刚将船划到凉亭那边,就看到薄雾中影影绰绰有人走来,起初看不分明,但他俩走得很快,转眼就到了凉亭。看起来同辛木差不多年龄的年轻男子,身着青布长袍,双眉紧蹙,一张秀脸上,有着心事的痕迹。而那女子,顺从、妩媚。辛木傻了,他从未见过这么美的女子。她洁白的脸庞上覆着黑色额发,一双眼在顾盼间,有流转之波,似笑非笑,似语未语。与那心事重重的男人不同,女子肩上有只包袱,却脸色轻松,沉稳优雅,一看便是大家闺秀的气度。

任何男人,看到那男人有这样的女子相陪,都会心生妒意。辛木当时很不懂,男人有了这样的女子,为什么还愁眉不展、闷闷不乐的?

在上船前,辛木听到那男人问了女人一个很奇怪的问题:你真的决定了吗?不会后悔?

女人笑笑,坚定道:决定了,不后悔。

男人又犹犹豫豫地问:将来不能抛头露面,我们生活会很潦倒,你一个千金小姐,跟着我颠沛流离吃苦,我怕……

她止住他的话:我不在乎,哪怕跟你过穷日子,我也甘心,何况我带来的私房钱绝对够我们过大半辈子的了。

可是……可是……那男人支支吾吾,眉头愈缩愈紧。只见女人捂住了男人的嘴,脸色微沉,但仍挤出一丝笑来,像是宽慰男人。她低下头,想了一会,像下了决心,嘴凑近男人耳朵,窃窃私语。只见男人面露惊愕之色,拼命摇头。

女人伸手握住了男人的手,然后转过头来对辛木莞尔一笑,温柔而坚定地说:船家,等我一会儿,我去去就来。

她将肩上包袱交给了男人,脸色没有变化,但细心的辛木还是看出了她眼神中略有一丝慌乱和阴郁。

辛木相信,此刻只要男人拒绝她回去,只要他能表示出一点点的坚定,她强撑的勇气就会一泻千里。但男人没有,他只是低垂着头,一言不发。如此一来,她唯有佯作轻松,才能安抚他内心的慌乱。

她用小手指轻触了一下男人的小手指,轻点瞬间,她的脸上带着娇羞的美丽色泽。在恋恋不舍地注视了男人一会儿后,她独自走进薄雾里。那一瞬间,仿佛她走进了一张怪兽的口里,似乎什么都停止了,生命停止在那刻,成长的娇艳定格了。命定的吞没,如这薄雾,似清未清,似明未明。

多年来,辛木一直在回味她的离去,被薄雾吞没的背影。几十年了,他从未见过如此充满希望却又如此充满悲伤的背影。

雾色中,木船静静停泊在湖面上。

等待中,辛木百无聊赖,看得出那男人并无兴致与人聊天,但为了打发时间,也为了一份好奇心,便问他:你们是私奔吧?

男人脸色苍白,瞥了辛木一眼,默不作声。

辛木一见他的面色,对他俩的关系便已了然于心。唉,有人相爱却得不到祝福,世俗阻挡,只得隐姓埋名,斩断所有前尘往事,寻找他们的幸福前程。不像有些人,结个婚,昭告天下,得众人艳羡,十里红妆,万人空巷……如明日的沈家大喜!

辛木淡淡问道:你知道明天青县的大好事吗?

男人低着头,辛木看不到他的表情。那男人像个没有喜怒哀乐的木偶,七窍堵塞。

辛木自顾自说:沈家嫁女儿,十里红妆啊,那阵势,那气派! 对了,你见到了吗? 这样的场面,恐怕一辈子也只能看一次吧! 听说沈家女儿生得花容月貌啊,张家对她很中意。这姑娘啊生来就是福人,在娘家做小姐,在夫家做太太,两头都当她是宝贝。

太阳冲出浮云,从竹叶间隙筛落的晨光,洒在那男人脸上,阴晴不定的光斑。

辛木继续自言自语:话说那张军官势力不可小觑啊,说不定沈家大小姐将来做一品诰命夫人也不一定。不过话说回来,凭沈家财力,张家也前途无量啊。这两家联起手来,谁还能是他们的对手。张军官喜欢沈家小姐喜欢得紧,听说有一天,他两个部下在谈沈家小姐的美貌,那种口气你也懂得,就是用男人常用的口气,你知道张军官听到以后怎么做?

男人快速瞥了辛木一眼,触到辛木眼神又迅速垂下头去。

辛木笑了笑,语气平淡地继续说着:张军官二话没说,拿出枪,直接就崩了那两个不知天高地厚的家伙。

蓦然间,有个怪声传至辛木耳内,循声望去,竟是那男人发出来的,原来他的牙齿在打战。

辛木望了一眼这天,这不死不活的大热天。

辛木关心地问:你怎么了,冷?

男人摇摇头。

辛木又问:是病了?

正当辛木以为他不会说上一字时,他却突然松开眉头,怪异一笑,说了句很莫名其妙的话:是病了,病得不轻。

他又低低说了起来。那是自言自语,辛木却听得清晰。他狠狠地说:你是不是被她迷住了,都不要命了?

说那话的他,像是被美色挟持后,猛然大梦初醒似的。就像是一个漂泊多日的灵魂,又返回死滞肉体内。他抬头,脸上如释重负,对辛木说道:船家,我们开船吧。

辛木张开嘴,瞠目结舌,以为听错,不确定地问:那姑娘?

这个一直在纠结、紧张、犹豫中的男人,出乎辛木意料,第一次流露出异乎寻常的坚定,他提着那只大包袱,匆匆上了船,回头催船家:开船!

辛木暧昧地笑了,跟着他上了船。划船之前,辛木重复了那男人之前问过那女人的话:你真的决定了吗?不会后悔?

男人沉默很久,脸色苍白。辛木注视着他两片薄薄并泛着桃红色的嘴唇,等待着这两片唇能说出与小姐不一样的答案来。

男人没有说话,眼也不看辛木,转过头,点点头。

辛木无话可说,拿起了船桨,摇动了。雾气正在缓缓散去,飘飘忽忽,带着清冷之假象,在酷热的山水间游荡。男人之间已无对话,或者说,是从未有过对话。只听到桨与船之间的碰撞声,水声汩汩,虚虚实实。凉亭渐渐离远……男人坐在摇晃的船里，怀揣着忐忑。

在他们离去后不久，她出现了。她提着一只重物，一路跟跄走来。辛木一眼望见了她，她却还没看到他们。她茫然扫视了一圈，没见到人，她放下了重物，举目远望，才看到那条载着他的船已离开凉亭。她简直要疯了，她还能看到船头上的他，背对着她那方向的他。她拼命用手挥舞着，用尽力气地喊着他名字，嗓子都快喊哑。她知道他还能听得见，她看得到辛木划桨的手停滞了。

她喊：把所有私房钱都给船家，快把船划过来，快求他把船划过来！

男人转过身，那是张仓皇出逃者的脸，无言以对，唯有沉默。

见他转身，她整个人都充满了希望，她笑了，虽然笑得如此怪异、惶恐、害怕。她的笑，残存着唯一的希望。

她的希望，并没有出现，他只是满脸的泪，同时喊着：对不起，你回去吧！

说完，他硬着心肠，又一个转身，以拒绝的姿势背对着她。

天地失色了。她在那时一定是面色死灰，嘴唇苍白，眼光惊痛而绝望。她用尽最后的力气，对着他们这方向，一迭声喊：回去，去哪里？家，已经回不去了，我已经无脸面对家人。你告诉我，让我回哪里？

男人闭住眼睛，流出了一串眼泪，低低说道：走吧。

她怔怔望着，他们的船又动了起来，离她越来越远。兀立在凉亭那边的她，宛若小小的一片，风一吹，便要消失在天地间似的。

她又提起那只重物，脚步却轻飘飘的。她爬上凉亭的石凳，对着他们船的方向，声音凄惨而又歇斯底里地叫那男人的名字，并喊上了一句话。接着，她跳进了湖水里。

这世界轰然失声。

那只重物将她迅速扯到了湖的最底层，湖面上甚至没见多少扩散的涟漪。在太阳下泛着光的琉璃般的水面，与死亡就这样不期而遇，溅起几点水花，瞬间又平静如初。

一群白鸟惊起，以惊哀的形式雀跃。它们的出现，惊醒了他们。

寡白天空，此刻竟像是夜幕之色，湖旁的绿色，似阿修罗之暗光，呈现出混浊的青灰色,宛若天与水融合了,虚幻得很不真实。凉亭似乎是浸泡在幽冥之河中,那转眼成了地狱的,黄泉忘川……

……

爷爷呆然地坐在轮椅里,一动不动,眼睛里呈现困惑、恐惧、悔恨、痛苦的死亡影子。

辛远心头袭过一阵伤感,问爷爷:"她就是沈月如?"

"是的。她就是沈月如。"

"她死之前喊了一句什么?"

"她喊——"爷爷闭上眼,似回忆又似叹息,"石水安,你还会心安吗?"

拾玖

沈月如在接受父母安排的亲事时,一定论不上喜,也论不上悲。她只是做梦一般的表情,最多的希冀,恐怕也只是期盼被揭开红盖头的瞬间,见到一张温柔合意的脸。

若,一切安排似梦境一场,她迷迷瞪瞪犹如闭眼,未必一定就是悲剧。

宿命安排,宛若强光刺眼,她要是不睁开眼,她的世界或许不会醒来。

但,这束光,出现了。

——这束光,是个男人。

他的名字,竟然就是石水安!

在汤一友和辛远寻觅木手链的路上,石水安这个人,总若隐若现。这么多年来,无人知道他的去向。谁也没想到,爷爷竟然是最后的知情者,他无意中解了近一个世纪来的谜,让那人的眉目在虚幻和迷离中清晰可辨……

原来这个人才是沈月如的恋人。意外吗？

竟不意外。

"你们为什么不救她？"

爷爷摇摇头。

是的，来不及。

在石水安和她心生情愫时，就已来不及。在石水安犹豫之时，就已来不及。在她回头取东西之时，就已来不及。在他狠心上船独自离开时，就已来不及。

命中的克星，便是自己所爱。

在船上的石水安，流着软弱的眼泪，口中喃喃：你本来可以牵着我的手，依着我的手臂，枕在我的膝上，我俩可以携手一起逃走，一起看风景，一起过东躲西藏的生活，至少，这样你会活着啊……

石水安悲伤的眼泪如泉般涌。不知为什么，身为船家的爷爷，睨视那男人，心里却只有憎恨厌恶。同时，他划桨的手同心一样，沉甸甸的。这件事，他也是参与者。自己犯下了罪，自己都不可饶恕。

"我一看到那女子的美貌，已猜到了她是谁。过了几日，青县报纸上出了关于她的新闻，接着是她的讣闻，看到了她的遗像，才知道自己的判断是对的。"

"……这事，我挑唆在先，置人死地。这是我一生中最大的一次愧疚，难以自拔。她做孤魂野鬼，享受不了香火，所以……"

爷爷说这番话时，头顶上有朵白色紫藤飘落下来，正好掉在他年老、布满褶皱的手上。他颤着手拈着这一朵细小，一缕阳光，斜照着柔弱的小花朵。

它凋落了，还残存着人间的芳香，似回忆，似映照……

他们从薄雾中出现前，辛木远远就已嗅见了她身上的香气——衣物的熏香，她的脂粉香，她自己的体香，还有一股似药香又似供奉菩萨的檀香，糅合在一起,组成了神秘气息,令人目眩神迷,直击人心。那股特殊而美好的气味,他只在她身上闻见过,余世想找已无迹可循。

她与他们,那么远的距离,她的喊声,有时都被风吹得支离破碎,而唯独她的香气,在她跳入水时,直直袭来。像是被积聚起生平全部力量,风是送她最后一程者,携着那股香气,猛烈地刮向他们,劈头盖脸……她投水瞬间,香气将他们团团包围。凝成一种看不见的方式,强烈地告终,无力地离散……

刹那间,烟消云散,如梦一场。

爷爷手上那朵紫藤,花瓣自枝头落下尚未染尘,宛若一朵丧花,似乎还在用尽最后一抹精魂盛放。人的记忆和感觉,会随时间流逝,变得模糊和片面。但唯独那个早上,就连空气中的气味,爷爷都记忆深刻。

"人最大的惩罚:忘不掉该忘掉的,而且还活了那么长时间。"九十多岁的爷爷叹了口气。

"这事,为什么没有曝光?"辛远疑惑。

"让两个罪犯去同世人说自己的过错?"爷爷反问,悲哀一笑,接着猛烈咳嗽起来,咳得快没有力气。辛远赶紧上前,扶住爷爷,手不停拍打着爷爷的背部。渐渐地,爷爷平静了下来。

"你咳太久了,得看一下。"

爷爷摇了摇手,闭了闭眼睛,略微有些气短:"我恨自己的咳嗽啊,给你添了多少……"爷爷突然住了嘴,停顿只一秒,撕心裂肺地又咳了。

刹那间辛远有莫名的焦虑,这份焦虑似很熟悉,像早已生根在体内。

"等你腿好一些,我们去拍个肺部的片子。"

"用不着,我就是喉咙痒。让医院看,又得花上好多钱。"爷爷竭力控制住咳嗽。

辛远没有作声,在爷爷咳嗽的问题上,他总是提醒自己,却又在事后忘个干净。

爷爷很快就平静了,他颤颤地拿起塑封相片,辛远的注意力又回到了沈月如和石水安的故事里。

"比起她来,我活得太长久了。"

这个真相,也埋藏得够长久了。刹那间,辛远悟到了一点——世人猜不到真相的原因很简单:沈月如和石水安本就不该生情,但情不知所起,一往而深。两人知道此情不能为家、为世人所容,于是十分谨慎,知情者不会多。沈家小姐身边的贴身丫鬟若有知情的,能否告知沈家父母,并不一定。就算沈家父母得知内情,想让知情者长期闭嘴,易如反掌。张家就算起疑心,也不愿接受未婚妻逃婚的事实,对于他们而言,面子比真相更重要。而石水安根本不算失踪,在女方送十里红妆前,他的工作几乎已经完结,一个已离开沈家的人,天下之大,去什么地方,都无关沈家之事。若是沈家有意隐瞒,外人无法猜出其中缘由,也没有人能将石水安和沈月如联系在一起。

"那石水安后来怎么样了?"

"我送他去了异地,孤独而罪恶地独自活了下来。但没有活太久。"

"怎么了?"

爷爷的眼神中,不再是哀伤,而是静水深流的恐惧。

那得从一个路人开始说起……

那时候凉亭这边没有沿江公路,只有崎岖山路。一只暗夜中的灯笼,在沈月如去世一年后,踯躅于凉亭山路上。

原来是不知凉亭旧事的路人,赶着夜路。他走到凉亭这边,脚力已乏,于是提着灯笼来到凉亭处休息。在他进入凉亭时,愕然发现凉亭内早有他人,只见一个身着白色旗袍的女子背对着他,看着月光下波光粼粼的湖水。

一层散不开的香气弥散了整个亭子,整个空间似泛在黯绿中。

那便是沈月如,离散的魂魄聚集成一个模糊躯体,每晚留在凉亭内,问一声匆匆而过的路人,可否认识一位十八岁左右的男子?对每一位路人,她都耐心重复地细细描述石水安的外貌特征,日复一日。

正巧,那晚在凉亭歇脚的赶路人一听,觉得凉亭中的女子所打听的,与刚来自己村才一年的男人,各方面都挺吻合,于是回答认识。

女鬼背对着路人，浅浅一拜，只说了一句：那有劳了。

说完此话，女鬼带着浓烈香气，投身夜色。转眼，便不见了人影。

有劳什么？路人疑惑，但也不思其他，等脚力恢复，便又匆匆上路。他却不知，那女鬼早已附在他随身携带的黑伞内，跟着他，飘荡着，走上了寻找石水安的道路。

石水安心中虽有罪，却仍用沈月如的私房钱过活。他对自己定有批判，却在虚荣与良心之间痛苦斗争，灵肉拉扯摇晃多日，时间久了，最终相安无事。麻木了的他，择了某一处异地陌乡，过着隐姓埋名的生活。

直到有一天，冥冥中，他觉得好像有什么东西挠着胸口，整天魂不守舍。

走上阁楼，他想要休息一会儿。突然发现床头的帐幔放了下来，严严实实地遮盖着。他走去，撩开了床幔，一股清凛凛、凉飕飕的香气，扑面而来。紧接着，他对着床，扑通跪了下来。

床上正坐着她，湿漉漉的她。

心生恍惚，无法说清这是梦境，现实，还是幻觉。彼此一照面，虽然眼睛能够看见，但是嘴巴却说不明白——无法否认的爱恋，温柔的、怀念的，依旧存在。但夹杂着另一种更大的情感，是清醒、冰凉、恨意，悚然，使得他心底里升起微凉寒意，蓦然彻悟。

——她已是鬼，无人能温暖的鬼！

她俯视着他，眼中柔情，早已荡然无存。

死亡和可怖的事实，使他吓得脸色发白，不断战栗。

他结结巴巴地为自己辩解，语言如他的脸色一样苍白：我，我也不想这样。你是张军官未来的妻子，你父亲与军官是不会放过我们的，我只好一个人走。我是想要你重新回到你的家里去，我没想害你。

她在里面冷哼一声。

他缩起脖子，肌肉似乎变得软弱无力：是我对不起你。

她轻叹了一口气：我早该看出你的懦弱无用。

他磕头如捣蒜：你想让我做什么，我都答应你。是我对不起你！你想要我烧多少纸钱,我都愿意。你说,你要什么?

沈月如冷笑:若要你的命呢?

……

那天晚上,一场大火从他家蹿出,那场火,熊熊燃烧着凄美的杀意,烧红了半片天空。他的家,无法摆脱毁灭的宿命,被烧得干干净净!

而他自己,在病榻上缠绵半月,每天喊着一个陌生女人的名字,接着便一命呜呼。

这更像是农村里遍地可闻的鬼故事。听此类故事时,哪怕阳光再足暑气再热,仍会有寒气从你的脚趾头蜿蜒爬上,凝固了周身血液。

但还有一个更玄妙的感受隐藏在其中——辛远总是觉得,这个故事似乎曾听过。可是他想不起来,到底是在什么时候什么地点,又是什么的人给他讲的。

辛远只是想到了自己在凉亭遇到的一幕。那晚,很巧,在凉亭那边,也有一个全身湿透了的身着白色旗袍的女子,也有一股水粉香,四溢在亭子周围。

难道,那一身白衣的魂,在冷冷清清的凉亭内,无声无息地停留了近百年?

难道,他遇见的,是沈月如?

那一晚之前,这个故事,是否在他脑海里?

❧ 贰拾 ❧

七十多年后的青县早已变得面目全非,只剩下伴着凉亭的青湖,仍照着那时的明月,淌着那时的流水。

如今听着青湖水声，仿佛是流淌着的神秘之声，席卷着黑不见底的秘密，偶尔翻滚到水面上，暴晒在阳光下，突然给予双目巨大的刺伤，白花花的，还未细看，又迅速沉入水底。

　　"爷爷说沈月如身上有一股神秘气味，又像药香又像供奉菩萨的香，沉水香的气味就是这样。"汤一友背对着辛远，站在凉亭石凳上，呆呆看青湖，"那就是我们找的木手链所散发出来的气味。"

　　辛远也已想到了这点。

　　木手链随着沈月如同沉水底。当沈月如的尸体被打捞上岸后，她身上除了衣物并无其他饰物财物，大概沉水时手链已挣脱了主人手腕，如同这份情，阴阳两散。木手链大概永远消失了——两人都意识到了这一点，想到这里，彼此都有些黯然。

　　"没想到，这串木手链背后有这么凄美的故事。"汤一友叹息着。

　　穿云的阳光，朝着湖面，射出几条粗细不匀的光束，璀璨如火柱。

　　汤一友远眺那几条炽光，说道："《法华经·譬喻品》里有一句——三界无安，犹如火宅，众苦充满，甚可怖畏，常有生老病死忧患，如是等火，炽然不息。你听说过吗？"

　　辛远摇摇头。

　　"石水安短暂一生，终究是可悲的，就像是陷在情海中挣扎却不得安生的'火宅'之人，或许，他早死，是如他所愿……"汤一友回过头来，目光深邃，"是一种解脱吧！"

　　"那……木手链，还找吗？"辛远问。

　　汤一友一笑，道："看来木手链不在这个世界了。好吧，我同你的协议到此为止。你算完成工作。两万块钱一分不扣，全部归你。"

　　汤一友的爽快出人意料。辛远顿时如释重负，但也为汤一友一无所获而良心不安。

　　"你要走了吗？"辛远问。

　　"住了这些日子，我有些喜欢上这个地方了。特别是这个凉亭，没听过沈月如的故事前，我就喜欢去凉亭坐坐，听听水声、附近树丛的鸟语声……

真不错,青县。不过,暂时得回去了,等有机会,再回来……"汤一友停顿了一下,注视着辛远,开玩笑道,"捕鸟。"

辛远茫然四顾周围,无法体会汤一友所说的那份喜欢。汤一友看到他的神情,笑了笑,拍了拍他的肩膀,说道:"如果将来有需要,我会继续来找你。如果你有需要,也可以来找我。走吧。"

手离开辛远肩膀的瞬间,像是一份无以言说的重压离去,久违的轻盈,又来了。

上车前,看了一眼那凉亭,心绪复杂。此刻,太阳隐遁在几朵厚重乌云后,把天空一切为二,一边渐亮,一边却近灰暗。灰暗的这头,正是青湖的头顶。湖水因无光而晦暗,犹如蒙尘镜子,映照着失了颜色的天空。

送汤一友到了他的公寓后,辛远抽空给汪犹衣发了条短信,告知自己和汤一友的合作已结束。毕竟这是衣衣牵的线,论情论理,结束了,也得让她知晓。

然后一踩油门,直奔他的老行头。

先去了四季码头。四季码头已不如当年热闹,爷爷说在他小时候,四季码头来往舟楫如织,人烟稠密,商贾辐辏,如今时过境迁,已不复当年的繁华。

在车快开到时,辛远才意识到,来的时间不对,这个点,恰恰错过了最后一班渡轮时间。码头几乎没什么客人。数得清的寥寥几人,也没有打车的意向,一辆辆车早已候着归里之人。

辛远叹了口气,调转方向,去火车站。

火车站人不少,但他的运气似乎不太好。不仅是辛远,连其他黑车也面临相同处境。好多乘客不顾不理黑车车主的殷勤招呼,毫不犹豫就直接上了出租车。偶尔也有几个,问了问出租车的价格后,仍回头选择了黑车,可这些人见了辛远,脸上清楚地流露出"我不会来选你"的神情。

辛远长相清秀,一直很得年轻女生的青睐,可今天,一些女生见了他,如临大敌,神情仓皇,远远就避开了。他照了照后视镜,没发现自己脸上有什么问题。他心里犹疑，直到深夜，一个客人都没有。

这是他干这行以来，唯一的一次一无所获。

真是见鬼！

人已越来越少，辛远决定离开。他嘟噜了一句，上了车，重重关上车门，发动车，本能扫了一眼车门的左后视镜时，他悚然一惊。

在后视镜里，倏忽冒出一个穿着白旗袍的女子。他的汗毛竖立，惊出一身冷汗。猛转头，想瞧个仔细，已无踪迹。

他怔了片刻，摇摇头，告诉自己这是幻觉。

灯影狭长，光照着一条条黑影，像是隐藏着的鬼魅显身，枯骨头顶着萤火虫，外出乘凉。

广场上站了一位老妇，辛远早就注意到了她，苍白头发在风中飘荡，她环顾四周，几个小时了，一直原地打转，茫然张望。辛远将车开上前去，停在老妇身旁。

"奶奶，你去哪儿？"

老妇一动不动，不言不语，正当辛远失去耐心，准备离开前，突然她怯生生地出声了："回家，我要回家。"

辛远下了车，问："你家在哪里？"

老妇茫然。辛远看出来了，这是得了老年失职的迷路老人。他想直接送老人去派出所。当他扶老人上车时，留意到老人脖子上挂着的胸卡，上面写着老人亲属的联系办法。辛远按照上面所写的联系方式，拨了个电话，一联系，果真是。

"我送你回家。"发动车子前，辛远喊道。

"渴。"

辛远转过头去，看到了老妇的瘪嘴已干得开了裂，他叹了口气，不知老人在大太阳下站了多久，也不知她多久没喝到水了？失去记忆真是可怕。

辛远把车停在路边的一家小报亭，走了出去，买了瓶矿泉水，旋开盖子将水递给老人的一瞬间，突然，这场景像是旧识。仿佛是另一种结结实实的触感，通过这瓶矿泉水传递到了眼前。他惊讶地深吸口气，曾经的某个时刻跃入他脑海……

　　他跑了很多地方,一直没停下来,生意不断,忙到忘了吃午饭晚饭。到了晚上,某个客人坐到他车里时,他已饿得不能再忍。也是在这小报亭的位置,他停了车,对客人说:"你能等我一会儿吗,我还没吃饭,有些发晕。"他买了一袋饼干开始狼吞虎咽,都顾不上客人开了车门出去。过了一会儿,他听到那人又上了车,然后,一瓶矿泉水出现在他面前,温柔的声音响起:"喝点水吧,别噎着。"他转头,那只递着矿泉水的洁白细瘦的手,就伸在他眼前……

　　这是怎么了?无论辛远怎么回想,他只能回想到那只拿着矿泉水瓶的手,却无论如何也记不起那只手的主人的模样。
　　辛远瞥了一眼后视镜,老妇整个人缩在后车座内,眼瞳内空空荡荡。
　　收回视线时,他不经意在镜内瞥见自己的眼,眼瞳内空空荡荡,和老妇一样。

　　将老妇平安送到了她儿子身边时,已很晚。
　　回到家时,不自觉地抬头看三楼,两间窗户都漆黑一片。
　　走上楼梯时,他的腿略微有些沉重,脚步声在深夜中,也显得孤单和清晰,11步,7步,11步,7步,11步,到了。
　　除了他本人茫然无目标外,其他一切都秩然有序,哪怕到家的台阶。
　　他刚打开门,突然听到有物件细微的落地声,他打开灯,一眼便瞅见躺在地上的白色信封。
　　他盯着地上那封信,盯了好几秒,才慢吞吞拿起信,将信封拆了,取出叠得工整的信,这次的字数比以往要多:

　　你还记得我们的第二次见面吗?
　　我出了火车站,一眼就看到了你。你依旧站在老地方,身后有着大片的霓虹灯,一闪一闪的,而你站在那浮华而喧嚣的世界中,眼神清澈,像星星一样。我从没见过这样通透干净的人。

你像一种动物,我想想……对,像那种气定神闲的流浪猫。

别人问你价,你淡淡回答,从不死皮赖脸的。别人离开,你也不懊恼,只是抽一根烟,望着周围,仿佛你才是过客。

我突然意识到,自己迷上你了!

我清晰地知道这一点。以前从不相信一眼两眼就能生情。现在我知道,在此之前,之所以没有一见钟情,是因为没有遇上这个人。

赶在另一个女乘客发现你之前,我急跑,跑进你的视线里……

这是多美的一天!

而且这一次,你不再像一个快饿昏了的孩子。⌒

这是情书吗?

是情书!很明显的。可是,对方是不是弄错了对象?

直觉告诉自己,被瞄准的目标物,就是自己。这些白底上的秀逸黑字,就像一只只早起的雀鸟,将他内心的柔软和美好,从平淡生活的泥土里,啄食了出来。他不自恋,但这些文字,给予他欢愉想象,获得从未有过的宠爱。况且,信中"饿昏"两字,他的记忆刚证实。

放松之余,也有片言让他困惑——现实生活中,他不会抽烟。可信中写着她见到他时,他正抽着烟。

带着不解,再看这连缀成美好的文字,隐于暗处的模糊面孔更是不得见了。难道她自见了他一面后,疯狂追踪他的行踪,甚至把信送到医院那边?可是,阳台上那盆被她称为"我们一起买"的迷迭香又是怎么一回事?

一个朦胧白影,窜入他脑里:一双白皙瘦薄的手,在流光下,闪闪发亮,捧着一盆植物……意识提醒他,当他看到这双手,心中有多欣喜。是的,他一定喜欢这双手的主人。这种情感上的本能,不是理智所能伪造得了的。他的脑子,又剧烈疼痛起来。

"答应我你要好好吃饭。"又是那个含笑的清脆声音,一根发着光的小指头伸到眼前,调皮嚷着:"打钩钩。"

回忆中的光在眼圈四周积聚,像无法直视的太阳,限制着眼球活动和脑子里思维的扩张。

天上有夜航的飞机,轰隆隆飞过。现实中的声音,又把他从虚幻中拉了回来。

他喘息,休息了片刻,然后又重温了那封信,接着把信小心折好,放到胸兜里。他呆立片刻,突然产生一念,想看看自己。

好久不照镜子了,他走到镜子边,注视着自己:那是一双毫无光彩的眼睛。无法想象,清澈、干净等词会同眼前这个人相匹配。

他对着镜子里的自己笑了笑:或许那是一个了解自己的人,开的一个玩笑。

T恤衫前胸那只袋凸起着,那封信藏在心房前,怅然若失间,竟有看不见的牵连和说不出的纠结。

他发现一个可怕现象:久视镜子中的自己,时间越久,就越不认识眼前的自己。似乎,镜子里的那人,不是自己。

至少,他看不到信中所说的,像星星一样的眼睛。

他伸出一根小手指,久久盯着它,想要在它身上看到一点往事的蛛丝马迹,但无论他怎么追溯,什么也没得到。

他转头,离开了镜子,走到阳台上,抬头仰望星星。今晚的星星很多。

想起了汪犹衣曾告诉过他的,关于星星的知识——它们发出的光需要千万年,甚至数亿年才能到达地球。这不得不让人想到,现在所看到的这些星星,有些或许还在,有些或许早已不在。

真有意思,原来地球人看到的,或许是一颗死亡的星星。

室内的光,照着阳台上那盆已死的植物,一颗深埋在土里的野草种子,竟破土而出,在光的照耀下,显得透明澄澈。

贰拾壹

原本想睡个大懒觉,没想到大清早还是被电话铃声给吵醒了。

是汪犹衣打来的,只说了一句"接个客人"就挂了电话。

明知道两人之间有微妙变化,但她偷偷为他揽客的习惯依旧不改。他昨晚发出那短信,其目的并不是让汪犹衣继续帮忙,只是和汤一友的协议已结束,同她说一声以示尊重,汪犹衣自然也明白。但她把自己分裂成两派:一派的她,在撞见他和吴昕在一起后,已失了当初坦然;而另一派则保持原有的关心,怕他生活困窘,仍不由自主地为他操着心。

女人想事总是复杂矛盾。想得通,是她;想不通,也是她。

去了老地方,汪犹衣和一位男客已等在那边,三人见面寒暄了一番。原以为又是按照老样子——汪犹衣先行离开,留下客人跟着辛远,开始一天的旅程。

可这次完全出乎意料,当汪犹衣正要离开之际,男客竟然没进辛远的车,狼狈地朝辛远说了声再见,接着生怕错过末班车似的,飞速爬上了汪犹衣的车。

这是变相的拒绝!汪犹衣和辛远都愣了,又不好多说什么。三人各怀心事,一脸不自然,尴尬笑着说拜拜。

望着汪犹衣的车绝尘而去,辛远心里说不出是什么滋味。

难道,他开始走霉运了吗?

辛远自是不信,趁现在时间还早,赶去火车站,这个时间段,客流量最大。他小心谨慎,四处张望,怕一不当心,又撞到了执法队的人。

事实证明,幸运之神,果真是蒙着双目飞行在人间的。

执法队的人,倒是没有出现。而他竟然在人流如梭的地方,候不到一个客人！这事,变得有些诡异了。

他百思不得其解。最纳闷的是,竟然还有几个路人用好奇眼神窥视、打量他。等他意识到这目光,迎上前去,有几个很仓促地摆手逃离。太奇异了——颐指气使的乘客做派不知什么时候集体消失,甚至还有人带着点不自然,多此一举地解释:我有人接,我不需要车。

辛远的特别,就在于此!

接不到活,初期,他自然也有些焦躁不安。一颗心,似无处安放。只不过这份焦虑,仅仅只维持一段时间。过后,他便也无所谓了,或者是觉得老焦躁不安的,更嫌它累。折磨着,也于事无补,那还不如,顺其自然。

他倒不是看透。天性如此。要不,怎么活?

过了些时候,他真把自己当过客,看来来去去的人,脸上比谁都从容。

那个原本穿着破牛仔外套的拾荒老头今天换了一身背心短裤,似比他更知天命,背着大麻袋,笑嘻嘻地东张西望。远望到辛远,朝他挥了挥手。辛远也挥了挥手。

老头看辛远这边也没有开工的迹象,便走了过来,放下背在身上的大麻袋和那只装茶水的大雪碧瓶,从短裤兜里摸出一包压得皱兮兮的烟来,递给辛远。

辛远摇摇头,表示不会。

拾荒老头没有把手缩回去,瞪着眼珠子问他:“怎么,身体不好?”

“我不抽烟的。”

老头的表情呆滞了一下,眼珠子都要掉出来的样子。

“我们有一年没说上话了吧?”老头拍了一下辛远的肩,上下打量,用一种打量陌生人的眼光,“你变了,变了很多。”

“我……”辛远刚想辩驳,脑子里突然哧啦啦一下,不知怎的,他想起昨晚那封信中的一句——“你也不懊恼,只是抽一根烟。”辛远顿时混乱了,心中不敢肯定起来,不知不觉间口已随心,问道:“难道,以前我会抽烟?”

“你的烟瘾不小啊!”老头的声音里充满了惊讶,“我还在想呢,前些时候看你在这里等客人,怎么不见你抽烟,难不成是戒了?”

辛远觉得这个事再扯下去,就会没完没了,于是他掩饰着点点头,应付着说道:"戒了,戒了。"

"戒了好。这毕竟是一笔花销。看你拉个客也不容易,节约点也是应该的。"老人见无烟友,略微有些落寞,他自己点上一根,悠然地抽了一口,说道:"不像我,没家没口,再没有一点爱好,活着就真没什么劲了。"

老人体型瘦弱,头发花白,皮肤晒得黝黑,特别是那只夹着烟的手,严重皲裂。

"至少你这份工作,比我稳定点。"辛远用下巴指指老人那只鼓鼓囊囊的大麻袋,"我最近还没开工呢。"

老人又瞪大了眼,张大了嘴,想起什么地同辛远说道:"我就想着呢,你怎么还来?"

"怎么了?"

"你上次被抓了是不是?"

"是。"

"电视上都放出来了,特别是火车站汽车站码头这些地方,没日没夜在重播你被抓的那个新闻,那镜头也真是的,把你拍得跟个杀人犯似的……"

这次,轮到辛远瞪大了眼睛,也不管老人还在旁絮叨,他拔腿就跑,一溜烟地朝火车站的候客室奔去。

果真,他一眼就看到了。那张大屏幕上,赫然是他的脸。虽然他被强光刺得睁不开眼,但他那张狼狈至极的脸,清晰了然,占满了整个屏幕。

画外音是具有正义感十足的声音:"……我们市民多次有被黑车非法拉客、宰客、甩客甚至辱骂的经历……针对日益严重的黑车问题,我们全面开展治理'黑车'专项工作……"

原来辛远已成了黑车的反面典型,在本市最热的一个新闻栏目上,曝了光,上了镜,在各大公共场所循环播放,没日没夜地亮相示众。

他呆怔了好一阵子。

电视上,配着主持人犹如公正宣判的结论语,插播着一些吃过黑车亏的乘客简短而义愤填膺的控诉,而屏幕里的自己,那被推搡着的、夹持着的家伙,那张无限放大又变形的脸……连辛远自己都觉得,那个被抓的家伙,真的好猥琐。

有人注意到了他,开始交头接耳,窃窃私语。他低着头,仓皇逃离了众人的指指点点。

他上车同时,汪犹衣来了电话。那客人拒绝辛远的原因,此时她不说,他自己心里也已然明了。挂下电话,他仿佛被一股无法抗拒的力量压迫着,坐在座位上,一动不动。

这个熙攘、平淡的素日浮生,别人都有来来去去的方向,唯独他,盲目、迷茫,已不知何去何从。

他悲哀地意识到:不用在这里候客了。

他没有客人了,没活可干了。

∽ 贰 拾 贰 ∽

无聊地过了几天,除了陪爷爷,回家睡足够的觉,辛远不知道接下来他该去做什么。

无聊是一片肉眼看不见的荒草,它以人心作为起点,寂寞为养料,四处扩散蔓延,密布在人的周围。你随时随地想要拨开它,想自由呼吸一口。但是一呼吸,你的唇鼻又被这无处不在的荒草给堵上了。它的韧性,超乎想象。不过,安慰点想,或许是因为这份无聊,神才会创造人类,才会无聊到拿根亚当的肋骨,造个夏娃。再或许,亚当夏娃被蛇诱惑,恐怕也是因为无聊,才偷个果子吃,得以看清男女之别。

因为无聊,他们受了惩罚,失去了伊甸园。但他们,拥有了彼此。

——无聊到这境地,思维触角延伸到了人之根源上。辛远忍不住嗤笑自己。渐渐地,似乎伊甸园的荷尔蒙散漫在四周,他的内心有了异样。这是汪犹衣和伟娟姐都无法给予他的某种感受。

——他发现,自己竟然在渴望某样东西,打破这份平静的东西。

信!

是的,他吃了一惊。他曾害怕过这信的内容。但上一封,仿佛是那伊甸园的蛇,让他在不知不觉中受了诱惑。不能否认,他喜欢那封信的主人眼中的自己。

有感应似的,在他准备锁门关灯时,他看到门缝中露出小小的白白的一角信封来。

竟有些抑制不住的惊喜,辛远忙抽出信封来,几乎有些迫不及待地拆信。

信,像人的脸,变幻莫测。若说前一封,情意绵绵,而这一封,却似变了脸,透着股阴森和诡异。信的内容很简短,写着:

你要找木手链?
在我手上。
你要,我就给你。

木手链,竟然还在?而且在一个给他写情书的神秘女孩手里?

可她怎么会知道他前些时候在找木手链?难道她在跟踪他,难道这大半年内背后有眼的感觉,不是错觉?

顾不得多想,他抽出信封内的另外一样东西。是一张剪了一半的人物照。剪了肩部以上,独留下了手臂的位置。手腕上,果真有一串木手链。沈月如的照片,虽然经过岁月变迁,色已褪,但她手上的那串木手链,大致样子还是能看个明白的。而如今照片上的这一串,轮廓弧线,果真是跟沈月如戴着的那串,一模一样!

他的视线,渐渐从木手链转移到了那只白皙的手上。那只手,在图片中,显出洁白晶莹之纯美。带着新出现的迷惑,裹挟着不露声色的清醒,突兀出现在他的脑海里。

——那只经常在他脑海中出现的手,不是幻想的画面。这是真实的!脑海中的手,与照片里的手,完全吻合。连手背上的青筋,两者的经纬都一致。

这是熟悉感,他暗暗惊讶于这只手的存在。不死之水,迷迭香,这双手,甚至这双手的主人……似乎很虚幻,可他怎么会知道这一切,是谁偷偷在他脑海中输入了这么多他不知道的讯息?

她没露出全貌,那双召唤的手却已出现——似乎在向他招手:来找我,来找到我……

她是谁?

她怎么会有这串沉水香手链?

她为什么不直接出现?难道只沉迷于玩捉迷藏的游戏?

所有疑问,都透着诡异。所有快乐,也都有了别样的想象。

他思索很久,也想不出答案来,迷迷糊糊中睡了。最初一切非常静谧,猛然出现了轰鸣的回响,像是他就是一堵厚岸,被什么东西给撞击了一下。接着如潮轰鸣越来越激烈,越来越壮大,向他这方向涌了过来。原来是一股激流,浪潮不断向他这个方向奔涌过来,水面上全是黑水泡,一个接着一个,一圈接着一圈,明明灭灭,铺天盖地地旋转。他看清了,那些黑水泡,是一个个人头,他们像是潮水,前赴后继地奔腾向前,没有方向,没有彼岸。

他猝然无法呼吸,窒息了似的。原来他也困在了黑压压的众头中,也成了随流的水泡,在潮水中起起伏伏。他竭力挣扎,但身不由己。在失去呼吸的最后一刹那,一只手乍然出现,将他拉出了水面。他张开嘴,拼命呼吸,沾满了水珠的眼睛费劲张望。他看到了,那只戴着木手链的手,和黑水中唯一醒目的白旗袍。水粉香,弥天盖地地散发气息,像柔和的纱,蒙住了他的口鼻。这比水下更让人无法呼吸,他在空气中扑腾、挣扎。

一个翻身,他跌下床来。

迷瞪着眼,看清了,这是他的房间、他的床,不是噩梦中漫无边际的黑水。

狼狈不堪地望窗,天已亮了。他却心有余悸,没再爬回床上去,只坐在一把小凳子上独自怔忪。噩梦后心有余悸，某种情绪在升腾，像是潮水仍在体内的某一处起起伏伏，似乎是在肺里。

他想到了拾荒老人提到的关于他的烟瘾。突然，他想抽烟，很强烈的渴望。

难道，自己真有这嗜好？

可是，是什么时候压制了这种嗜好？他竟然毫无印象。

他瞪着自己的脚，那双拖鞋上的小熊眼睛上，已没了莫名其妙的白色指甲油，露出一双黑漆漆的眼瞳来。

明知道这双眼是大大的纽扣做成，涂抹了一层黑漆而已，可无端令他联想到电影中魔鬼的眼，没有眼白，整双眼极深极黑，如深潭般难测。

一股无法说清的惊骇，紧紧攫住了他。他越觉得小熊眼睛可怕，却越移不开视线，越移不开视线，越易沉浸在可怕的氛围里，惊惧而不能自拔。

突然手机铃声响起，把他惊得从椅子上蹿起。

医院的明护士打来的，让他去一趟。

爷爷大咳，咳得凶猛，晕厥了过去。

到了医院，爷爷的诊断结果已经出来，是慢性肺心病。

医生面无表情地对辛远说道："这个病，早就在了。可能你爷爷刚装过钢板的缘故，身体有些弱，彻底爆发了。"

医生开出单子来，递给辛远，轻描淡写地说道："先去缴两万元钱，抓紧时间治疗。但同你说句实话，这个病，是断不了根的。"

出了医生办公室，他紧攥着那押金单，茫茫然在人潮涌动的医院内挤来挤去，不知自己何去何从，一个悲观的想法涌了上来：无能，总是会让不幸循环发生。

这种想法把无力感挤压出来，从头到脚，将他紧紧包裹。

他无事可做，已被这个世界拒绝。他始终乐观地认定自己一定会撑住这一片天，替爷爷遮风挡雨。没想到，第二个浪头打来，他根本无还击之力，最终下坠如死人，坠入无际深海。

他呆站在病人来去的走廊上,经过的每个人都是愁眉苦脸的,没有人在这个地方流露出轻快与愉悦。一个个,都是微苦的灵魂。

——都在被病魔吞噬,被现实压垮。整个世界,都已天崩地裂。

瞧瞧手上那张单子,不禁悲从中来。无路可走了吗?他不甘心地想着。

忽地,那张戴了木手链的截图照片,那张泛着洁白色泽的手,明晃晃地,宛若一道闪电,从辛远的黑暗世界中划过。

辛远呆立在原地一动不动,躯壳如停止的机械,心里引擎的转速却越来越快,一个念头猝然产生,启示着他的下一条路。他拿出手机,找到一个号码,犹豫两秒,鼓足勇气拨了出去。

"喂?"

对方回应了他。

"木手链有了新下落。它没沉入水底,它还在某人的手上。如果可以的话……"辛远初期的语气有些急促,说到此,他缓了缓,调整了呼吸,忐忑问,"能否新签上次的协议,拿新的两万作为筹码?"

对方沉默了片刻,辛远等待着对方的回应。这过程,他心似煎熬,他也觉得自己很无耻,但他更怕对方当他是骗子,或者是事过境迁,对方的兴趣早已不在这里。更怕对方直接说不需要。或者,对方有兴趣,却要讨价还价,不给两万整数。

没过多久,话筒中传来对方清晰的回答,辛远无边无际的想象和煎熬,猛然停住。

"好的,你什么时候要签约?"

这个崩塌的世界又恢复了原样,生命依旧转动,太阳出现了,吻上了他的后脑勺。辛远按捺住内心激动,他的声音几乎有些卑微,带着一份从死透了的绝境中活过来的感恩:

"汤先生,现在!"他克制住激动,冷静道,"我想现在签约。"

贰拾叁

在等汤一友出现前,辛远一直陪在爷爷身边。

躺在病床上的爷爷,身体过于苍老、干瘪,像深嵌在床里。听着老人沉重呼吸,辛远心里叹息:父母不幸双双离世后,爷爷是他唯一的亲人,老人竭力把孙子抚养长大。辛远年少时不知生活艰难,成人后经历众多才知其中辛苦。

意识还归老人支配前,爷爷还在催问自己出院的事,辛远简单同爷爷说了一下他的新病情,劝慰老人这不是很要紧的病,安心在医院等待治疗,平日里要谨遵医嘱,小心冷暖,注意休养,便可提早出院。

老人焦虑,他不想再在医院待下去。到这个年龄的老人,总有他的顾忌和恐惧:怕自己无端花家人太多的钱;更怕自己回不去了,死在医院里。

彼此都没把真话说出口,怕一出口,心里所藏的沉重,会转嫁到了对方身上。

辛远此时无思其他,一心只想着那两万元押金。其间他溜出去,跑到家里,把那张剪了一半有着木手链为凭证的照片取了来。

直到黑暗来临,汤一友充满渴盼的脸,才风尘仆仆地出现在病房外,辛远的忐忑这才渐渐消散。

拿了汤一友的两万元钱和新签协议后,辛远又把这笔钱扔进了医院那张开的大口里。

这次,他开始认真想对策……对,首先是要找到这个给他写信的女孩子,找到了她,才能找到木手链的下落。

可是,对方好像爱玩单线联系的游戏。他怎么找到她,是个新难题。

至于木手链和这神秘女孩的关系,木手链如何兜兜转转到了她的手上,而不是沉在青湖水底,虽然也需揭开谜团,但那是以后的事。当务之急,还是须知她是谁。

这个女人,她到底是谁?

每每考虑到这个问题,思想便停滞了,无法前行。

辛远蹲在地上,面前有一堆小沙丘,一群蚂蚁在沙丘上爬上爬下,人类自是看不懂它们的奔波奔忙。他恶作剧地随手捏住沙丘的中间,握了一手的沙子,沙丘下塌,蚂蚁们也跟着掉了下去。

光照在他的手上,沙子无声无息从指缝间流泻出,带着金灿灿的黄色光芒,很似黄金,也似水流。

辛远身边的女性朋友少得可怜,他尝试着给章伟娟和汪犹衣分别发了一条试探的短信,上面没有别的内容,只有四个字加一个标点符号:不死之水?

这是那神秘女孩给他的仅有线索中的其中一个。

结果,天天端坐电脑旁的汪犹衣,顺手就发来了一条谷歌小知识:"有本小说叫《逆流河》,它说这世界上存在一条绝无仅有的逆流河,河流发源于海洋,逆流而上,止于高山,河流的尽头就是不死之水。从古至今,不断有人出发去寻找,但从来没有人能够取回一滴半点……"

逆流,有点熟悉,或许他以前上网时看到过这两字。不过话说回来,这小说真胡扯,哪里有什么逆流的河。若河水可以逆流,从指缝间漏掉的沙子,又可回到手心,时空也可逆转。

紧接着汪犹衣又发来一条:"还有,在北欧神话里,女武神酿造的啤酒据说是不死之水。你是不是又想灌马尿了?要灌的话晚上去老地方。爷请你!"

——这才是衣衣。

辛远捧着手机笑了。还未等他放下手机,屏幕又亮了,是章伟娟打来的。一按通话键,传来她急急的声音。

"你,你,你怎么了?我又没催你钱,你写什么死啊活啊的。我知道你最近干不了活,你也没必要,没必要这么消极……"

　　辛远几欲开口辩解,却插不上话。她是他们这行当的大姐大,他们出什么事也是她出手去摆平,她脾气向来不是特好,但还算理智稳重,鲜少见到她这般急吼吼。起初他没明白,等听了几句话后,他就懂伟娟姐在忧虑什么,不免有些惊愕于她这种联想。

　　但他心里还是暖和的,虽然她无法体察到他心中所涌动的情绪。在衣衣和伟娟姐叠加的温暖下,他眉间皱褶像是被熨平了,辛远笑道:"放心吧,伟娟姐,我怎么可能会寻死。"

　　电话那边静默了片刻,章伟娟的声音再度出现时,已恢复了以往的镇静。

　　"你自己,自己要好好的。"

　　"嗯。"辛远答道,"我会的。"

　　"辛远……"章伟娟停顿片刻,还是出口了,"你变了,变了很多,你让人,不得不担心。"

　　"变? 我怎么没感觉。"

　　"以前你干这一行,总觉得不,不般配。看到电影电视上的明星,总替你惋惜。要是,要是你去做演员,你不会比那些人差。他们说,说明星有光芒,你也是个有光芒的男人。可是,这一年,你,你变了。我在街上也看到,看到过你几次,总觉得,快,快,快要认不出你来了。你身上的光,光芒,好像全部没了,给人的感觉,就像是……"

　　"像什么?"

　　"像是一个已死透了的人。"章伟娟流利地冲口而出,马上她像是被自己的言语给惊住了,赶紧改口,"呸呸呸,我这人就是,就是不会说好听的话。我意思是你像,像那种出过什么交通事故的人,死过,死过一次的那种人。"她越说越觉得话语不对,有些无措,赶紧刹住话题。

　　"伟娟姐,我出过交通意外吗?"他心念一动。

　　"没,当然没。"听筒那边传来轻轻的一击,听得出是她用手在打嘴,嘀咕着,"真是粗人,真,真不会说话。"

"没事。"辛远笑笑,"我懂你意思。我活得不积极,不够振作。"

她凑近话筒,松了口气道:"对,对,我意思是你要振作,振作。"

在挂下电话前,章伟娟再次小心刺探:"这,这不死啊水啊,什么的,你不会……"

"我不会寻死。"辛远干脆利落地答,"再说我还欠你五千块钱呢。欠债不还先寻死,来生投胎还是个欠债鬼。"

两人都笑了。

挂下电话后,辛远心中排除了她俩的可能性,他心里轻松了片时。但迷惑也更重了,躲在团团迷雾里的,竟有了两个模糊的影子,其中一个竟然是自己,它所呈现出一种苍白、颓废的犹如隔世的病态感,正通过众人之口,隐隐显现。

所有人都会以为,自己是最了解自己的那个人。但,这是真的吗?自己真是最了解自己的那个人吗?

这个答案,谁都无从知晓。

但要找出那个女孩子,还是有办法的。

既然她经常在他的住所投信,想知道她是哪位,她有着怎样的尊容,还是有法子的。

——只要,辛远在他的大门口装一个摄像头。

只要她出现,那被刻意剪了一半的照片,那消隐的世界,会通过另外一种方式,实实在在地重现原貌。

贰拾肆

　　将买来的微型摄像机试着装在爷爷的大门口，正对着自己家门方向，经过之人，都能看得清清楚楚。

　　想想却总是不对——是啊，若是对方不转过脸来，就只能拍到一个背影。

　　楼梯才最重要。可以从正面看到上楼者的脸。

　　但这价格低廉的微型摄像机的视角不是很大，辛远摆弄了好几次，终于找到了兼顾楼梯和大门的角度。

　　房间角落里放着一只被搁置的电脑，他已好久没去碰它了。曾经上网没日没夜，那股子狂热劲，汹涌的沉迷，放任的冲浪，什么时候刹住了车，也已忘了。同某阶段共同度过的物和人一样，莫名其妙爱上，以为一叶一秋、一人（物）一世，可不知道什么时候，不爱就不爱了，丢了就丢了，就像攥在你手里、陪你走过一程的那片树叶。

　　仔细想想，他没什么兴趣爱好，也没什么野心宏愿，随着年龄增大，只是一个疲于应付现状、劳顿不已的普通人，已找不到年少无畏、率性而为的热情和冲动，就像一条由无数岁月组成的弯曲走廊，走着走着，不知不觉中，目的地已迷失，而初衷也早已丢失。

　　手指伸过去，按了主机的开机键。按下去的一瞬，还是产生了久违了的兴奋感，像有另一个世界在等待着自己的粉墨登场……

　　搁置过久的电脑，宛若一个被弃的怨妇，发出一声咆哮，嗡——

　　他拍打了几下，主机恢复正常，安静了。显示屏还算争气，跳现出桌面。一切正常。曾让他在网上冲浪的浏览器，还有各种游戏软件等，它们都沉睡了很久。只不过，现在上不了网。他早就不交宽带费了，家里的电脑已断网。

幸好,断网同他偷摄家门口的动静没多大关系。

万事俱备,只待主角登场……

偷拍了一段时间,试试效果,只见到雪花片一影一帧地掠过,辛远东敲西打了一会儿,也不见好转,那不见图像的雪花点点,让他心里有些气馁。

正当他想要退出时,雪花片跳跃了几下,然后画面突然出现,他的手停顿了一下,当看清楚画面上显示的正是他的房门和楼梯,他惊喜不已。

连接成功!

开始几天,画面上每出现一张变大变形的熟脸,他都觉得无比新鲜有趣,但这新鲜劲没过几天,重复看老头老太上楼下楼,他很快就生了厌。

该等的人还是没等到,倒是把这幢楼三楼以上住户的行动规律给摸了个透:四楼,六点不到,王大伯夫妻俩穿着一身太极服,去锻炼;七点多,陈奶奶出门买菜。五楼,见面只点头微笑却叫不上名的中年女人,大概还没退休,每天朝九晚五的。另外一家人可能是卖菜的,每天凌晨两三点就出了门。而三楼住他爷爷家的吴昕,则在深夜一两点回来……浪费了几天时间,他期待的信没出现,人自然也没跟着露面。

一无所获。

这个微型摄像机每天最多只能持续录像四五个小时,他估算了一下,决定白天不再录像。这幢楼里的人,大多都是早睡早起。天气舒适时,老人们都喜欢聚集在楼下接点地气,家长里短地聊天,来个陌生人,老人们非常警觉,防贼一样盯着外人看。晚上零点后,再让微型摄像机开始工作。时间上这样安排,相对而言比较科学。

零点刚过,他便蹑手蹑脚在老地方安装好了摄像机,下次就这么放着吧,他不打算再将机器反复安装了,只要连接一下即可。他刚打定了主意,拍了拍手上的灰尘,准备进房,突然听到楼梯口有了动静。

他一个闪身,将灯关了,门虚掩,静听来者的脚步声。

大概不熟悉楼道,来者有些踉跄。对方走到三楼,站在他门口停滞了三秒,还未等对方反应,他迅速将灯打开,打开房门。

出乎意外,他逮了个正着的,竟然是吴昕。

黑暗中的她,被室内光线包围着,浓妆已浑浊地浮现在她的脸外,她摇摇晃晃,拎着一只与她细瘦身体不成正比的大大单肩包,扑面而来的还有一身酒气,她眯缝着眼斜睨他,非醉非醒。

他心知刚才举动太过唐突,朝吴昕抱歉地点了点头,正准备将门关上。突见吴昕伸出那只纹了心形刺青的手,将门抵住。她人却不进去,只是倚着门,带着几分轻佻的神情,两片抹得血红的薄唇之间微露出一排细白牙齿,似语未语。而一双宛若小动物的眼,则直勾勾盯着他。她变得像狩猎的雄性,散发出强烈的荷尔蒙,而他倒像扭捏无措又慌张的雌性。

两人都不说话。她眼神灼热。他额头渗出细密的汗。两人僵持着。他听得到自己的呼吸声,更听得到来自对方清晰缓慢的一呼一吸。终于,他意识到,自己曾熟稔的恶作剧游戏,今日棋逢对手。

这一次,他选择回避。她跟着进来,他不用看也感应到她灼人目光停留在他的背部,酒气蔓延在身后。

她靠近,伸出手,慢慢地触碰了他的脸。那股酒味,令他渐感呼吸困难,从心理到生理的排斥,他略一侧身,倒退了一步。她和他,已不在一条直线上。她满不在乎地斜视他,像一朵罂粟花。

他不是柳下惠,莫名死去的一潭心水上,有倏忽点燃的微弱磷火。

"辛远,你的眼睛,很容易让女人迷恋,你大概不知你的罪过。"说这个话,似最后的诱惑。

她转身,掩门而去。

他愣了几秒,旋即关上房门,令人神驰的氛围已荡然无存,理智回到体内,这才发现自己快要虚脱。

刚才的一切,很是不真实。他很羞于回忆自己刚才流露的慌张和魂不守舍。

大概,去花都的男人的感受,就是如此。大概,在街上接受自己目光的女人们的感受,也是如此。

又是两天,爷爷的病情稳定了很多,他一反常态,坚持要出院。辛远没听爷爷的,一则医生强调,爷爷的身体必须多观察几天;二则辛远有自己的私心:在医院,有医生和周阿姨照顾爷爷,辛远可安心找木手链。

趁这段时间,爷爷还未回家,他想抓紧时间,逮着那个拥有沉水香手链的女孩子……

可是效果堪忧:兔子久久不来,守株也不见得是个好办法。

现在聪明了,每天上午醒来,若未见到信,他也不用去看什么录像回放。

家里幽寂,长久独自一人,会给辛远一种失衡感,貌似自由自在,却又有万物遗弃之感。不能这样下去,如果那女孩久久不来,他不能任由自己在家腐朽,却毫无收获。

是的,过了今晚,若明天还未看到信,他得放弃这个办法,另寻他路。

许久不动,他的嗜睡症又发作了,人变得有些懒,爱睡觉。就像今晚,已睡了一次,差点错过了摄像机工作的时间。在迷迷糊糊中,他醒来,麻木地做着摄像工作,然后又一头扑进床里。

这些行为,朦胧之中进行,他就像个梦游者,更像被设置好程序的机器人。

睡觉时,大脑反而变得异常活跃,每一晚,几乎都是大片大片的梦来覆盖他的睡眠。做梦时,带着主观镜头,告知梦中的自己——此刻,一半的自己沉沦,一半的自己很清醒。这是很有意思的分裂经历,像是自己窥伺着自己。

一辆地铁呼啸前行,地铁上的人很多,在冰冷的强光下,每人面容模糊。辛远扶着把手站着,等待下车。地铁开了很久,它一直没停,在幽深隧道里穿梭着,似乎没有了下客的车站。可车上的人却越来越少。渐渐身边人都消失了,车厢里只剩辛远。他看着车窗外面,什么都看不见,整个世界都陷入了无尽的黑暗。他不知道地铁将开向哪里,就像地铁已迷失在无底的黑洞里。头顶上刺眼的灯光时暗时亮,他怔怔地注视着车窗上映现出的自己,那张脸很苍白,刻着孤单、落寞的痕迹。

他低下头,似乎是闭了闭眼,在自己又睁眼的瞬间,他发现自己的脸消失了,取而代之的是一张很怪异的脸,外圆内方,寒森森地泛现着金属光泽。他几乎要惊叫一声,这哪里还是人的脸?

——这是一张沾满了古铜钱的脸!

梦里的自己是何时入戏,自己已全然忘了,虽在梦里,但看到如此妖异的画面,依旧震惊恐惧。辛远以为自己是被自己的大叫给惊醒的,等意识渐渐恢复,当视听又回归到现实世界,他听到了真实的叩门声音。

咚咚咚——

才几点?他按亮台灯,努力集中视线看闹钟,竟然才凌晨三点多。深更半夜,谁会来敲门?

还未从梦里缓过神来,他用手抹了抹眼睛,手摸到了湿漉漉的头发,那是噩梦后出的大汗。又出了这么多汗?他暗想着,脚胡乱摸索着地上拖鞋,凭感觉出了错,他低下头,将脚送到拖鞋上,正对着小熊那双黑漆漆的眼,在灯光下显得尤为可怖,他的瞌睡醒了大半。

走到门口,他没有直接开门,声音还在梦里似的,喑哑地问:"谁?"

"是我。"是吴昕的声音。

肯定又是喝醉了。他略带反感地闭了闭眼,跋着拖鞋,回卧室去。

外面的她明显听到了他走远的声音,她继续重重敲门。

"有个东西在你家外面。"

他略带不耐烦,问:"什么东西?"

"一封信。"她沙哑的声音在门外显得有些遥远。

辛远停住脚步,不敢相信自己的耳朵:"什么?"

"我说你家门口放着一封信,"她一字一句喊道。

"信",这一个字,就足够搏击他的耳,让他彻底醒过神来。还没等吴昕把话说完,辛远已按亮了灯,打开了门。

吴昕正懒洋洋地站在门口,一手提着她那只大包,一手举着一封信。

没错,那只白色素面的信封。

辛远一把将信取了过来,砰地将门关上。

吴昕大概在外愣了愣,嘀嘀咕咕地说着什么,这时辛远已听不进任何话,他整个心思全扑在了那封信上。

——为什么这次不是将信夹在门缝里?

他带着问号将信拆开,突然一个圆鼓鼓的东西滚了出来,差点掉在地上,他本能伸手接住,一看,竟然是瓶白色指甲油。

有这么一个东西,自然不能将信插在狭小的门缝里。但他心中更充满了疑惑,不懂这瓶指甲油是作什么用的?

再看信,字数少得可怜,短短两行字,一目了然:

拖鞋的眼睛,是不是很可怕?
该给它涂一层眼白了,这样它就不会吓着你了。

文字很温馨,甚至还带有一点小童真,但他的体内升腾起一股寒意。

他害怕小熊拖鞋的眼睛,只是他自己心里的细微感受,从不曾对别人说过。她怎么会知道他心底深处的想法?

他的疑惑更浓了——她到底是谁?

他匆忙连接上电脑,手忙脚乱的操作后,他按下自己偷拍视频的播放键,先出来一片雪花,过了十秒左右,屏幕上浮现出了画面。镜头位置正处于自己冷清的家门口和黑漆漆的楼梯间之间,俯视角度让画面有些变形,夜间微弱的感光,则把整个楼梯口笼罩在一层诡异深蓝里。

他耐着性子看了半个小时。

晚上零点之前,他没有开摄像。零点半,摄像机开始工作。之后到子夜一点,镜头里一直保持着那个画面,空荡荡的楼梯口,没人下楼,也没人上楼,什么都没出现。

他晕晕昏昏中按了快进,按了好长时间,画面始终没有变化。

不知是不是他的操作过急,熟悉雪花再次映入视线,不过只出现了一两秒,他赶紧松开快进键,紧接着,他看到了一个人。

画面右下角,正是感光盲区,他发现一个笼罩在黑色中的人影出现了,像是有人用夜色将那人的身影全给涂黑了似的,非常模糊,那人背对着摄像机,久蹲在地上,发出嘤嘤哭声。

那声音,惨恻缥缈,远远近近,一阵一阵的。连辛远都不敢确定,是自己真的听到了哭泣声,还是自己精神紧张所造成的错觉——他毛骨悚然。

他以为那人会一直保持着奇怪姿势,突见那人站了起来,慢慢倒退着走了几步,没有上楼,全身清晰地出现在镜头里。那身黑变了,成了一身泛着白光、幽灵般的旗袍,依旧是一身的湿淋淋。是那个女人,他在凉亭见到的那个。他不知道,是否该确切地说那是个"人"。

那女人背对着他,双手环抱着自己,看不见她的脸和表情,却能感觉到她很冷。

虽是夜晚,但毕竟还在盛夏,夜间温度并不低。按照夏装标准看,那女人穿的也不算少,可她所透出来的阴寒之气,直接通过屏幕传染给了他。

他感觉到一股寒意,在沿着脊柱慢慢攀延。

他渴望她转过脸,却又害怕她转过脸来,在这等煎熬矛盾中,画面中的女人慢慢地又移出了画面。这个时候,画面上显示的时间,已是凌晨两点十四分。

他按捺着性子继续看,但画面始终没有变化。那女人不见行迹,没再入画。

直到凌晨三点十八分,视频中突然又有了动静,有人上楼,一双高跟鞋踩着楼梯发出的声音越来越响,一个人拿着开着手电筒的手机出现在楼梯口,正是吴昕。

她走路姿势很随便,她那化着浓妆的脸和一双在黑暗中发着光的眼,在透着蓝光的影像中,显得有些可怖。

她经过辛远家门口时,正好随手要将手机放进大包里,突然她的动作停顿,将手机又取了出来,照了照地下。微型摄像的角度在那里刚好有一个盲区——辛远家门口的地上正好出画。他看不到吴昕在地上瞧见了什么,只见吴昕走了过去,蹲下身,满脸惊讶地捡起一封白色的信来!

紧接着,她拍门。

正是三点二十分。

整个时间段，始摄于零点半左右，当时他安装好了摄像头，此后微型摄像机正常工作，一共录了近三个小时。在吴昕出现之前，只有一个很诡异的女人进入了画面。

他确定，在他安装好摄像进入房间之前，家门口什么都没有，那封信不是在零点时分出现的。那么，这封信难道是那个怪女人留的吗？

可是画面里她并没有上楼。

信，不可能无缘无故凭空出现，它究竟是怎么放在他门口的？

写信给他的女孩，是这个似鬼不似人的白旗袍女子吗？

电脑发出了轻微嘶嘶声，不知是因为日夜颠倒，还是因为长期对着电脑，他的头不自觉地痛了起来……

"我"之三

听迷信的老人说，人死后，要去净颇梨镜前接受审判。净颇梨镜记录人生前的一言一行，哪怕仅仅是萌生的一个恶念，都会在里面显现出来。

这，令我不由自主地想到那三楼安装着的微型摄像机。

如果用科幻片的思维方式想，连接净颇梨镜的，或许就是随人的出生就已移植在体内的微型摄像。它的储存量大小不一，以每人的寿命作为容量。靠人眼、人耳记录着外界境遇，而人心，则记录着自己的所有念头。

在这件事上，人可以欺人，却无法做到自欺。

摄影机，若摄自己，总是最光彩夺目的那一面；若摄他人，总是尽显面目真实。作为看客的大部分人，隔岸观他人一生，很是喜欢。

可惜没有净颇梨镜，要是有，我想也没有几个人，能看得下去所摄录的"我的一生"，并对此心生欢喜。

贰拾伍

阳光穿透尘世的絮云,笔直洒向人间。

辛远站在阳台上,心情却明明灭灭。趁天明媚湛蓝,他走下楼去,准备去菜市场,继续为爷爷买煲汤的食材。

下楼时,听到一楼老太与路人聊天,音量不小,怨声谩骂。

"昨晚也不知是哪个畜生,在我家墙上撒尿,可能是酒灌得太多,还尿半天。我本来想起床去骂一顿,这深更半夜的,老头子睡得像死猪,动动又要说我吵着他。只好忍着,真是气死我了。"

"对着房子撒尿?现代人的素质啊!"

"现在没素质的人多,特别是年轻人啊。那个家伙哗哗地撒完尿,还乱丢什么东西,砰——砰——声音又响。哎哟,我的心啊……"

辛远走到楼外,正巧碰到一盆水泼了过来,赶紧闪身。

原来是一楼老太拿着一盆水,对着墙壁无目标地泼,明明见辛远差点被泼到,也没有一句抱歉,气冲冲地自顾自唠叨。瞧她的神情,显然有疑他之色。毕竟这幢楼,大部分都是年老者,年轻的男人恐怕只有辛远一个。

"有臭味吗?"辛远指了指墙壁。

"就是因为没有臭味,不知道尿在哪一位置,没办法,我只好给整堵墙都泼洗。"老太愤然。

"大妈,这么热的天,如果有人撒了尿,一定会臊气熏天,怎么可能一点臭味都没有呢?"

路人一听觉得有道理,墙头草般地附和:"对啊,是尿的话,恐怕早熏死人了。"

老太的动作停顿,大概也觉得辛远的说法不无道理。

"我明明听到我家墙上有浇水的声音,这天又没有下雨的……"

"昨晚绝对没下雨。不过这也肯定不是尿。小伙子说得对,我走过来,没闻到一点臭味。"

老太的脸色缓和了,也不拿盆接水了。

老太的丈夫在室内喊着:"我就说不是尿你偏说是。你看你白忙乎吧?快进来吧,外面日头太毒了。"

"那你意思是我耳背?"老太语气已软,但轻易不肯服输。

"哎哟,你这老太婆,你哪里会耳背? 你没听错,不过呀,那肯定不是尿,是水啦。有人帮咱们冲墙呢……"

辛远笑了笑,走了几步。一阵微风吹过。突然,他脑里,拂过一些碎片的阴影。昨晚掩盖在暗中徘徊的鬼影,老太说的临墙撒尿声和乱掷东西的声音,以及这老太夫妇的对话。一个被忽视了的真相,从深处渐渐浮现,这些零碎部分组成了某个图景。

——希望垃圾还没被收走。

他悟到了什么,想验证自己的推断,朝目标跑了过去。

如他所愿,垃圾工还没来收垃圾,垃圾桶的垃圾堆得高高的,有一个东西马里马虎地被丢在地上,他一眼便已看见。

——一只空空的矿泉水瓶。

埋藏在心里的惊惧,不透气地包围着辛远,已很久,久得像搁成了一块秤砣,纯阴纯重。

应该就是从凉亭女鬼开始,噩梦里透着死亡的黑,而衬出这份黑的,几乎就是那色彩突兀的绣鞋,枯荷翻叶的盘扣,月影白的旗袍……如今暴晒在亮灿灿白光下的,明晃晃的不仅有矿泉水瓶,还有一份恍然大悟。

车子爆胎后在凉亭遇见的全身淋透了的女人,还有昨晚那阴恻恻、湿漉漉的背影,都不是沈月如,不是痴缠未散仍在阳世徘徊的鬼魂。

她应是人。

穿一身民国旗袍,用尽心思,浇湿自己,半夜三更,演一出悚然迷离的水鬼戏,要么是神经错乱的疯子,要么就是居心叵测的复仇者。

若是复仇者,更是令辛远困惑。他想不起来自己曾得罪过什么人,也不记得无争的自己与什么人起过冲突。

再则,何必如此矫情——每次都要用足水这个道具?

细细思量身边女人们,一个个排算过来,觉得最有可能的是——莫名其妙出现,要包他的车子;又莫名其妙出现,要租住他的房子;更莫名其妙会在半夜三更敲门,提示他门口有封信——吴昕,尽管她生性豪放,对他有暧昧之意,但她的靠近,从一开始,就显得非同寻常。

他的疑点越多,越觉得后怕。他一路忧心忡忡,疑心重重。到了家里,无心再煲什么汤,只想送"鬼"出门。

他敲了敲对面房门,过了半天,门才被打开,露出一张还没睡醒的脸,因无妆而显得素寡,恣肆神情也睡着,不曾醒来,透出少有的茫然。

"大清早的,什么事?"

还大清早?都已十点多了。辛远苦笑了一下,委婉解释:"同你商量个事,我爷爷再过一段时间,就要回来了,你租房子的事……"

听闻,吴昕打开门。她穿着大红吊带真丝睡裙,辛远略有些不自然。她却毫不在意,趿着拖鞋回室内取了手机,走出来看了一下时间,随口道:"你不是说你爷爷还要住几天院吗?那等你爷爷回来了再说。"

"我爷爷还不知道我把房子租给了你,他有点洁癖,不太喜欢别人住在他屋子里。"他委婉地下着逐客令。

"那你让我怎么办?孙全天天都在我以前租住的楼下等,你这么逼我,不是让我狼入虎口,哦,羊入虎口吗?"

"你不是在他那儿上班吗,这……"他没再继续说,不再戳穿她。

"又不是只有一家花都。"

"可这房子是我爷爷的……"辛远显得很为难。

"一天一百不够是吗?"吴昕不耐烦地睥睨着他,口气又变得像他们初识时,她粗暴简单地问,"那你想要多少钱?"

同样价格,在这样的小镇,随便哪里租个房子,都比这里要好上很多。

她越这样,辛远的猜忌更重,越发觉得她有着不可告人的秘密。面对她的咄咄,他反而无语,只好退了回来,但想让她离开这里的想法越来越强烈了。

还没等他关上门,吴昕握着手机追了上来,她大概已察觉出他的反感,开口便问:"为什么?"

他沉默良久,回:"你应该清楚。"

"就凭我对你有份好感,你将它当成骚扰?"吴昕声音很冷静,反过来将他一军,"或者是你看不起我这样身份的女人?"

"没这个意思。"

"你有,你非常有!"吴昕口气斩钉截铁,不容置疑。她逼视着他的眼,冷冷道,"我见过很多跋扈的人,听过很多无礼的话。你要说的,每个人都在说。我多听一句也无妨。"

辛远不动声色。

"心不动,人不妄动,不动则不伤。你以为,我们是供男人玩弄的工具?呵,进了花都,动浮心的,从来就不是女人。谁消遣谁还说不准。我从来没奢求过有一份正常感情,也从不心动,我只随自己的兴趣。而你……"吴昕停顿了一下,意识到自己话多,潦草收场,"也只是我的一份兴趣而已。"

欲盖弥彰,话总是多。

两人冷眼相遇。过多隐忍,已毫无意义,既然话说到这里,辛远也不再忍耐。

"你要表演你的兴趣,没有关系。但是要演一个鬼,拿吓人作为乐趣,你觉得有意思吗?"

"什么?"吴昕脸色一沉。

辛远不想废话,下逐客令:"你还是早点搬走吧。"

"你?"吴昕停了数秒,问,"你非常讨厌我?"

辛远没有立即回答,觉得优柔寡断容易给她误会,于是狠了狠心,含糊应了一声。

吴昕神情暗含怅惘,但同一般女人果真不同。只一瞬间,她点了点头的

127

工夫,眼神已恢复了傲然,神情中平复如初,滴水不漏。

"多少钱,你算算。这两天我就搬走。"

还不等辛远回答,手机响了,是两种音乐。很巧,两人手机同时都有了来电。

彼此各退到一角落,接听手机。

"喂?"辛远用手罩着话筒位置,努力听着听筒传来的声音,紧接着,他脸色变了,大喊一声:"什么,我爷爷自己出院了? 那他人现在去了哪里?"

而那边,吴昕声音分贝也不轻,大概已压抑了太多的情绪,此刻她被激怒了,声音盖过辛远的惊叫:"什么? 我同老头子同居? 你脑子搭错了吧! 告诉你,你管不着我的事,你也休想造我的孽,你他妈的还不够格!"

两人一惊一乍,情绪被剧烈搅扰似的,室内就像炸了锅一样,关了手机,彼此匆忙一瞥时才发现对方脸色非常难看。

辛远匆匆忙忙,说道:"我爷爷出院了,我得赶紧去一趟。"他心烦意乱地等着她出门,同时几乎是敷衍般地强调着结果,"谢谢你通情达理。"

他这一句话,不给吴昕转圜的余地,吴昕冷笑了一声,却不发一言。

他拿起车钥匙和家里钥匙。两人缄口不言,一前一后出门。正当吴昕要回对面房间,而辛远走下楼梯时,忽然听到爷爷房间有了动静。

怕是看吴昕没关上门,贼人乘虚而入,钻了空子?

两人面面相觑。

怕吴昕在自己这边吃了亏,辛远按捺住心急,停了脚步。他对吴昕使了个眼色,蹑手蹑脚走到房门口。

门,敞开着,并没关上。

他悄悄走进房间,首先感觉异样的是气味。爷爷房间里,那股独特稳妥的香味已被另一种女性化的脂粉香所掩盖,若香味也有视听的比喻,那就是像一群现代舞女踩上了占戏台,格格不入地撞击、重叠。同时,在这妖娆气味中,莫名又夹杂了一股新的强烈的雄性气息。

接着,听到一个陌生男人气急败坏的声音:"这是我买给女朋友的包,这些衣服也全是她的。"

128

"这，这我也糊涂了。"出现了一个年老的结结巴巴的声音，很是理亏的样子。

竟是爷爷的声音？辛远松了一口气：看来爷爷出了院，径直回了家。

辛远心里一激动，情不自禁冲进房间去，吴昕紧随其后。

果真，爷爷和一个陌生男人同在房内。爷爷坐在床上，正目不转睛地盯着床边马桶箱，上面是密密麻麻的瓶瓶罐罐，都是吴昕用的化妆品。老人不懂这些，已是满脸惊愕。而陌生男人站着，背对着辛远他们，对着椅子上一些零零散散的内衣，张牙舞爪地比画着。

男人怒指那些内衣，大骂："这个女人是不是疯了？"

"你说谁疯了，孙全？"吴昕喝问。

那男人猛地转过身来，映入辛远眼帘的是一脸的络腮胡。

是那个男人——和辛远玩过追车大戏，给辛远下套，又开大奔又开的出租孙全。

贰拾陆

方才吵嚷凌乱的房间里，顿时鸦雀无声。不流通的空气，令房间憋闷得随时会炸锅似的。

吴昕换了身衣裳出来后，便把箱子敞开来，化妆品和衣裳扔了满满一箱子。化妆品的瓶罐清脆碰撞声，衣料之间的窸窸窣窣声，还有吴昕拖鞋的踢里跶拉声，打破了房间内反常的安静。

孙全终究还是上前，试图帮吴昕一起收拾行李，被吴昕一掌给狠狠甩开。

那张被胡须覆盖了半个面孔的男人，全身都是肌肉，还闪着小麦般的光泽。这样一个像被粗砂纸打磨出来的男人，面对着脸上永远是满不在乎的吴昕,竟一时无措。

在自己房子里,被迫成为看客,尴尬之情自然无以言喻。被人高马大的孙全一映衬,一旁的爷爷像从小人国出来似的。老人此刻无言,不知是气的还是累的,耷拉着脑袋。

谁都不发一言。孙全受不了这种低气压,他爆发了,冲着吴昕吼:"扔下我给你安置的财务工作,扔下一堆你要管的人,你有一搭没一搭地上班,我什么时候说过你?你自己犯贱,去陪客人聊天喝酒,这我都忍了。现在你却一字不说,跑到这个地方来,住一个老头子的房间,又和这个男人……你这是要做什么,你还想不想好好做人?"

吴昕扔最后一件衣服时,带了股辛远从未见识过的狠劲,讽刺道:"谢谢孙总这么看得起我,求求你以后别这么把我当人看,我自己都没把自己当人看,值得你这样一个有家有口有身份的男人来天天查我的岗吗?"

孙全一听,又气又憋屈。

"我哪里查你岗?今天我难得做一下雷锋,哪知道这么巧……"

"呵。"吴昕一脸不屑和不信。

眼看两人剑拔弩张,爷爷赶紧抬手制止他们。

"姑娘,你俩的事我不清楚,不过听你的意思,你对这师傅有误解。"爷爷开口说,"今天我出院,找出租刚巧找到了他,后来看我行动不便,师傅主动背我上楼……"

"大爷,我是好人吧?"孙全问。

"好人,你是好人。"

孙全得意扬扬地转过头来,面对吴昕:"青县谁不知道,我的车是全县唯一可无条件拒载的,要不是看老人站在毒日头下,他脚又不方便,你以为我真想做雷锋,让他上车?你倒好,上了他的床。"

爷爷把目光转到了孙全身上,口气无奈:"师傅啊,我这把老骨头,就是再早个五十年,也没这等艳福啊。你说这话,姑娘家自然会生气。"

孙全直视辛远,眼神阴冷,若有所思的语气:"是你?"

吴昕理都不理孙全,径直把箱子锁上,摸出大包里的钱包,从中数了一些钱来,交给辛远。

"点一下租金。"

辛远不客气地接过钱,说道,"不必。"

吴昕用脚踢了踢箱子,冷冷道:"拿箱子。"

剑拔弩张的况味,仿佛让人嗅到了枪管与子弹摩擦的气味,但在吴昕说了这三字后,气氛全变了。孙全脸色变得比子弹出膛更快,他一把将箱子提了起来。

看孙全举动,无法相信他竟是让人谈之色变的"米老鼠"。

眼瞅大家都出门,爷爷对辛远说:"你也一起出去,把门关上。我有些累。"

"爷爷,你怎么出院了?"

"我自己的身体我自己心里有数。"爷爷语气里有老人的顽固。

"你饭还没……"

"吃过了。"

"我想跟你说……"

爷爷的手猛地举起来,又倏地垂落,手无力下滑的同时却依旧摆着,似很疲惫。但只有了解爷爷一言一行的辛远,看出了老人在极力克制内心的情绪。原想再说几句,但看到老人抓着床板的手有些微颤,便将喉咙里的话硬生生咽回肚子。

吴昕临出门时,对坐在床上的爷爷莞尔一笑,幽默地说道:"爷爷,若是我早生个五十年,我愿意和您这样有趣的人共度良宵。"

听闻她此言,爷爷勉强一笑。

以笑道别。

辛远看了一眼爷爷,爷爷一反常态没接他的视线。爷爷从没这么生过他的气。辛远内疚地叹了一口气,将房门关上。

他拿出钥匙,打开自家房门。而吴昕和孙全正缓缓走下楼梯,走在后面的孙全,脸上敌意还未消散,看着用钥匙打开另一扇门的辛远,他眼神内的敌意停滞了一下。

在辛远就要关上自家房门时,孙全突然在楼梯口朝他喝道:"喂!"

辛远回头。

孙全冲口而出:"你和她是不是……"

"不是。"辛远回复迅速。

吴昕猛地回过头来,一双眼里闪过两道冷飕飕的刀光。

"你如果敢骗我,会有什么下场知道吗?"

"早已领教。"辛远不再软弱,却也不动气,淡淡说完,关上了门。

虽然门已阖上,但外面断断续续的对话,依旧进入了耳内。

吴昕忍无可忍的声音:"不要以为咱俩上过一次床,就认为我是你的。"

"难道不是吗?"

"不是!"几乎是报复般恶狠狠的声音。

"我认为是。"

脚步声停顿了几秒,然后传来吴昕冷漠的讽刺声:

"是或不是,是两个概念。当然,你认为你是什么,你就是什么,呵呵。"

楼道口一片寂静。

在他们离去后,辛远原本刚冒出的线索,似又被掐灭了。摄录神秘女孩的计划方向,与那沉水香的真实方向,已南辕北辙。

若水鬼是吴昕,为什么她要这么做?她怎么知道他装了摄像头?而信又是怎么凭空出现的?

若吴昕不是水鬼,那么被摄者到底是真鬼还是假鬼?如果是假鬼,谁又会是扮演者?对方又怎么会知道他装了摄像头?对方做这些的目的为了什么?

那封信的主人,在哪里?她为什么迟迟不露面?

——女孩的羞涩和矜持?或者纯粹是诱惑辛远的一份好奇心?抑或是玩闹?再或许,背后有不为人知的秘密?

一切都没理由。他想到哪,哪就会进入一个死胡同。

摄录计划,看来也要搁浅了。

厨房的水龙头没有关严,他走了过去,伸手关水龙头,只见龙头里流出来的水珠,有声地滴落,溅成一朵朵花的形状。突然,他想到她信中写过的迷迭香。他记得,事后他曾在一本什么书里看到过一段关于迷迭香的介绍。迷迭香的别名,又叫海洋之露。

阳台上那盆枯萎植物,令他对自己的记忆产生困惑:他压根就想不起来自己什么时候买过它。

他做了个决定,把花盆捧了起来。那棵已死的植物微晃着,勉强挂在枝上的枯叶如细小羽翼,缓缓震动了几下,随之飘落,凋零一地。

他抱着它,出了门下了楼,把它放进车后排位子的脚下,枯枝与副驾驶座位靠背相触,又落了一堆枯叶。他瞅着这堆枯叶,无可奈何地叹了口气。

万里无云的夏日正午,光在世间荡涤着炽热,人都躲在了室内,只有一只黑猫不惧炎热,悄无声息地从他身边走过。经过时,这只神秘生物死死盯着他。"你像一种动物,像那种气定神闲的流浪猫!"——信上的这句话,随着黑猫直直的勾魂般的注视,又一次嵌进了他脑子里。

他动作迅速地拉开车门。在上车同时,他抬头看了看楼上,三楼窗户依旧紧闭着,空调外机没有工作,也不知爷爷开了电扇没。房子外的安静,令他有一些不安。的确是他的错,他瞒着爷爷将房子偷偷出租。爷爷有洁癖,连辛远都不能睡他的床,更何况外人了。原本以为在爷爷出院前,会有足够时间将租房后的痕迹全掩盖掉,没想到老人会这么快回来。如今辛远只祈求,爷爷的气能很快烟消云散。爷爷以前一生气,便会急咳不止。今天,当着吴昕他们的面,老人在克制情绪,极力保持平静。但在辛远关上门的瞬间,他清晰听到房内传来的急咳声。他急,但他不敢再进门探问。

或许,他得抽空去一趟医院,问一下明护士,根据病情,爷爷到底可否出院?

但眼下,他要先去别处。

很多事,因黑暗显得影绰形绝,但唯独伸到白光下捧过迷迭香的手,那双白皙瘦削的手,青色血脉在细薄皮肤下若隐若现的手,一直悄悄潜伏在他的脑子里。偶尔,会逃出他肌体的包围,穿破记忆,从他体内溢出,以一种神秘的确信，来告知他，它的存在。

答案一定会很简单。

是，吴昕说得对！

——是或不是，是两个概念。

贰拾柒

青县只有一家花鸟市场，里面的摊位不算多，估计不到二十家。

卖花草的，每家门口竞相怒放着各色花卉，还有卖小金鱼、小乌龟、猫、狗等小动物的摊位，经过这些摊位时，耳边总传来关在笼子里的猫狗叫声。花草的无声和动物的喧闹，两个极端的世界，混杂出人间奇妙的生机盎然。

辛远抱着自己带来的白瓷花盆，一家家问了过去。大多数摊主很冷漠，看不是上门客，理都不理。只有一位帮母亲管摊位的小姑娘，怕说错话似的，犹犹豫豫说道："这只花盆，可能是13号家的，你要么去问问？"

顺着小姑娘指点的路线找去，还未到，耳内已飘来一阵婉转的越剧声：

昏沉沉，神魂飘荡心胆惊，惊涛骇浪犹在耳边鸣。

悠悠醒来灯照影，月光如水透窗棂。

一条布被盖在身，小小茅舍暖如春。

看来13号摊位老板是越剧票友。辛远一笑，紧抱着花盆，来到13号。

只见这位摊主包了两个摊位，将两间房子打通了，面积超大，有一百多平方米，室内全是花草盆景，繁茂得像是植物园。在簇拥紧密的植物中间，腾出了一点空间，放着一套古色古香的红木桌椅，桌上有一包烟，一鼎香炉烟气缭绕，一套迷你音响继续唱着："此时情，此时景，浑不知是死还是生……"

桌椅前无人,只听得情深处,有个人跟着音箱里的越剧,在嗯呀咿呀地哼着调。

辛远将花盆放在桌上,循声径直走去。

摊位后面是个狭窄的露天院落,挤满了长得丰盛的植物,在阳光下显得青碧。风一吹,发出沙沙微响。随风飘动,满眼翠绿在摇曳。透过枝丫间的缝隙,辛远和唱歌的人对上了视线。

摊主从一盆掩住了他身影的绿树后走了出来,乐呵呵地招呼:"需要什么,先生?"

还未等辛远开口说话,摊主抬起眼定定地注视着辛远,目光有些怪异,仅失神两秒,又恢复了原态。

"我想请你帮我看一盆花,是不是在你家买的?"

原想可能又是一个闭门羹,没料到这位摊主并不拒绝,他点头,跟着辛远走到办公桌前。摊主一看到那盆枯死的迷迭香,便关掉了越剧,心疼地责怪:"你有没有听过林黛玉的葬花?我看,牡丹再谢,芍药再怕,海棠再惊,杨柳再带愁,桃花再含恨,也不如这盆小东西这般委屈啊。"

他说着这些唱词般的话语,合着他阴柔表情,带了几分滑稽可笑的娘娘腔。

接着,他话锋一转,变了脸,口气冷淡地说道:"这盆花,是我这里买的,怎么了?"

"太好了。"听他这么一说,辛远松了口气,赶紧解释道,"老板,我今天来只是想请教你,你是不是还记得买花人?"

摊主瞪大了眼,一脸的匪夷所思。辛远结结巴巴地解释:"我知道这个要求有些过分,你这里人来人往,人流量一定不算少,让你记起来是有些为难,我也只是抱着一点点的希望过来的……"

"买花的人是你啊!我一见到你,就认出你来了。"摊主惊奇地打断了辛远的话,"别人我或许记不住,但你们太特别了,而且我这只花盆也太特别了。别说才过了一年多,就算再过几年,我恐怕也不会忘掉。"

135

——这是最不可思议的答案。

辛远呆了，他的心跳在一瞬间仿佛停止，脑中一片空白。

他指着自己，结结巴巴："我……我们……"

他的表情，让摊主产生误解，摊主笑了一笑，从桌上那烟盒里抽出一根烟来，客气地递给辛远。还未从摊主的回答中回过神来的辛远愣愣地接过烟，又意识到自己不会抽烟，想还给对方，又觉得小家子气了些，只好将烟顺手夹到了耳朵后面。

摊主用略带狡黠的眼神打量着辛远，用猜透了他来意的神情笃定问道："今天她怎么不跟着一起来，怎么，小情人之间玩游戏吧？你们在打赌，还是闹了意见？你想买盆一模一样的讨好小姑娘？我帮你看看……"摊主低着头，察看辛远带来的这一盆枯草样的植物，边看边又摇头叹息道："任何花草，你都要用心去养。哪怕你多对它叹一口气，它都会枯一片叶子的。唉，花草很脆弱，要像养女朋友那样养它们啊。"

大概这只花盆牵动了摊主的记忆，他凝视着旧物，目光沉溺在迷恋中，健谈的摊主滔滔不绝："不过啊，小姑娘看你这张脸，估计万事也能原谅了。你这张脸，就像《孟丽君》里的皇帝唱的那样，人言潘安美书生，我说爱卿胜十分。对了，你还记不记得，那一次我唱那段刘彦昌的……"说到兴起处，他咳了几声，清了清嗓子，即兴唱来："看娘娘彩霞焕作芙蓉面，乌云堆成青丝发。一双眼似秋水盈盈，两道眉似远山脉脉。哪里是和水调泥塑捏成，分明是九天仙女把瑶台下。"

他还未唱完，自己扑哧先笑了，说："我唱这一段后，你未婚妻笑了。美人加笑靥如花，正是好风景啊。你们俩啊，真是金童玉女，金玉良缘一线牵！"

根本记不起来，辛远不自觉地摇了摇头，恨不得此刻能挖开大脑，看看颞叶内管记忆的那只海马，是否还活着。

辛远吞吞吐吐地问："你记性比我好。我有些忘记了，你确定，这是你家买的？"

摊主悲哀极了，叹息道："你忘记我这张老脸也就算了，可我这花盆

......"

摊主没再继续说下去,只是一把抱起花盆,抬了抬下巴,示意辛远跟他到外面。

在室外,炙热的阳光下,摊主一把将花盆调了个头,花盆里的泥土和枯枝全倒在了地上。他招了招手,辛远凑到跟前,同他一起蹲了下来,几乎头挨着头。摊主将花盆转到了某一角度上,两人齐齐将视线聚焦在上面。

"你看这白瓷花盆,这是仿定窑,在青县也就我这一家有这类瓷花盆。你看它做工精良,胎上罩白地釉,有暗刻,再上透明釉,釉水够白润吧,你再仔细看看……"

发白的阳光下,釉色稍稍有些反光,摊主将花盆的其中一面半露半隐,辛远定睛细看,瞠目结舌,在自己家放了这么长时间的花盆,竟然连它的全貌都还没看清楚。

"你看到这暗刻了吗?"摊主用一只手托出花盆,另一只手指了指面朝他们的这一边。

辛远盯着花盆上用暗刻勾勒出来的画工,刻花深浅不一,清晰婉转,全貌在光线下暴露无遗。他惊叹地点点头。

"这白瓷花盆一般都是山水花虫画,但很少看到暗刻人物画的。你看,画工手法简洁,线条流畅,看着这个美人的姿态,是不是很清晰啊?"摊主一脸得意之色。

是啊,花盆上的古代美女锦帽貂裘,温润恬静又妩媚多姿,倚着窗,手捧着暖手的小铜炉,望着远方。只见手炉炉盖的网眼和窗棂上纵横交错的格子都清晰可辨,做工精细,浮现一派冬日美人依窗的景象。

"以前的东西多好,现在只是仿制而已,也令人惊艳啊!可惜,现在的人心静不了,既做不出好东西,也没有欣赏好东西的慧眼啊。"摊主叹息后,语气一转,赞叹道,"你未婚妻当时一眼看中了它,绝对是好眼光!这样的好姑娘,你千万别随随便便就放弃了。"

阳光下,前面一棵树的树叶阴影斑驳,明亮略带忧伤,映入辛远迷茫的眼内。

"我还记得她当时说这花盆上,有个东西很有趣很应景。"摊主好奇问道,"上次我问你们,你们都只是笑笑不肯说。今天能告诉我吗,什么东西很有趣很应景?"

辛远脸色苍白,茫然地摇了摇头。

蓦然间,那双手又在他脑海里出现了,原本虚幻模糊的背景突然清晰了。是的,正是这家摊位,13 号,像植物园似的 13 号摊位。鼻的嗅觉记忆也恢复,他刚才经过烟雾缭绕的香炉时,闻到的檀香是熟悉的味道。那双手,似乎要撕碎了脑子里的光线,散发出的裂帛般的美感。恐怖感夹杂着些许怀念,在辛远心里,揉成强烈的悸动。是的,这里他来过,和记忆中这双手的主人一起!

记忆漫无崖际,但他不知自己身上发生了什么,网住了什么,又漏掉了什么。

摊主并未察觉辛远已变的脸色,继续啰唆着:"没事,我也不爱挖人隐私。我给你种上新的花吧,仍旧是迷迭香,你觉得怎么样? 你看着吧,你把这盆花送去,我准保她就原谅了你。你未婚妻真是书香门第有慧眼啊……"他不自觉又哼起了越剧:"她原是书香门第贤德的好裙钗,我与她,患难相逢成匹配……"

所有声音似都有了回音,宛若从悠远之处飘来,支离破碎,很不清晰。

辛远付了钱,接过新植了迷迭香的花盆,不知道摊主叽里呱啦地说了些什么话,一脚高一脚低地走向车子,傻傻上了车,默默关上车门。

他出了神,脑子里所跑出来的场景,如一部默片,斑驳影像一帧帧在他眼前闪过。恐惧、排斥回忆,积极、竭力回忆,这两股力量在他体内交织打架。一方面,他被自己惊吓,不懂自己身上发生了什么,不懂自己为什么无法掌控记忆。但另一方面,自己大部分力量,被试图了解真相的渴望所牵领,希望回忆中的视线能顺着那双手往上爬,渐渐露出这双手的主人全貌来。

他失败了!

那画面永远是破碎的、残缺的。他若前进一步,头上像是套了紧箍咒,疼痛不约而至。

"老天,我这是怎么了?"

他忘了发动车子,车内渐渐闷热,汗珠从他的额头上滴落了下来,掉在皮椅上,发出清晰的"哒"的一声。正是这一声,将他从混沌中拉了回来。

或许,语言与身体也是有磁场的,身体总是接受自己能消化的语言。

摊主的很多话,像是被他的身体排斥,在他脑外游荡,但临别的最后一句话,像是逆转过来的磁场,被他身体重新吸收,从他的意识外飘入耳内,又从耳内钻入心里:

"你要把你的未婚妻追回来呀!"

他发动了车子,却不离开,只是打足了冷气,枯坐了很久。

后面那盆迷迭香,在密闭空间里,散发着一股淡淡的香味。这一缕芳香,缠绕、包围着他,他全身每一个毛孔都张开了,贪婪地呼吸着。嗅觉不会骗人,这气味的确好熟悉。

此念一生,朦胧中,这香气像附着千万双眼睛,同时向他睁开。

他一个激灵,思潮奔涌向前,无法阻挡。他取出手机,拨通了章伟娟的电话,一听到对方"喂"的一声,他直奔主题。

"我的女朋友,伟娟姐见过?"

对方很迷惑,略带一些不快,反问他:"你,你会带女朋友给我看吗?"

"你怎么知道我有女朋友?"

"你,你,你说的啊?"章伟娟的口气里已是大不悦,"你一,一年前对我说要结婚的,你不请我喝,喝喜酒也算了,今天问我这,这问题又算什么意思?"

"不,你别误会。我……"辛远这才意识到打这通电话是多么冲动,却又择不出一个词来弥补过错。

"伟娟姐,对不起。"

"算了。"章伟娟叹息了一声,说道,"今天我,我很忙,有不懂事的在,在不打招呼趴活儿,我得,得去处理一下。"

挂下电话,莫名的思绪搅得他更加纠结和苦恼。卖花摊主和章伟娟的话语交集,得出一个共同点——在一年前,他有一个女朋友,并已论及婚嫁。

汪犹衣以前不止一次地暗示他不会运筹帷幄,没有生活计划,也无未来打算。他当然也明白自己的糊涂、散漫。可他再怎么糊涂,怎会忘记自己有一个女朋友? 他的心绪紊乱不堪,无法搞清到底是怎么了,自己是什么样的人。

"衣衣?"辛远接通了汪犹衣的电话。

汪犹衣压低嗓音:"我在开会,什么事?"

"我……"辛远不知该说什么了。所有人都在忙着,只有他空着,空在一片错乱里。

"没事,你开会吧。"

"快说。"汪犹衣粗暴低斥,"没事你打电话? 快说。"

"我……"必须得说一个理由,要不电话那头的家伙会好奇到爆炸的。他掩藏了真实想问的问题,将心中另一疑惑拿出来当挡箭牌,"我只想知道,我是个什么样的人?"

"你?"听得出她有些气结,她压抑着,还算平心静气地说,"小事情上很精明,大事情上很空灵。满意不?"

"嗯……"

这次不等辛远多说什么,汪犹衣毫不客气地挂下了电话。

汪犹衣总将伤人的语言转换成无厘头,柔软地击中你的要害,却又不戳你痛处。点到为止,悟不悟,则是你的事。

很空灵——就是很糊涂很没主见。但糊涂和没主见,是等同于失去记忆吗?

耳朵边痒痒的,像是诱惑,撩拨着他隐蔽的渴望。辛远伸手,摸下耳背后那根烟,将它夹在两指之间,犹豫了几秒,便伸手取了车里的点烟器,点了烟。

他猛吸了一口,在烟进肺的那一瞬间,空虚已久的肺部豁然获得舒畅。他深深又吸了几口,像甘霖进入龟裂已久的大地,嗳嗳嗳——肺里的每一颗细胞,肿胀了,充盈了。

这是不能自拔的快感,更有一份熟悉感——不论是手指的触感,舌尖的麻感,还是肺部的饱和感,所有感官都沉浸在久违的愉悦中。

烟雾在空中百转千回,他沉醉于这挥之不去的吞云吐雾,烟色撩人,直到最后一口。

他打开车窗,烟雾如潮水一样缓缓涌了出去,渐渐幻化成一缕轻烟,烟消云散。

肺是饱和了,可心里的迷失感越来越弥散。

那股被香烟侵占了领地的迷迭香,又像幽魂一样飘荡出来,占领了整个空间。这股香味,和着冷气逼人的空调,让他渐从恍惚中清醒过来。有诡异电流划过体内,一股凉意,沿着脊椎渐渐向上蔓延。

他知道自己接下去要做什么,他需要找两个人。

一个是木手链现在的主人,一个则是他自己。

一年前的自己!

❧ 贰拾捌 ❧

去医院路上,久未露面的汤一友打了个电话来,得知辛远还未有什么进展时,汤一友的口气里没掩住失望。

挂下电话,心,更沉了。

汤一友就算在现实生活中不出现,仍时时刻刻出现在辛远的意识里。"汤一友"三字,等同于那两万元的债务标签。每时每分每秒,想起汤一友,都会悚然一惊。而协议的截止时间乍看遥远,转瞬就会逼近眼前。

复杂之处就在此——两万元,这是最初目的,是寻觅木手链的动力。但走着走着,来路已隐匿,去路却遥远,生出来的岔路众多,久而久之就忘了初衷。辛远的重心,渐渐从寻找木手链变成了寻找自己。但说他真忘了原动力,对于步履不停的他而言,似乎又不对。

只是模糊了,对人,亦对事。

对未知的他人,人都有好奇心,想一探究竟。但对未知的自己,人都是有畏惧心,怕没有余地。

面对那一片混沌的阴霾,他想停下来。然而他的脚步,已不由自己。

在医院走廊上,明护士和辛远相遇,但她径直走过,忙碌地进出病房,瞧都没瞧辛远一眼。辛远则像被牵着鼻子走的人,傻乎乎地跟着她。每次想开口,她都借口忙乱,满脸不耐烦,令想问话的辛远窘迫无比。

她一定是故意的。她对他有莫名敌意。他之前果真不是敏感。

他忍气吞声,候在她护士站里,回忆着,反省自己的行为:她让他请护工,他请了;确定自己对周阿姨很尊重;平时见到她,他也客客气气打招呼。虽然每次见面时,她总是将眼珠子瞪到脑门上,或者,她就是典型的势利眼。

当辛远百思不得其解时,明护士来到了护士站,这次,她没有匆匆离开,拿起桌上的大杯子,咕噜咕噜喝了几口水后,放下杯子问:"什么事?"

漂浮着两朵菊花的茶水震荡了几下,花朵随之颤跃。

辛远望了望周围,确定她是冲他在说话,才敢开口:"明护士,我爷爷今天出院了,您知道吗?"

"知道。怎么了?"

"他这身体,医生说过要再继续留院察看。可今天他没通知我就出了院,我很担心。"

"担心?"明护士抬起头,眼神里包含着讽刺意味,"你担心有用吗?你爷爷为什么出院你难道不明白?"

她的语气相当难听,整个目光、口气,从鼻子到嘴角的纹路,都显露出令人无法忍受的"嗤之以鼻"。

但辛远仍是忍了,默默摇了摇头。

"你爷爷知道,这病是无底洞。你连你自己的病都付不清账单,老人他哪里还忍心再让你承担他的?"

她脸上的冷笑，她口气里的冷酷，他都可以忽略。但是她说"你连你自己的病……"这从何说起？他又乱了，他为什么听不懂她说的话？

"你说我病，我什么时候病了？"辛远佯作轻松，硬挤出一丝笑来。

"哟，那是我病了是吧？呵，你们年轻人啊，说你年轻也不对，你三十好几了吧，怎么做什么说什么都当放……酒精挥发。呵呵，你们呀……"

她想说的话没出口，却比出口更残忍，仿佛未出口的语言里有着她对他的审判：必然你是怎样的人，必然你会做出怎样的行为，必然你就是个人渣……怒火终于不能自已。

"最好说清楚，明护士！"辛远竭力控制着情绪。

明护士感应受了他升腾而起的怒火，面对他突如其来的强硬，她只是更讽刺一笑。一个女人，居然会有如此凛然的气势？

"一年前，有个人生病发高烧，却查不出任何原因，住院一周，却没付任何医药费一走了之。最后，是他的爷爷替他偿还了全部的医药费。这个生病的人，就是你。"明护士直视着辛远，冷笑道，"别告诉我，让九十多岁的老人为你跑上跑下，为你偿还债务，是天经地义的！"

他接不住她的目光，接不住那黑瞳中映现的自己。为什么他会忘了自己，要一次次从别人的口中找回？

"这么老的老人，本来早该好好享福了。你没有父母吧？一手把你养大的就是你爷爷吧？可你看看你们这些人，你们为他们做了多少？他们为你们操劳到老。可他们自己到了这岁数，生得起病吗？指望得了你们这些人吗？"

说这些话，明护士很是愤怒，大概天天在医院，见识了很多子女的真实人性。久而久之，眼见所谓的孝心在亲人久病床前，在巨大压力和现实面前，最后单薄得只剩下"义务"两字。

她的言语和态度，辛远很是意外，并为自己之前猜度她是势利眼而感到羞愧。

他低下头，等待她更难听的言辞，不料她只是倏忽站了起来，气冲冲地离开了护士站。

这一次,辛远没有任何怀疑。明护士说话的神情,都已令他明白了她的深恶痛绝从何处而来,是的,这样的一个人,怎会让人不厌恶?

——又是一年前。

她说的住院一周,指的是自己曾经的大病一场吗?他只是依稀记得,自己困在房间里,像只烧伤的野兽,与高高低低的体温搏斗,偶尔醒来,映入眼帘的是爷爷焦虑的脸。他唯独记得这个,却记不起自己有住院的经历,难道大病一场,把前尘往事都给病没了?

他微微颤抖,想要转身离开,但却像魔住了似的无法将身体扭转过来,仿佛他站在只可立两足的悬崖上,稍稍一动,他就会下坠,落至深不可测的暗渊里。

他僵硬伫立着,面无表情,直视桌上那只装水的大杯子。

大杯子里,两朵膨胀开来的菊花,在寂寥流光里浮动着,无动于衷地承受着无神的目光。

贰拾玖

在回家路上,辛远买了一架轮椅。到了自己家门口,他犹豫了片刻,终还是打开爷爷家门,轻手轻脚,将轮椅推到爷爷床前的脚踏边。

老得快散架的风扇吱吱呀呀地摇头晃脑,吹动着床幔。爷爷沉沉睡着。

房间里弥散着香味。辛远一眼看到了,在奶奶遗像前,香炉上已燃尽了三炷香。正是这香的气味,覆盖了吴昕留下的香水味。

辛远本能地想到了奶奶遗像后的沈月如,不知爷爷是在祭拜奶奶,还是祭拜奶奶背后的那个女人?

此刻,所有心思都隐匿在了浓浓香气中,逼仄房间像是被纷扰的前尘往事包围,窒息封闭,透不过气来。辛远觉得闷热难挡,取了空调遥控板,开机,从 26 度按到了 18 度。遥控器发出的滴滴声,把爷爷给惊醒了,爷爷刚从梦中醒来,咳了几声,气若游丝:"辛远?"

"是我,爷爷。"

爷爷艰难地从床上爬了起来,辛远赶紧上前扶住他,爷爷似更轻了,凑近了,还能闻到一股年老腐朽的气息。

"我给你买了个带坐便器的轮椅,你上厕所,去阳台,或者到楼下去散散步,用轮椅就比较方便。"

爷爷皱着眉头看着脚踏前的那把轮椅,很是不快:"何必花这钱? 还弄个什么坐便器的轮椅,我去厕所哪有什么不方便。"

明明连起床都很吃力……老人显然在心疼孙子的钱,辛远心里酸涩,但脸上没流露出来,挤出笑来说:"我现在赚得不少,你就别为我担心了。你觉得周阿姨平时照顾你好不好? 好的话,我们请她过来。"

听闻此言,爷爷将头摇得像拨浪鼓。

就知道他是这个态度。辛远也不同他多争执。担心老人一人在家,无人照料有诸多不便,但直说照顾他,又怕老人拒绝。于是转换方式,换了个理由,笑着问:"你晚上要不要我来和你一起睡,你这张床够大,挤我一个也不嫌多。再说了,我们两个人用一个空调,也节约电费。"

电费,这是爷爷的软肋。以为爷爷一定会答应,没料到他却一口否定:

"不好。我睡得浅,习惯一个人睡。晚上凉快,用不着开空调。"

"那你晚上上厕所怎么办?"目测床到卫生间的距离有五米多,虽然不长,但对一个行动不便的老人而言,仍是充满了险难。当辛远将目光收回来时,看到身旁那只马桶箱,自从有了卫生间后,这只马桶箱,充其量只是一个无用的摆设。

"要么,晚上你就仍旧用这只马桶吧?"

爷爷脸上流露出不耐烦来,道:"你别折腾了,辛远。我问你,那位姑娘是怎么回事?"

他一定是指吴昕,辛远低下头,略带心虚,将租房的前因后果都说了一遍。

爷爷听完了辛远叙述，半天不作声。他的沉默，令辛远忐忑不安。

辛远小的时候，无论做错多大的事，爷爷都能轻易原谅。而这次，爷爷的责备虽不曾出口，但浓浓责怪的意味，如这室内阴森浓郁的香，悄无声息，弥久不散。辛远闻于鼻，沉于心。

"外人住我这房子，我很不高兴。"爷爷口气不好听，"我希望，这姑娘只是一般房客，和你没什么来往，也没什么关系。"

辛远点头答应，然而一种异样感似水底憋气的肺，还不等醒悟，已探出水面呼吸。爷爷一向开明豁达，很少管他的私生活。这等清晰的干预，还是第一次。

"如果她来找你，你尽量和她保持距离。"

"什么？"辛远没明白过来。

"有些人，你不会了解她的真实意图。"爷爷双眼闪过一丝无奈、奇异的神色。虽是极短瞬间，爷爷有意想掩饰，却已被辛远敏锐地捕捉到了。

大概爷爷已揣测出吴昕的职业，又或者是面对一室凌乱，心里不快。二人都不想纠缠于这话题，沉默了片刻，辛远忆起自己的困惑："爷爷，我是不是丢了一段记忆？"

爷爷脸上稀疏的眉毛微微一动，然后像一段沉木那般，再也看不到一丝变化。

"你怎么这么想？什么叫丢了一段记忆？"

"那我发过一周高烧吗？"辛远追问，"一年前。"

"这我也记不得了，你的身体不是特别结实。"爷爷含糊其辞，"偶尔发个烧，也正常。"

辛远低头沉思，恍惚中，有些零散片段——自己曾在医院里，挂过点滴，但是为了什么而得病，发生在什么时候，似沉陷在一片恍惚中。具体情形如何，回忆的画面凌乱不堪，不成逻辑。

"那我有女朋友吗？"

如此稀松平常的问题，却令爷爷开始紧张起来，他深深看了辛远一眼，语气并不自然："喜欢你的女孩子挺多的，爷爷怎么会知道你有没有。你年纪不小了,是该给爷爷带个女朋友来了。"

不必说破,爷爷内心的慌乱,辛远看在眼里。爷爷不会察觉到自己露了破绽,而辛远却对眼前这位熟悉得不能再熟悉的亲人,洞若明烛。

老人在隐瞒,毋庸置疑。

试着回想一下:上周一的下午你在做什么?

一月前这一天,你又做了什么?

是人,就会感冒发烧生个病,但你还记得这一年内,你是几月几号生了病去了医院吗?

……

是的,这一切,都有可能遗忘。除非那个日子有特殊意义,才能留在你的记忆深处。

时光落满尘埃,伸手拂去,斑驳模糊。回想一下自己做过什么,却怎么想不起来,最多也只是一笑了之,没人会恐慌。

就像喝醉的人,喝到失去意识,喝到失忆。事后,完全不记得自己为什么要醉成这样,也不记得大醉时喊过什么人的名字,更不记得醉后打过谁的电话,说过什么样的话语……

这都是很正常的,因为我们每个人,都是流离失所的灵魂。

但,不记得自己曾有过一个女朋友,忘了一个活生生的人,才是莫大的悲哀。

而这份悲哀,就发生在辛远身上。而至亲却有意在隐瞒,隐瞒什么,他却无从所知。他只觉得自己生命缺失了一角,这份缺失,把他引入了空虚。

辛远又开着车来到了火车站,明知道接不到活,但他还是来到这里,挤在黑压压的人群中,看旅人,表情空洞,寂寞萧索。

她,是在这里和他见第一面吗?

她,还会再出现吗?

或者,她就躲在暗处,和他玩着捉迷藏的游戏;或者,只是一个转身,就有一个异样的女子出现在他的视线内;或者是记忆某一天如潮而至……他的心,像细密蛛丝缠绕着,发痒,骚动,却挠也挠不着,抽也抽不掉。恍惚中,那些众人口中的"她",拥有细腻娟秀的笔迹的"她",喜欢老花盆的"她",涂画小熊拖鞋的眼白、驱除他恐惧的"她",拥有白皙修长手指的她,喜欢伸出小手指和他打钩钩的她,那位应该是属于他的"她",似乎在记忆的缝隙里慢慢堆垒,在无法一见的诱惑下,发酵成一个闪闪发光的神秘女孩!

新的幻象存于他脑海里,零零碎碎,仿佛要呼之欲出,形成一个最完美的女孩。

世上真有个她吗? 她到底是个什么样的人? 和沈月如又有什么样的联系? 木手链为什么在她手上? 他真的有这样一位女朋友吗? 他一年前的记忆,出了大问题吗?

……

"喂?"蓦然一个声音响起,令在大街上失魂了的辛远醒悟了过来。

转头一看,竟是孙全。没错,是孙全在朝他打招呼,今天他依旧开了一辆出租车。

"接到活了吗?"

明知故问! 辛远没说什么,垂下了头,踢着脚边的一颗小石子。

"知道沿江公路那边吗?"或许是无话找话,孙全不自然地摸摸眼皮,说道,"好多人的车胎被钉子扎破,是修车的人干的,呵,为了几个钱,在路上撒钉子,他娘的良心都被狗吃了。呵,前两天都被抓了……"他顿了顿,佯装自然地说:"现在火车站汽车站那些大屏幕上,放的都是这个新闻。"

辛远心念一动,恍然大悟,抬眼看去,只见孙全佯作平静,眼神内的歉意还没藏住。

"我的车也被钉子扎过。"辛远淡淡说道,算回应了他的隐形歉意,打破了两人之间的僵局。

"哦,是吗?"

孙全下了车,走到辛远面前,递出一根烟来。辛远看了他一眼,接过烟,又靠上前去,将烟头凑到孙全点燃的打火机上,深深吸了一口。孙全自己也点了一根。两个男人靠着车子,什么话也不说,吞云吐雾了半晌。

"遇见你几次了,看你不像干你这行的。"孙全大概指辛远的不主动拉客。

辛远笑笑,说:"我看你倒像个开出租的。你来这里干什么?"

"哈哈。"孙全豪爽一笑,猛吸一口烟后吐气说道,"透气。"

"你为什么要开出租,不开你的大奔?"

孙全说话倒直接:"想活得长久一点。干我们这行,树敌太多。"

孙全混迹于人群,就是普通的一名司机,如同他身后那辆车。

"我和她,又好了。"孙全突然抛了这么一句话来,没头没脑的。

辛远转过头来,轻松地笑了笑,问道:"你还对她严防死守吗?"

孙全笑意中略带了点憨,摇摇头道:"当然要管,她总得要过见天光的日子。"

孙全一脸笃定,口气也爽朗,但辛远从他的话语中,听得出吴昕不好搞定的刺头个性。

男的对女的一往情深,将情欲当成救赎,而女的对男的只剩敷衍,一脸嫌弃。每人尘世欲念深重,解救还是解脱?谁都做不了黄金锁子骨菩萨。

"听说你有个很漂亮的女朋友。难怪你看不上她。"孙全一脸释然,有着不为人察觉的轻松。

辛远微微停住了呼吸,问道:"你怎么知道?"

"听捡破烂的老头说的,你知道他吧,带着一只大雪碧瓶的,真是个搞笑的家伙,他叫……"孙全想了想,笑道,"碰来碰去都认识,就是不知道名字。"

辛远迅速抬眼,扫视了一遍,如潮的人海,拾荒老头今天却并不在其中。

这时,有一个搭车的中年女人急匆匆走了过来,走到孙全车旁,一看驾驶位上没人,便喊道:"谁的车?"

孙全徐徐吐出一口烟来,悠悠应道:"我的。"

"走不?"女人一脸急躁地问。

"我车坏了。"孙全说。

辛远疑惑地注视孙全,这家伙的车明明好着呢。

孙全指了指辛远,对那女人喊道:"他车好的,你上他的车,价格比我便宜。”

辛远恍然大悟。

女人原本一脸不乐意，但一听到价格便宜，想也不想就急匆匆走了过来，二话没说拉开车门，猴急地爬上，对着辛远喊道："快点师傅，我赶时间。"

辛远和孙全相互对视了一眼，彼此的面庞自然地微笑着。

此刻，街边灯火，一盏盏亮了起来，绵延至远方。

辛远扔掉了烟，边拉开车门，边应道："好，去哪里？"

叁拾

爷爷的禁令还没过几天，吴昕又登门了。

她奉还钥匙，一脸坦然，倒是辛远拘谨得很。她或许是早已看破，他越不自然，反倒衬出她的轻松自在。

"孙全没为难你了吧？"

"他人不错。"辛远瞥了她一眼，说，"他很在意你。"

灯光下，吴昕拨了拨头发，眉间似暗影变幻，眼瞳内有双重阴影，一半的脸在阴影里，一半的脸在白光下。

"别说这种愚蠢的话。你不用紧张。我来，只是问你，上次说演个鬼，什么意思？"

她脸上丝毫没有开玩笑的意味。辛远反倒愣了。

"最看不惯你们这些人，说话做事，没个真的。"吴昕嗤笑。

辛远指了指电脑，说道："搬把椅子过去，自己看一遍吧。"

吴昕将信将疑，把椅子搬到电脑边。辛远点开录像的视频文件，倒放。看着电脑视频中出现的楼道，三点二十分，吴昕身影在辛远房门前出现，吴昕的神情从莫名其妙转换为恍然大悟。

"你监视我?"吴昕低声喝道。

"嘘,继续看。"辛远盯着屏幕,目不转睛。

见他屏息紧张,吴昕按捺住了不痛快的情绪,忍耐着继续看。这一路快速倒带,直到十二点多,视频出现雪花为止,画面没有任何改变,无人入画,甚至连颗苍蝇都没有。

"这,怎么了?"轮到辛远瞠目结舌,他不甘心地再快速回放了一遍。

重放依旧如此。

"呵!"吴昕拉开椅子坐下,冷冷盯着一头是汗的辛远,"没想到你有偷窥癖。"

辛远不回应,他手忙脚乱地按快进,又重复一遍,他不敢相信,那诡异而惊悚的女鬼画面,竟然会在画面中凭空消失。面对吴昕的冷讽热嘲,辛远自知已无法解释清楚。原本用来质疑别人的武器,反过来成了指控自己的证据。望着暗淡的屏幕,他的心慢慢下沉。

突然,他从椅子上跳了起来,找出几张纸和一支笔来,放到吴昕手上。

"你帮我写几个字。"辛远指了指吴昕手上的笔。

"为什么?"吴昕茫然不解。

"先帮我写。"看到吴昕将纸摊开来,拿着笔疑惑地盯着他,他说道,"你写——你,我……"

吴昕冷哼一声,她边摇头边随随便便地写上"你""我"的字。

"你写得再认真点。"

吴昕佯作认真,在原先的字上使劲打了个叉叉,然后在纸张空白处又重复了一遍。

辛远继续提示着她接下去要写的字:"不死之水,迷迭香。"

吴昕按他提示下笔的同时,辛远早已从抽屉里取出那几封信来,一边观察吴昕所写的一笔一画,一边对照着笔迹。

很快,他便失望了。

显然这是两种笔迹。吴昕大概是练过书法,笔力遒劲,有股子男性的阳刚之气,同信中娟秀柔弱的字迹,完全是两种气质。

151

他颓然放下了纸张。

"何苦给自己找这么一个台阶下？我要是喜欢你，我会明追。才不会像你这样，偷窥别人。呵，你这样子，同来花都的男人有什么区别！"吴昕讽刺道，"先演一会儿正经，接着皮囊都没了，烟熏黑的心，酒泡废的肝，一眼让人看得清。"

"我……"辛远脸上挂了个苦笑。

吴昕凝视着辛远。

"既然对我有意思，何必躲着藏着掖着。你们总是假正经惯了。每分每秒，假也得撑着，你累不累？"

她说此话时，语气如冰，笑靥如花。屏幕反光照着她浓艳清晰的五官，淡淡的，反射出不寻常的暧昧之光和丰盈妖气。

"佛家都说要看破、放下、自在，而我们凡人，唯有看不破、放不下、不自在，才算活得正常。"她的脸朝他贴近了一些。她身上的脂粉气，幽幽飘来。他垂下眼眸，紧靠椅背。

"你……"他说话艰难，回避她的话题，也回避她的逼近，"你似乎很通晓佛经？像你这样的……"他刹住车，没把后面的话给说出来。

她自然懂，却不哀伤，倒有几分自得。

"你以为像我们这样，枉长一个身体，却没文化没智慧没头脑？"她轻蔑一笑，"我，吴昕，研究生，平日爱看佛经，却入了风尘，衣香肉光宴饮笙歌，人人都为地位名声忙碌，而我却顺流而下，谁都看不惯也想不通，是吧？"

辛远瞠目结舌，不承想她竟然还有这么高的文凭，也不承想她出口竟能成章。世俗念头一闪而过——难道她是为生活所逼？

"一开始，我是为学费！对念书的想法，和众人一样。书中自有黄金屋，书中自有颜如玉，以为文凭会给我大好未来。后来认识了一个人，这人很有趣，爱看莲花生大士的《西藏生死书》，似乎时时刻刻为死做准备。渐渐地，我自己也入了迷。看这人生，也只是虚妄一场，迟早我们都要回家的。"

她说此话时，脸上有流光的佛性。

"我也曾去过一些所谓的大公司，也出卖尊严，在人性的倾轧场里肉搏。

时间久了,厌倦了。那里找不到爱,只有欲望。而家庭生活,白头到老,是场自欺欺人的成人童话,我自然不奢望我身上会有什么童话故事。而且,我也不想做某人不见光的情妇……"她的嘴角微微一扬,"职场,家庭,同花都又有什么区别,至少,那里我可以玩赏他们。大家的游戏规则,就是从色相开始,又以厌倦结束,不必苦撑正经外衣。"

这番独自论断,很是离经叛道,却也新鲜,辛远听得愣了。

"现在回头想,书中自有黄金屋,书中自有颜如玉,这话,有多浪多淫多功利!"她带着一抹在风尘中惯常所用的笑。

她这是清醒,还是着相?无从得知。她更像下定了决心,要与尘世相悖相依,不会轻易放弃她的游戏。

辛远想到了一心盼她回归的孙全。

"那孙全怎么办? 他的心思,你比谁都清楚。"

"他要演一厢情愿的戏,我不会奉陪到底。"她脸上流露出自由而无情的表情。

果真如此!

"他很喜欢你。"说这个话他自己都觉得虚伪矫情。她和孙全,明明是两种完全不同类型的人。

"情欲,看似用心十分,却连爱的七成都不到。况且,他是有妇之夫,他舍不得那头,也舍不得我这头。既然这样,我给他下决心不是挺好? 何况,我对他,从没有爱。"

原来孙全已有妻子,辛远顿时不再言语,然而心里更慌乱的是,她为什么要这么对他坦白?

吴昕眉毛一挑,漫不经心,却又一字一句,一句一心:"爱,可以为对方犯五戒。可以让人追逐一生至死方休,成魔也欢喜无量。"

"五戒?"

吴昕并不理会辛远的迷茫,自顾自嘲笑着说:"而情欲算什么? 只不过是潮涌潮涨潮退去。"

"你真心爱过一个人吗?"

153

"当然有!"她笑笑,抬起左手,端详上面的刺青,脸上流露出他从未见识过的端然,"那个人为我挡一只酒瓶,手上得了个疤……"她指了指她手上的刺青,"就在这个位置。"她的表情显露出少有的温柔,低语着:"这个疤,就是我的心。"

"那他在哪里?"

一抹笑从她嘴角慢慢敛去,她抬起眼眸,眼神似探寻地洞光源,她问:"那么你呢?你离你的爱人,又有多少距离?"

辛远愣住,心里多少有些震撼,为她的犀利,能一眼看到他困惑的中心地带。

他分不清她说的哪句是妄言哪句是真语,但他无法辩驳对方一句。初识吴昕,她话很少,看待她,总带着看烟花女子的眼光,理所当然,描画她,自带庸俗之风。但随着了解越来越深,她的矛盾和透彻,她的不做附庸,越来越让人觉得惊奇。旧香残粉的人间烧着火,其中一团欲望之火,她就是那最烈的焰心。

两人沉默片刻。吴昕从包里取出一只红色信封来,像是红包。递给辛远。

"给你。"

"什么?"

"给你爷爷的。"

辛远疑惑地接过那只红包。

"你爷爷,有没有说过我什么?"她脸上又带戏谑的表情了。

"没,没有。"辛远含糊答道。

"哦,是吗?"吴昕扬起怀疑的眉毛,讳莫如深地一笑,"那看来我是猜错了。你先看看这个东西。"

辛远将红包里的纸给抽了出来,共有三张,看起来陈旧发黄,却保存得很好。每一张约32K大小,白色高丽纸,用蓝色油墨印制,上面有字迹,但潦草难认,画得像个鬼符。

"你认识这些纸吗?"吴昕问。

辛远摇摇头:"不认识,它们是什么?"

"当票。"

"当票?"

"对。你知道是谁的吗?"

辛远摇摇头。

"是你爷爷的。"

辛远手捧着那三张旧纸,心中更是疑惑。

"我住你爷爷房间时,不小心摔坏了你奶奶的遗像,也不小心看到了遗像后的秘密——沈月如。当时我就很好奇,敬奉家人的遗像后面,怎么可以放其他女人的讣闻?"她正色说道,"花都那边这点挺好,三教九流,人来人往。你想问什么,就都能问出点什么。我这才知道,大半个世纪前青县还有这等悬案!"

"这同这当票有什么关系?"

"你别急!听我慢慢说。"吴昕停顿了两秒,缓缓说来,"沈月如这女人的结局,很是让我同情。但当时有个念头也悄悄出现——你爷爷太古怪了,为什么会把这个同他半点关系都没有的女人遗像,藏在自己亡妻遗像后?"

她审视他,不再继续说,倒像等待着他给她一个答案。

辛远给了,把爷爷作为船夫,旁观沈月如生命最后时刻的故事,一股脑儿说给了吴昕听。

吴昕认真听着,但眼内却闪烁着怀疑的笑意。

辛远讲着讲着,不知是深受她表情的暗示,还是自己内心里的动摇,那原本令人动容的故事,变得越来越模糊,似看不到真况。

"你爷爷那床,看起来很普通很简单,里面却暗藏玄机。"

"不可能。"辛远摇摇头,他本能地排斥她话里越来越透的暗示。

"还是要说到你奶奶的遗像。自从你重新挂上后,我没敢再睡原先那头。一睁开眼,就看到你奶奶的眼瞪着我。我实在睡不着,只好睡到床尾。这一不小心,手无意中碰到了一个小凹槽,那是很奇怪的触觉,圆圆的,一个凹。可如果不仔细看,根本看不见。"

这张床，辛远从小看到大。当然睡觉的次数很少，幼年时在床上蹦蹦跳跳、翻筋斗，被爷爷看到后一把抱了下来。辛远父母在世时，辛远妈曾背地里同辛远爸责怪爷爷连自己的床都不舍得给辛远睡。当时辛远爸轻描淡写地说：自己从小到大也是不挨父亲的床的。

辛远一向以为，爷爷是爱惜家具，做人太节俭，从没往其他方面想，也从未想过这床有机关。所以，当吴昕说这张床有个小凹槽时，他意外极了。

当时的吴昕顺着那凹槽，指腹紧贴并用力，一只微型的小暗箱缓缓被拉了出来……

"里面没有别的，只有这三张当票。"

"当时为什么不给我？"

"我当时不懂它是什么，如果给了你，这是你家财产你一定是没收了事，哪会让我探个究竟……"吴昕有点厚颜无耻地说道，"难道你不好奇，这三张当票是什么？"

辛远心里，有了不祥的预感，他觉得自己应该说不感兴趣之类的话，但那些话却像是被卡住了。取而代之，他踌躇出口的，竟是两字："什么？"

"先同你说个当票的小知识：每个当铺，都有个专管开当票的先生，这位先生能写一手龙飞凤舞的草书字体。别小看这些字体，里面都藏着暗号，供赎东西时辨别真伪。当票上的文字，有一些是当铺自编的简化暗号。但对于贵重的物品，就像绸缎、皮裘等，就不能使用简化暗号。"吴昕停顿了一会，看着辛远的眼睛，说道，"这三张，很庆幸，很好辨认，它没有使用简化暗号。"

"它是贵重物品？"

"我请了专人帮我查看了一下这三张当票上的字，终于明白了它们是什么。"

辛远的心脏停跳了一秒。

"一张是小叶紫檀刨子，一张是杵榆刨子，还有一张是黄花梨刨子。"

他不由得涌起一股不安的心绪，面上却佯作不解，说道："听不懂。"

"你不是说你爷爷是船夫吗？"她诡异的眼神望定他，像个能变魔法的巫婆，狡笑道，"那他为什么要藏着这三张当票？这三张当票当的，不都是木匠的工具吗?"

辛远的心,狂跳起来。

迷迭香

"迷迭香,可以帮助回忆。亲爱的,请你牢记在心!"

——《哈姆雷特》

传说中的睡美人,不是被王子吻醒,而是被一种香给唤醒的。

这种香,会渗入身体,又能通过肌肤散发气味,令闻者迷恋,令痴者清醒。

它,或许可以帮助回忆,却被人唤作迷迭香。

它同人开了个大玩笑:用它的名字,让人忘记它最初的花语。对啊,迷迭——鬼迷心窍的"迷",遮天迷地的"迷",纸醉金迷的"迷",沉迷不悟的"迷"——人人在这些"迷"之芬芳中,噬香入骨,丢魂失魄。

在"迷"的课堂上,人人好学:愿意学习遗忘,学习丢失自己。

——但大多数人会失败,会通不过。

"通不过"是因为这花的本质,更因人心的本质。

这花会时刻提醒人,关于自欺欺人的矛盾:原来我无法忘记,原来,我是这样一个人啊!

迷迭香的香味,只会深种在人心上。你心在哪,它就在哪盛放。

迷迭香的气味是有灵的,它飞越千山,渡过沧海桑田,一路向你的灵魂深处飞去。如同千里传书的鸽子,凭气味找到目的地。

是的,迷迭香会认得回忆之路。

因为,它的花语是:留住回忆。

如果你有苦,它会有重量,让你从回忆的阴霾边直直下坠;如果你有伤,它是邪恶灰白的眼镜蛇,钻入你心里,一直深入,深入,无限深入,见了血,才松口。

除非你死,你腐烂,这香味,这记忆,才寂灭,才罢休。

"我"之四

人活一世,总是要死的。

起初,我怕死。

但渐渐地,我怕活着。我怕自己或有意或无心,生出自己都不知的因,结出自己无法接受的果来。

我站在这儿,西藏新建路5号。晚上依旧燥热,拿着这瓶水,喝了半天,喝不完,将它倒在墙上。热了一天的墙凉快起来。水声,带着深夜的寂寥,清晰地令人想起旧日经历。水流飘忽鼓荡,心中渺然恍惚。抬头看三楼,两间房的主人都还没睡,每个窗口都亮着淡红的光线。

我可以确信的是,一间房的主人同我一样,害怕自己的长寿,他多活一天,多一天折磨。

而另一房的主人,还未睁开他的懵懂之眼。

没有人看清自己的人生。我们都不知道,是谁设计了一切?

人生的过程,在终结那刻回头看,每人就像一出戏,一本书。

在这出戏、这本书里,都有布局。看似无关的人或曾做过的事,在某个阶段沉睡。其实它们不是沉睡,而是等待!遇到恰好时机,恰当地醒来,合乎情理地出现。然后,风云变幻,或否极泰来,或乐极生悲。我们总是在事后发现,一个小小的因素,竟然使得貌似笃定的局面发生变化,所有精心安排的计划,总会被某些意外改造,直至面目全非。这或许,就是所谓的"人算不如天算"。

我信,行走人生的过程,一定会有神秘莫测、内藏玄机的提示。只不过,极少数人能捕捉得到,而绝大多数人忽略不计。

幸,不幸,就此埋下了它的旨意。

就像三楼那两位,在他们身上,我嗅到了世事无常的迷醉气息。

每个人的果,都是有前因的。就像已安排好的戏。你不知道,今日所做的,今日所说的,今日的闪念,今日所碰见的这个路人,阴魂不散的爱,永垂不朽的恨……在日后,会起多大的作用。你更不了解,原来明日的结果,早已伏笔千里,连点成线。

这条线,我们称之为"命"。

但,掌握这个命的神,设计自己一生的,不是他人。

——恰恰就是你自己!

叁拾壹

吴昕打开门,一封夹在门缝里的信,随之啪的掉落在地。

辛远心中有了意想不到的尴尬——为刚才核对她字迹的举动!吴昕捡起那封信,脸上有一抹隐晦的讽刺笑容,递给了辛远,头也不回地走了。

关上门,打开信:

有些人,说再见,是希望能再相见。

有些人,连再见也懒得说,是根本不想再见一面。

但我同你没说再见,是因为我相信我们还能重逢。

不死之水的水,迷迭香的香,能送你到我这边吗?

——我等你。

依旧没有署名,没有可联络的地址或电话,仿佛有一只轻如烟云的手,伸到了辛远的面前,而掌心的纹路,却逐一消隐。

那半遮半露的文字,有一股吸引他的莫名气场,让他渐渐产生幻想。纤细的字体,温和似梦的口气,在他脑中闪光柔软的手,幻化成一张轻纱遮面的脸,这张脸,仿佛是个有引力的旋涡,有虚幻的美,四周的黑暗成了背景,包裹着这张盈盈的脸,一动不动地等着,等着他伸手可及,揭掉面纱。

信里还夹杂着其他东西,往内看,是一张小卡片。

倒了倒,小卡片掉到了他手心内。

是一植物标本,一朵小花,静静平铺在小卡片上,淡蓝色的花瓣。可见,没成标本前,美丽弱小的花朵开得定是恣意、浓烈。

他凑上鼻尖,嗅了嗅。

这迷迭香的尸体,有颜色,却无香。

辛远取了钥匙,拿了那三张当票,来到爷爷房里。

爷爷已安睡,呼吸声依旧沉重。

不打开灯,他也能想象爷爷睡觉的样子,嘴紧闭成一条弧线,很天真很卡通,有点像瘦子版的维尼熊。

他悄然站立了半晌,黑暗中,所有摆设都是模糊轮廓,唯独只有那股在幽暗中传送过来的香气,熟悉地在他鼻子周边打转。若不是这股气味,那些固定摆设的家具、木床、所有童年的日子、旧日生活的蛛丝马迹,全会荡然无存,不复存在。

借着往下垂坠的夜色,所有难以启齿之言,都可掩饰,不用启口。

仿若有感应,爷爷的重重呼吸声,悄然停止。

两个清醒的人,仿佛隔在千里之外。

辛远走上脚踏,将三张当票放在了爷爷的床前。

然后,他走出房间,轻轻将门关上。

叁拾贰

　　你无意见某人,这人总在你眼前晃来晃去。而你有意找他,偏又众里寻他千百度,那人不知在哪个犄角旮旯处……

　　辛远在火车站候了几天,生意渐渐又好了起来。有心想找到那个拾荒老人,他却像人间蒸发。

　　忙,比想象中还要忙。辛远很想去请回陪护周阿姨,虽然她略显粗鲁,又爱贪点小便宜,但心眼不算坏,勉强算得上尽职尽责的。而且按周阿姨的价位,她在保姆群里算性价比高的。

　　辛远固定在一家快餐店里买盒饭,一到吃饭的点就直奔那里。他常常在十元狮子头和五元酸辣汤间徘徊,大部分时间还是选了酸辣汤,再加一盒饭也就算应付过了。选菜偶尔犹豫,已熟识了的服务员会不耐烦,自作主张地直接盛了酸辣汤给他。他笑笑接过,不在意,坐在大厅里看会新闻,狼吞虎咽地扒完饭。现在吃饭比前些日子要自在多了,再无一边窥视辛远一边佯作看电视的目光。人总是喜新厌旧,一个新的热点,就能轻而易举掩盖旧闻。

　　辛远匆匆了事后,拿着买给爷爷的快餐,奔回家里。

　　也好,借忙碌避开两人之间微妙的尴尬,以及骤然间变得无声无息的沉重。

　　除了偶尔几个电话,汪犹衣已好久没来与辛远碰面,这份沉默,及那段时间她的煎熬,他都懂。

　　或者,她在等他一个态度,而他没有决心说是或不是,只是拖延。事实上,就算他说好,她和他也难走到一起,她的母亲望女成凤,怎么可能让她嫁给一个开黑车的?

这样的话,自然不能出口。而不能出口的话,越来越多,累积成一层隔膜,隔断了他和她之间以往的纯粹。她的性情也有些改变,知道爷爷出了院,她偶尔过来帮忙,给爷爷打扫房间,整理衣物,做点琐碎的活。这一切,她都赶在辛远回家之前做完。换了以前,她一定哇啦哇啦向辛远邀功,换得他一个赞赏、感谢的目光,哪怕被他说是田螺姑娘,她也心满意足。

这段时间很奇怪,空间变得逼仄,挤不下三人的同在。

彼此都在回避。彼此的内心,都在动摇、犹豫、折磨中,怕一开口,对方或自己,就变得不再是原来的那个,就变得再也回不去……

直到那本书,费智所写的《青县沈月如传》,由汪犹衣带了来。费智委托她,一本转交给辛远,一本转交给汤一友。辛远和汪犹衣,才算真正面碰面了。

辛远翻开这本书,上有费智的签字,写着"辛记者惠存"的字样。他错愕了一秒,晃过神来,只想偷笑。

他翻开,粗粗扫视了几页,书里穿插了几张清末民初青县的旧房图,也有凉亭的照片及沈月如的遗像。书中前面的内容,关于沈家家世的部分,交代得算严谨。而后面部分,果真同费智先前与他和汤一友所说的那样,已跳出现实,介于想象和杜撰之间,揉成一个虚拟的传说故事。

"这书已上市。"汪犹衣凝视着这个方向,与其说是凝视书,还不如说是对着辛远的方向。

辛远回避了她目光,佯作用心地阅读着。文字很煽情,把苍凉绚烂成一页传奇,悲情女子眼中的泪光焕映了后世人寰,令人感喟唏嘘。

汪犹衣拿起给汤一友的那本,随手翻了几页,无话找话:"县里要做足沈月如的文化品牌,打造东方爱情圣地。"

"是吗?"不知为何,辛远心里,很不是滋味。

"没想到,这个女人,她拿她的死,成全了青县。"汪犹衣的眼神有些黯然,语气显出她从未有过的沉静,说出来的话也已失了汪氏风格,"我们局里一些小姑娘看了这本书,很是羡慕沈月如的经历。她们真傻,这有什么好羡慕的。"

是啊,仔细想来,谁都不会愿意自己的世界崩塌,灾难降临,历尽悲苦重劫,成全那一页传奇。

"我爸妈催我相亲,可我不愿意。"汪犹衣说着,将书啪的扔在桌上。

辛远默不作声。

"是啊,我都快三十了,"汪犹衣讽刺地笑了笑,"我妈快急疯了,就怕我嫁不出去。"

辛远抬眼看了看她,她感应到了,他微微垂目,将她的视线又抵挡在外,依然一言不发。

他的沉默,让汪犹衣终于忍无可忍,她心底那团压抑不住的强烈怒火,终于喷薄出口。

"我爸年轻时,一直对他那群狐朋狗友们说,女人如衣服,兄弟似手足。我妈怀我时,一直希望生个男孩,没想到生的却是我。我的名字叫汪犹衣,是我妈恨死了我爸对她的冷淡,但她能说什么,当初是她追的他。直到今天,我爸也不会懂得,犹衣是就像衣服的意思。真讽刺。"汪犹衣低头,沉默了片刻,继续说,"我妈一直希望我能强,强过男孩们。为了抵消她在家里所受的委屈,所以我读书,要考第一;分配了工作,在单位争优秀;要结婚,我妈希望我能找个有钱有权有房有车的四好男人。从小到大,我什么事都依了她,可是只有在结婚这事上,我却违背了她的意愿。我从不肯去相亲,你知道我为了谁?"

"不值得,衣衣,你妈是对的,你该去找个好男人,该给自己更好的生活。"

"我这是想嫁,不是想卖!"汪犹衣挺直了背,直视他,她的眼里含有一种不像是她的、失了理智的疯狂,"辛远,你让我等多久? 我三十了,你难道不能大发慈悲?"

"我给不了你好的生活。我会让你妈失望,让你受委屈。"

"你……"汪犹衣的声音里充满了愤恨,"那个女人叫吴昕,你了解她吗?"

她心中一直有这心结,他惊讶,却又紧闭着嘴,一字不发。

"只问你一句,不要回避,直接回答,能做到吗?"

辛远犹豫了一下,点点头。

汪犹衣的眼神狂乱,杂糅着欲望、克制,她如快死之人用尽全力吐出最后遗言:"要我等你吗?"

辛远吃力地迎着她眼中的炽热,心中有痛切的感觉,宛若自己的手足,正在被自己残忍切除。

"我们是兄弟,不是吗……"辛远本能想回避这个话题。

还未说完,汪犹衣歇斯底里地打断:"你直说!"

他摇摇头。这个答案,迟早要出口的。看着她直视着他的通红眼睛,于是他出口了:"不要,衣衣。"

她活着,仿佛只是为了等待一个尽头,她的眼神顿时黯淡了,整个人如泄了最后一口气的木乃伊,苍白枯槁。她没再说什么,走了出去。

他心乱如麻,低着头,站了很久。

他无力做什么,他和她之间的情感,输出方向已错误,患上了贫血症,输什么都是多余,做什么都是残缺。

但是,她这个样子。他想到了她顿时失去了血色的脸,她眼神中的恍惚。她一直是洒脱、快乐、开朗的,他从未见过她如此忧伤。如果她肯冲他破口大骂,或像平时那样极尽讽刺之能事,他或许不会这样忐忑不安。她的灵魂像是攀附在他的身上,他开口说了"不要"两字,她的灵魂顿时无力地飘落下来。

他越想越觉得不对劲,取了车钥匙,拔腿追了出去。

流火街上只有寥寥几人,一辆洒水车轰鸣着生日快乐歌,响彻街头,沿路喷着水,濡湿着街面飞起的尘土。

汪犹衣和她的车无影无踪。

辛远开车,一路追寻,沿着后街爬上了一个坡道,还未爬到坡的顶端,猛然听到有个女人发出尖厉喊声:"我先看到的,你给我放手!"

车子爬到坡顶,映入眼帘的是两个拾荒人,一男一女,用一种奇怪的握手姿势,面对面地对峙着。

他们的手,紧抓一只空的大塑料油瓶。

拾荒女人身后是一辆三轮车,满满一车压扁的硬纸板盒子。而那背朝着辛远的老头,身后是一只又粗又脏的麻袋,一只大雪碧瓶东倒西歪地扔在麻袋上。

雪碧瓶!刚要与他们交错而过的辛远意识到这点,一个急刹车,车子停了下来。辛远下了车,朝他俩走了过去。

老头正不急不缓说着:"我先拿到这瓶,你讲不讲理?"

老头毕竟还是个男人。女人的脸色已有些变了,但仍强词夺理着:"我先看到的,就是我的!"

辛远走过去,拍了拍老头肩膀,喊了声:"你在这里?"

女人一看,误以为是老头帮凶来了,终松了手,心不甘情不愿地迅速骑上三轮车,脚踩着车踏板,脸色沮丧懊恼,嘴里嘀嘀咕咕着,也不知道在骂些什么。

老头转过脸来,果真是火车站那位拾荒老人,辛远心头一阵兴奋。

老头咧嘴一笑,道:"我怎么不在这里,我天天在。"

"我找了你好几天。"

"哪里找我?"

"火车站。"

"我天天也在那边啊?"老头迷惑地问,"找我什么事?"

辛远陡然不知从何说起,眼看着老头弯下腰来将空瓶放进麻袋里,便无话找话:"同个女人还争个塑料瓶?"

老头笑得有点不好意思,解释道:"这塑料瓶呢,的确是我先拿到的,如果花个十来分钟去仔细想想,或许送她也算了。可当时一秒两秒,想不了那么多。"

"真会找理由。"

老头继续说道:"比方说啊,我手上只有十块钱,这点钱是明天的饭钱。如果我刚经过一个烟摊,恰巧上了烟瘾,在一秒钟之内肯定拿这钱买烟。如

165

果我离那个烟摊还有十分钟的路程,就这么十分钟,足够让我想想清楚,我到底是拿这钱换现在的烟,还是明天的饭?"

"这样说来,一秒的选择,比十分钟的选择,更可怕?"

老头斜睨着地上那只麻袋,脸上保持着意味不明的笑意,反问:"难道不是吗?"

地上的麻袋,像吞了猎物的蟒蛇腹,隐约勾勒出那只空瓶的轮廓来。辛远突然无言以对。是啊,若凭本能行事,或许就是如此,谁知道呢? 毕竟深思熟虑和冲动行事,是两码事。那个一秒内做出选择的自己,每个人一定都不熟悉。

老头弯腰,捡起麻袋,正欲离去,辛远这才回过魂来,他喊住了老头。

"有人说,你看见过我的女朋友?"

"是啊。"老头毫不含糊地回应。

"什么时候?"

"记不得了,几个月前。不对,应该是一年前,可能也是在夏天?"

"她,长什么样子?"

老头挠了挠头皮,嬉笑着问:"自己的女朋友长什么样子,你不知道?"

辛远不作声,老头从辛远眼神里意识到他并非在开玩笑。

老头的嘴巴无味地咂巴了几下,打了个哈欠,瞥了一眼不远处的一个报亭。辛远心领意会,跑了过去,买了一包烟来,递给老头。

老头不客气地抽出一根烟来,老练地递给辛远,辛远摇了摇头。老头自顾自点上烟,把剩余的烟放进了口袋里,深吸一口后,豪气一挥手:"来,跟我走!"

辛远让老头上了车,由老头指路,七绕八弯,来到一个偏僻桥洞下。

原来这是老头的栖身之地。

几块塑料布圈成一个很简陋的家,一床破棉絮上放着一张破席子,显然是老人的床;北头有灶,有锅碗瓢盆,里面堆积了一些似乎"很有用"的杂物,但一眼看去,显然都是捡来的废品。

"当心,这是一扇门。"老头帮辛远掀开一块塑料布,两人猫着身,走到桥壁前,只见上面贴满了图片,乍一看很乱,但乱中又有序。

没想到老头还有这收集癖。

老头指了指某张照片,对辛远笑呵呵地说:"瞧你女朋友,不是在这里吗?要不是我认识你们,这照片早在垃圾场里了……"他又指了指挂着的一件很嬉皮士般的牛仔衫,"连带这件衣服!"

辛远一眼看到老头所指的照片,淡红背景下,是自己和某个女孩子的合影。凑上前去,似乎有一片迷雾蒙住了眼,他的头眩晕,狠狠闭了闭眼,猛地睁开。模糊图像渐渐清晰,他自己穿着带骷髅头的牛仔外套,笑得很灿烂,搂着同样在笑的女孩。她很美,眉目清明。在白嫩肤色反衬下,瞳孔色如琥珀,闪着光芒,如宇宙中最璀璨的色泽。记忆暗房中,她的脸,配合着他脑中出现过的那双手,终于完美地拼合了,一帧帧的虚影终于定焦,定格,放大了。

桥洞下,一阵裹挟着凉意的风吹来。有某种看不见的东西,更深更远的东西,活了过来,蹿入他的记忆里……

∽叁拾叁∽

一抹斜光,照在室内,微尘杂乱地飘浮在斜光里,如幻似梦。

辛远攥着那张相片,坐在房里,保持一个姿势,良久。

有条信息发来,是汪犹衣的,只写了几个字。

"爷爷有些弱了,你得多注意。以后我不会再来。"

他看了一眼,却没入心。

此刻,他无法再分心,他在巨大的记忆洪流中,无法自拔。曾如水般被掠走的往事,在归来中慢慢发酵。他的脑子到他的心,似乎有几条同时奔涌的记忆管道,杂乱地穿梭来往。一看到照片中的她,密碎的记忆漂浮物,无边无际地向他涌来:那双白洁泛光的手,接过迷迭香花盆,画面不再被限制,相反,在慢慢上移,直至浮出她的脸,明亮的眼和微笑;穿着洁白裙子的她,蹲在地上,沉湎在给小熊拖鞋画上眼白的愉悦中……

他的眼眶慢慢湿润了,他终于想起来了——某次,看了部恐怖片,自己半夜上厕所,小熊拖鞋上的黑瞳,如恐怖片中的魔鬼眼,他因此受了点惊吓。她知道后,为每只拖鞋上的眼睛画上了眼白。拿起每一双黑白分明的小熊拖鞋,在阳光下,她笑得澄明洁净,她的声音遥遥传来:"看,可爱吧? 不怕了吧?"

他想起了自己第一次见到她,自己硬吞饼干,她递来的一瓶矿泉水,以及她的笑脸。

他紧紧闭了闭眼睛,似在感受吉光片羽的温暖,似在嗅记忆中她的气息。

他终于明白了一件事——他丢失了记忆,丢失了爱人!

"我怎么把你给丢了?"他百思不得其解。

看到她的第一眼,他沉睡的情感又被点着了。曾经所有的不理解,在此刻他全然有了新的体悟——他不是爱无能者,不是禁欲的清教徒。面对章伟娟、汪犹衣和吴昕她们散发的情感信号,他不是缺乏感应。身为男人,易受诱惑。他或许对自己也有过某些暗示,像热衷游戏的小朋友,见夜色降临,明知晚归会被母亲责骂,但仍是忍不住贪恋游戏的欢娱。同样的心理,被某个东西重重压制,让他一次都不敢出轨做贪恋游戏的小朋友。

他记不得有爱人,竟做到了一点——始终在隐忍情感,连一次放纵都没有。

那样一个给他影响深远的爱人,他忘记了她的来处,也忘记了她的去向。但他清楚地忆起了自己对她的爱,和她对自己的爱。是的,见到她的第一面,久违的隐秘情感,轰地燃烧了。

时间在一秒一秒地流逝。

房间里一片死寂;只有厨房里漏水的水龙头,在发出单调的滴答声。

意识如水。

起先，只是一滴又一滴，沉重的，仿若似断不断的思绪。随着他记忆之门的打开，水龙头里的水也喷涌而出。水流缓缓淌出，以入侵者的姿态，占据了整个房间。他一点点抬起头来，好像被什么控住了心魂。房间变成铁锈腐蚀的颜色。他惊愕，愣愣地看着——水，漫到了脚边，渐渐淹到了膝盖，很浑浊，见不到底。水面上漂浮着干枯的水草，还有一些凝结了血块的东西，他想看个仔细，但光线昏黄，什么都看不清楚。他环顾模糊的四周，全身发毛，潜意识告诉自己——那种感觉，又来了。

　　没有任何预兆，在潜意识发挥作用的那一秒，暗色水中，一个穿着白旗袍的身影蓦地出现，他害怕、恐惧，还夹杂着无法说清的好奇。这次，那身影不再是背朝着他，而是渐渐清晰，让他终于看清楚了那张脸。虽然穿着白旗袍，但不是沈月如的脸。那张脸，与他面对面。正是他手中相片里的女孩的脸。在水中的她，睁着一双如婴童般纯洁的眼。她凝视他，久久地。她的眼流下了一串璀璨的金色泪水，宛若菩萨脸上流下的金粉泪。那串泪珠散发着刺眼光芒，也刺痛了他的眼。她在水中摇曳着水光，端凝哀矜，逐渐消逝成金黄色的碎片。

　　巨大哀伤汹渡而来，使他从幻象中惊醒，幻象中的水流全部逆回，潮水般退出了整个房间。水龙头的滴答声，戛然停止。而记忆追逐着，从闭塞的脑中自行爆裂，他的耳膜里只有他冲口而出热切呼唤的声音——"颜谁！"

　　是的，他记起了她的名字。

　　——颜谁。

　　他爱过的女人。

叁拾肆

为什么会不记得颜谁？

为什么会扔掉和她的合影？

——不，不，确切说是抹掉了所有痕迹，她存在过的所有痕迹。

自己为什么要这么做？

还有最糟糕、最苦恼的是，辛远到如今，才意识到自己身上的问题。虽然，在此之前，"你失忆了"的字样在他过往的整个世界中都依稀可辨，但他从不正视它。

他以为自己一直是在寻觅那串该死的木手链，却没想到，原来冥冥中，自己竟然在寻找自己。

他坐在车里，苦思冥想，嘴唇都咬破了，却还是无法想象，他身上到底发生了什么事？

砰——两个酗酒的男人不知什么时候上了他的车，用力地关上了车门，把辛远从恍惚中拽回了现实。

两个家伙一开口，浓浓酒臭，充溢了车厢内的每一寸空间。对方报了个地名，辛远收回心思，随口应了一声，心不在焉地驱车前往。开了一半，在车来车往的转盘处，全身赘肉的胖男人才问辛远要多少钱。

"十八元。"辛远回道。

胖子一听，大吼："他妈的要十八元，老子平时打车才十元，你想黑老子不是？"

"你要打出租，不下二十。"辛远说道。

胖子同伙阴森森地搭腔道："就数你们这种黑车最没道德，去年一个女的打黑车被司机强奸，现在么又流行宰客了？你们这样下去，自断财路。"

"警告你,别得罪老子。你敢得罪老子的话,打你个稀巴烂,让你躺医院一年,下不了床!"胖子那松软的脸在后视镜里凶神恶煞地抖动着,鼻孔呼呼,出来一阵阵恶臭的酒精气味。

"如果没钱的话,就给十元吧。"碰到这种凶神恶煞,辛远只能自认倒霉。

"没钱?你当我是啥?"胖子喝道。

黑了自己,难道还得满脸堆笑?辛远愤愤不平地想着,与此同时,胖子同伙突然打开车门。辛远赶紧停了车。同伙伸出一只脚在车子外。

"当心脚,这里车这么多。"

胖子同伙听了,借着酒劲下了车,下车后他并不关上车门,大咧咧地开着,一副流氓做派。周边车辆川流不息,经过辛远的车时,都闪避着,并大按喇叭以示警告。

辛远心里,有股灰暗的情绪在膨胀。

"这车停在路中间不好,你把车门关了,我停路边靠一靠。"辛远忍着,对他们说。

胖子动也不动。

"待会警察过来了,大家都不好。"

这句话起了作用,胖子挪了挪屁股,伸手,将车门给狠狠关上。

辛远慢慢开着,一个转弯后,朝相反的路,狠狠踩了油门。

胖子愣了一下,渐渐意识到局面不归他掌控了。他望着外面疾驰而过的景物,酒也醒了,拍着车背。

"你要带我去哪里?"胖子的声调变了,"我有眼不识泰山,让我下车吧。"

报复似的,车速越来越快,快如飞驰,辛远从没这么肆意开过车,发泄过情绪,愤怒让他踩着油门的力道越来越重。车子一颠一颠,随路的高低起伏上下,快得似乎会随时翻车。这胖子渐渐不敢再说话了,脸色越来越煞白。

方向盘猛转,辛远朝路边一靠,骤然刹车。胖子跌跌撞撞地下了车,脚一软,跪在地上,大吐特吐。

辛远斜睨胖子,那家伙像生了场大病似的,虚弱地扶着一棵幼小的树苗。呵,这就是开口说要打得辛远在医院躺一年的家伙,如今却需撑着一棵比自己体积小很多倍的树苗,才能起得了身。

辛远笑了,有一份莫名的亢奋,他一踩油门。

开着,开着,亢奋散了,理智又回复,人倏忽间虚脱了,突然有些后怕,如果那胖子真下手的话,辛远不一定是他的对手;如果翻了车的话,或许又得困在没完没了的医药费里。并且,刚才被激怒后的反应,不太像平日里的自己,倒像一个陌生人,陌生得令自己感到可怕。蓦地,心中有个密闭空间,慢慢朝他显露出形来,刚才胖子威胁自己,说要打他打到住院的话,像开启这空间的钥匙。

住院一周,他突然想到了明护士的那句话。

要请明护士帮忙,不是易事。

她要么满脸泛着郁愤之潮,要么就是忙得脚不沾地。

"什么事?"难得碰到她喝菊花茶的空闲,明护士冷冷问道。

"我觉得,你上次的质问,对我很有帮助。"辛远小心地择着字眼,"关于职责,我内心也一直在责问自己。你说得对,我对我爷爷做得还不够好。"

"出了医院,往右走,过六道街,就是教堂。"她一放杯子,冷冷地说,"你去那里忏悔比较合适。"

说完话她就又要走。辛远明白不能再绕弯子了,他必须单刀直入。

"你说我住院一周,我什么时候来住过院?"

"你到底想问什么?"

"我……"辛远结巴,"我可能失忆了。"

明护士翻了一个白眼,她轻蔑道:"这招,电影里学的吧?"

被她的话一堵,他几乎不知道自己该说什么话了。眼见她即将离去,辛远灵机一动,拦住了她:"我想请你帮我再叫周阿姨,请她去我家做爷爷的陪护。"

果然有效!明护士停下脚步,脸色缓和了一些。

"外面的人我不放心,再说换个人,再多些磨合的过程,老人也不适应。周阿姨做得还算不错。我是诚心请她去帮我。"

明护士咳了几声，清了清嗓，停顿五秒后，依旧居高临下的口气："如果上门照顾，周陪护的工资就不是医院里的那个价格了……"

辛远忙点头应道："这我明白。"

"按照你以前不缴住院费的黑点，你得每月提前给她工资。"

辛远犹豫了片刻，又点了点头。

"说到这里，我想请教一下明护士。"辛远几乎有点讨好的语气，"去年什么时候我来住过院？你能帮我查一下吗？"

"这日子，不查，我也记得住。去年要不是出你这么蛾子的事，原本我女儿生日，我可以休假带她去玩。你们这些人不会知道，我们要调一个假期有多难！我女儿在乡下外婆家待了那么久，就盼着我们带她出去玩一次，好不容易我得了空……"

她满腹怨气，深深叹了一口气："就是这个月份，八月份。"她控住情绪，挥了挥手，说道："你爷爷不容易，你要好好孝敬他。周阿姨什么时候去上班？"

叁拾伍

再过一天，周阿姨将上门照顾爷爷。

辛远买足了食材，休息一天，给嚼不动硬食的爷爷烧了一桌丰盛而稀烂的菜。两人面对面，辛远发现，窝在轮椅里的爷爷，瘦小得像要和椅子贴成一片。汪犹衣说得对，爷爷已越来越弱了。

辛远细致地挑去鱼刺，将鱼肉放在爷爷的汤碗里。等老人吃完，辛远又耐心地舀一汤匙豆腐。两人唯有食物的来往，而无语言的交流。

放下筷子后，辛远才下定决心开了口："爷爷，告诉我。"

"什么？"

173

"一切！我要真实的,不是虚构的故事。"

爷爷沉默了片刻,叹了口气,似岔开话题:"如果人世间有孟婆汤,倾家荡产能购得,不知会有多少人去买?"

"你想买?"

爷爷嘴角有一抹讳莫如深的渗透着悲哀的笑,他声音低沉:"对,我会买。"

"因为……"辛远鼓足勇气,说,"你是那个人?"

爷爷深思飘远了,笑容也消散了。

"对,我是那个人。"爷爷的声音有些飘摇,如一个将死之人,"我已错过两次,害了……我曾以为,说出我的秘密的时候会在我大限之日,没想到我不能带着秘密赴死。"他停顿了一下:"或许,大限之日,已近了。"

爷爷苍老的眼里有一朵微笑,然而,一种无法自控的悲哀就在这朵微笑的上面。这份悲哀,传染给了辛远,带给他强烈的不安感。

"你编了你的故事?"辛远问出了早就明了的问题。

老人低下头。光阴如激流涌入当下,在心里泛起涟漪的湖,隐去了光泽的深处,仿佛是看不透的人性在这湖底下暗流汹涌。爷爷眯缝着双眼,那已尘封近一个世纪的故事,从他口中娓娓道来:

以前,每户人家对待木匠师傅,都极为尊重。

而沈家,能请到出身于木匠世家的石水安,更是添了几分恭敬。沈家特意给石水安安排了一进院落,让他不受干扰地工作。

石水安所居住的院落,恰恰离沈月如的闺阁绣楼只隔了一堵墙。当沈月如凝望湛蓝天空时,她一低头,便能俯视独坐在院里干活的石水安。石水安一定是个英俊少年。不然,他的背影,不会经常成为她遥望的风景。

她一次两次的漫不经心,慢慢却走了心。外面吹来的春风,沁入沈月如的心里。

单方面的注视,终于在他的某次回眸中终止。他一定是惊艳、惊愕、慌张,而她无力躲避,只能含羞一笑。

他也迎面一笑。

他的笑，如光。她那原本安于现状、等待出嫁的梦，便醒了。

偶然的一次，他与她竟在那本千种不可能万种不可能的情况下戏剧性地相遇。她看到他，站在花园中，玉树临风，鹤立鸡群。

两人四目交接，距离很近，第一次看清了对方。彼此表面虽平静无痕，她却在心内惊涛骇浪，生活顿时在她面前展开绚丽色彩。不遇上他则罢了，遇上了，哪怕明知是镜花般幻梦，她也如遭遇了沧海桑田般的情感变迁。

她派她的丫鬟，令他为自己做妆奁。

这是额外的木活，他却欣然接受。

过了一些时日，妆奁成品送到她手里时，连递送的丫鬟都赞叹不已，妆奁装饰五彩，精雕细琢，市面上最好的妆奁都没有它流光溢彩。

他的用心，她自是心生欢喜。但最令她眩晕的是，打开妆奁，她看到一串做工精细的手链，由沉香木所制。是他偷偷放进去，私送给她的。她爱沉香木，他竟知晓？他的这份用心，她欣喜不已。沉水香天然的浓郁之香，更是膨胀了这份情欲，她深陷其中，勾起几分狂喜，心醉神迷。

又故作偶然，她与他相距仅咫尺之遥，不用多说了，有些人是需要几年才能说得出、读得出他俩才相逢便将要说的话的。他看到她眸里燃烧的火苗，在某个看不见的时空里，情感之烈焰早已将他与她烧成了一条联结的红线。

他们与所有古代私订终身在后花园的男女一样，定下了终身，定下了逃亡计划。

至于为什么要说逃亡，实在是双方都明白：她的父亲与她所许配的军阀，两方权力之大足以拆散他们。

逃得开，她与他将永在一起。逃不开，他和她被迫分开，他甚至有身家性命之虞。

情焰之烈，令身在其中的人丧失了理性，引火上身也想冒险一试。

他们先预订了一艘小船。

然后,石水安在完工当日,便去当铺当了三样最为名贵的木匠工具。带着它们,路上不便,怕成为最招眼的特征,同时也怕逃命路上出现什么纰漏,丢失了祖传宝物。思前想后,去当铺是最为妥当最为安全的做法。

当铺有抵押期,通常是 6 个月到 18 个月,最长不超过 24 个月,过期不赎,就作"死号"销售处理。石水安将这三样无价的工具只当了百元,等于只是找个存放场所。当时他以为在两年内,他可以偷偷潜入青县,将它们赎回。

同时,沈月如悄悄集拢了所有私房钱。

两人计划圆满周全,只等那一天,一起私奔天涯。

民国二十五年七月五日,天还未亮,两人很顺利,潜出沈家,上了石水安早准备好的小船上。

在船上,两人的心才安定了下来。彼此依偎在一起。聪慧的她却察觉出他内心不安,她轻轻抚平他紧缩的眉头。

我将来不能抛头露面,我们生活会很潦倒,你一个千金小姐,跟着我颠沛流离吃苦,我怕……石水安嗫嚅。

我不在乎,哪怕跟你过穷日子,我也甘心。况且我所带来的私房钱绝对够我们过大半辈子的了。

可是……可是……

他的眉头愈缩愈紧。

她想到她家后花园埋了很多为备不测的金子。父亲很疼爱她,将所藏金子的地点都一一告诉了她。

她知道,只要拿上一暖炉金子就够他俩生活一辈子。

"等我。我去去就来,你等我。"

她重新又跳上岸,回头再看了他一眼。站在船上的他,那个让她动心的他,让她莫名深深依恋的他。为了他,她必须再冒险一次。哪怕接下去要做的事,已完全辜负了父母亲对她的信任和疼爱,所带来的负罪感,从头到脚包裹住了她整个灵魂。

她匆匆又溜到家里，所幸天色还早，家人还没发现她的失踪。她进入秘密小门，到了后花园，来到父亲告知她的秘密地。她挖了一个暖炉，暖炉里放满了金子，沉甸甸的，她的手和心也是沉甸甸的，如她对父母的愧疚。然而她含着泪尽力想象着，这沉甸甸的不是金子，而是她后半生的幸福。

一路过来，心提在嗓子眼上。菩萨保佑，没有人发现。

她再一次幸运地逃脱。

凉亭越来越近了，她咬着牙，手指关节由于紧握着暖炉环柄而渐渐发白。她看到了船，那条载着他的船。

暖炉掉地。

——砰！

心碎的声音。

他的船已经遥遥地划远了。她简直要疯了，她还能看到船头上的他，她拼命喊他的名字，泪水呛了嗓子眼儿也没停歇。她知道他还能听得见。她希望他也能回喊她名字，希望他只是同她开了一个玩笑，她希望……

她希望……

她的希望，她没看到。

她看到的，是他的一个转身，以及他一声路人般的高喊：对不起，你回去吧！

她已无脸面对家人，她如何回去？

爱情已逃，厄运如期而至。曾化身为一片旖旎的情爱，借雾中之光缔结出绝命之果。

她提着那只重重的暖炉，凄厉地大喊：石水安，你还会心安吗？

来不及了，他眼睁睁看着她跃了下去。

她的长发全飞了起来，彼此最后的对望，眼神里都含满了不同意义的绝望。在那短短的对视中，他和她完成了人生中最后一次对白。

在那一刻，他所有错位的情感恢复了人生初见的热度。他豁然了，他明白了，在他快失去时他才知道自己最不可失去的是什么……

手徒劳地伸着，青筋突兀地爆延在他手臂上，他拼命喊，盲目地试图挽回。

在落水那一刻，传来沉闷的砰的一声。距离那么远，他依旧听到很重很重的坠河声！那一声，从此总是出现在他幽暗梦里，整整一生，鬼魅般回响……

"我把她丢了，丢在那再也不见天日的水里。"爷爷的脸在微微抽搐，他颤动着双唇，带着悔意说："从此，我改名为辛木。石水安已在沈月如跳水的那刻，死了，包括石水安那一手绝世木活。"

"爷爷，那时候船上只有你，没有船夫？"

"是的，没有船夫，撑船离开的，是我自己。"

"也没有船夫和石水安那番对话？"

"没有。那只是石水安自己和自己的对话。"

停顿片刻，气氛凝重，令人透不过气来。

辛远问："也没有女鬼？"

"我希望有。"爷爷脸上，同死了一样的神情。沈月如死了躯体，石水安被勾了魂魄。如果再活一次，让他再选择一次的话……

可惜，人间从来没有"如果"。有人说"如果"是慈悲之词，然而它的本质是狠毒、残酷的繁花，只为映照现实的枯败。

爷爷没再说下去，他的嘴唇抖得厉害，身体也战栗，仿佛有无形的沉物，正压在他不堪重负的身上。

辛远心绪烦乱，他感应得到，数十年来，爷爷的心反复遭受凌迟之苦。辛远对爷爷有怜悯，但不知为何，知晓了那份阴暗过往，他的心柔软不起来了。

"告诉我，木手链在你手上，还是在水底？"辛远问。

"在哪里都是一样。"

"什么一样？"辛远从爷爷闪躲的眼神中感应到了什么，灵光一现，问，"难道……我以前是知道的？是去年八月份，我病了的时候？"

爷爷悚然一惊，抬头瞥了一眼，又低下头去，不语。

"八月份,有什么事情发生吗?"辛远步步紧逼。

爷爷抬起眼,眼神内是恶、罪煎熬后的痛苦,他摇摇头,莫名其妙地说道:"有些事,你只能靠不停回忆去惩罚自己。所以,清醒地活着,是种痛苦。"

辛远对爷爷含糊其辞失去了耐心:"我忘了什么,为什么不直接告诉我?"

"如果能失忆,能忘记自己,那就忘了吧。这是份恩赐,好好活着。"

爷爷的话暗藏玄机,他若不肯点破,辛远心知,问了也是白问。

只是,陡然,汗珠悄悄沿着辛远脊背,画出几道冷线流淌了下来,他感觉,爷爷身上那份沉默的重量,慢慢移到了自己身上。爷爷刚才说了——"失忆"。对,失忆。

爷爷终于亲口承认了辛远的失忆!

叁拾陆

或许,过去不追,当下不恋,未来不迎,才能活得自在吧……

可我们都是凡人,熬人世间的爱恨之汤汤水水,多了就稀释,少了则焦了底。你要时时刻刻留心,用百年修行之文火,拿七情六欲之调料,才能熬到稳稳一碗,不多不少。这当然是人生难事啊,又有几人能做到。

爷爷的故事,是一个很老套的故事,老套到你都忘记了它的本色是什么。天长日久,整一碗熬糊。外人掩鼻而过,而当局者苦味自尝。

——而且,是拿长久的活着,一遍一遍地尝。

辛远煮着骨汤,机械地搅拌着锅里的食材,同时在脑里也一遍一遍地思量。很明显,爷爷不希望自己追寻过去。可是,为什么?

我,到底有什么样的过去?

换言之,我,究竟是怎么样的一个人?

……

短信铃声尖锐地响起,吓了辛远一跳。

是吴昕发来的,竟然又是:"马上接我,花都后门,快!"

辛远注视着那个"快"字,关掉了煤气,去敲爷爷的房门。

周阿姨打开门,只见返回自己房子的辛远捧着才熬了一半的骨汤,又递给了她。

开车经过花都前门,日日夜夜播放着动感画面的大屏幕也已关闭,整个大门口,出人意料的冷清。原先挤满了各式高级轿车的道上空荡荡的,只有一只塑料袋在地上滚动着。

一转弯,花都后门,站着吴昕。

她等车停稳,狠狠地吸了一口手上的烟,抛到地上,踩灭了,上了车。

"怎么了?"辛远指了指花都。

"得罪了一个人。"吴昕说,"现在停业整顿。"

辛远发动了车子,紧接着听到一辆车疾驰而来的声音。他转头一看,果真,是孙全来了。

孙全下车直奔这边。辛远还没来得及打招呼,只见孙全像暴风雨般卷了过来,冲到他们车子前,他铁青着脸,对吴昕喝道:"下车!"

吴昕的眼神忽闪着,脸上似笑非笑,好像丝毫都没感受到孙全逼近的气势。她微抬下巴,反倒对孙全说:"上车!"

她的淡定,反而让孙全有点踌躇,他不情不愿,耷拉着脸上了车来。

"孙全,你想和我好下去?"吴昕问。

这话题,令辛远尴尬,他准备下车。

"辛远,别走。"吴昕喊,"你留下来,我们需要一个见证人。"

"我们不需要什么见证人。"孙全语气不好听。

"你没完没了的反复,你不累,我累了。今天请辛远为我俩的谈话做个见证,你我再反悔,就无趣了。"

透过后视镜,辛远瞥见孙全犹豫了,没点头也不摇头。

"孙全,如果没有花都,你能撑多久?"吴昕抛出了第一个问题。

孙全脸色发青:"你果真计较这个。"

"如果撑不了,是不是得接受你丈人一直以来想给你的安排,或者重回你的老行当?"

孙全缄默不语。

吴昕略带嘲讽的口气,追问:"那你是想给我安置一个外宅吗,不过凭你银行里的那些贷款,我不抱希望。"

孙全愤怒了,结结巴巴地喝问:"你是想羞辱我吗?"

"你现在什么都没有,怎么养我?"吴昕说,"孙全,我俩真的不适合。"

"你眼里就只有钱吗?"孙全喝问。

"你难道不是这样的人吗?"吴昕冷静一笑,"我自然也是。"

孙全的脸涨得通红、青筋暴起,手紧握成拳,朝吴昕的脸要打去。辛远从后视镜中看到,赶紧回头阻拦。吴昕本能抬起一手护住自己的脸。被车座隔着,辛远只能一只手拦住孙全,他感觉得到孙全手臂上的力量似慢慢流失。孙全的手定格在半空中,双目呆呆地盯着吴昕的手,那皮肤上描着的心形刺青在斜光下隐隐闪着光芒。

孙全放下手,沉默良久,突然开了车门走了。他没回头,踩着地面离开的每一个足音,单调而沉重。

辛远慢慢移回自己的座位。吴昕很快就恢复了平静,若无其事地捋着头发,刚才的一切像是没有发生过似的。辛远的心头生出一丝凉意。

吴昕出声了,声音略带寂寞。

"他,或许算是唯一一个真心待我的人。"

"那你为什么这样对他?"

"呵呵。"吴昕冷笑一声,"这样的结局,不是最好吗? 我们心知肚明,何必自欺欺人。"

辛远无语。后视镜里的吴昕微微仰着下巴,脸上是一抹异乎寻常的冷静。

"我不是茶花女。"吴昕笑笑道,"你不用这样看我。"

"同孙全接触过几次,他有点一根筋,不像是能轻易放手的人。"

"各人有命,他想不通,那就是他的事,与我无关。"

手机铃响。辛远拿出手机,一看,是汪犹衣来的电话。

他以为她不会再来联系他了……

"衣衣?"辛远的声音有些惊讶。

"你在哪里?"话筒那边的汪犹衣略显紧张。

"我在……"辛远看了看花都,咳了一声,掩饰道,"我在外面。"

"我看到你的车子了,吴昕跟你在一起吗?"

辛远的脖子忽地僵硬,眼不自觉地瞥向后视镜,只见吴昕嘴角有一抹莫名的微笑,仿佛是隐藏在门背后的蛛网,她的笑容似结着网丝……

"那个,哦,没。"

汪犹衣遽然沉默了,大概是嗅到了谎言气息。

"如果你跟她在一起,我奉劝你,同她保持距离。"汪犹衣语速快而急。辛远顿觉心脏激烈跳动,车内气压降低,他用眼光余角打量了一下吴昕的反应,她正望着窗外。于是他打开车门,向外走了几步,问:"为什么?"

听筒那边又沉寂下来,宛若让时间停摆。

一只蜜蜂,嗡响着飞来,绕着辛远。他伸手,胡乱地挥了挥。这时汪犹衣的声音再度出现,他赶紧将手机紧贴住耳朵。

"她……"汪犹衣匆促地说,"她一定不像你想得那么简单。"

辛远还想问点什么,汪犹衣那头已挂了机。

他回头看,只见吴昕也紧盯着他,她的一双眼,深如海,嘴角那似有似无的笑,罕见地映照出那双眼睛的阴郁。

嗡——空气中又传来蜜蜂那烦人的振翅声,它又飞来了。

吴昕下了车来,从她大包里摸出一本杂志来,松松垮垮地朝辛远做了个噤声手势,然后,一股凌厉之风朝辛远后脑勺劈来,"啪",清晰的拍打声。等辛远意识到声音来自哪里,后脑勺上已是一阵剧痛。

他摸着后脑勺转过身子来,略带恼怒。

吴昕不解释，只是把手上的杂志书伸向辛远。杂志封面上，赫然躺着一具血肉模糊、呈压扁状的蜜蜂尸体。辛远的眼猛然睁大了，没想到她出手这么狠、准、快。

　　她走到车前，拿着杂志在车身上拍打了几下，粘在杂志上的蜜蜂尸体滑落了下来。杂志在她手上似略有震感，一个没握住，随之也滑落在了地上。

　　辛远惊讶地发现，自己眼中的杂志滑落轨迹是：他只瞅见杂志跳出吴昕手里，而杂志空中跌落的痕迹因为吴昕身体的遮挡，令他无法目睹。然后当吴昕蹲下身子，大包又一次遮住了他的目光。最后，他只望见了结果——吴昕拿起了那本杂志。

　　刹那间，辛远有所领悟：如果用录像，用某个角度，剪掉最初杂志在她手里的过程，只直接拍她蹲下去的镜头，定能出现蒙太奇的效果——她手上魔术般地出现一本杂志。

　　此刻，就像是飞轮，图像和回忆在滚动不止。

　　辛远想起了那段录像——在自己家门口，吴昕手上提着那只超大的包，蹲下去，不被注意地捡起一封白色的信……

　　印象重叠，来自影片中的细节，一帧帧在他脑子里倒带，倒出相当明晰的影像逻辑：她捡起信；信如杂志一样滑落，用她的身体做视线的阻挡；那封信，紧紧贴在大包和她的手中间……

叁拾柒

　　吴昕给辛远送三张当票的那天，当她打开门准备离开时，那封写着"我等你"的信，出现了。

　　那封信，自然不是吴昕送的。

　　或许，是颜谁她自己呢？她亲手将信送到了他家门口？然后，同她信中所写的那样,静等他找到她……

辛远无法想象,颜谁和吴昕是怎样的要好呢?能让不羁的吴昕,心甘情愿潜伏在他身旁,刺探他及亲人的秘密,刺探他对情感的态度。他庆幸,那一次心猿意马时,自己克制住了。

如果吴昕是颜谁的信使,那么,是不是跟着吴昕,便能找到颜谁?

他想象着,自己爱过的女人,出于某种原因,不愿与他直面相对,隐居在这个城市的某个角落,选择了迂回的方式,来和他相见。这种假想令他兴奋。

辛远跟踪了吴昕几天,很快就摸透她的日常生活规律——白天大部分时间,她都窝在房里,下午才出门,晚上则像末日一样狂欢。

她在前,他在后,一路尾随。

他怀着崭新无垢的虔诚,想象着……他希望自己能再次邂逅曾经的爱人,能再次见到那双明亮的眼。

跟踪了几天,他还是没见到颜谁。颜谁之前发的信息,他接收到了。但自从发出那封有关等待的信后,她便销声匿迹,再也没来信。

他越跟踪心中疑团就越大:颜谁为什么不直接露面,而要如此大费周章?而且,跟踪吴昕,不是一个容易活儿——这女人,喜欢泡吧逛街,去的都不是他平日里喜欢的地方。他拖着疲惫的脚步,跟着她从一家商场逛到另一家商场,或者从一家酒吧辗转到另一家酒吧。她走路很快,很少会被周围吸引注意力。只有某天,她在一家有明亮玻璃的花店前驻足,注视很久后走了进去,出来时捧了一束花。这是她昏天暗地、醉生梦死的生活中少有的情趣。

久而久之,颜谁的面仍未见着,辛远自觉无望(他猜,或许她们不碰面,只用电话联系呢)。此刻兴奋感渐褪,汪犹衣的警告时不时回旋在脑海。权衡再三,他放弃了跟踪吴昕,而去了旅游公司。

刚到门口,很巧见到了汪犹衣。她瘦了很多,背变成薄薄一片。

似有预感,她倏地转过身子,一眼就望见下了车的辛远。她看到他的第一眼,眼内便生了光,她试图掩饰,垂下了眼。他担心她会转过脸,理也不理他,或者是拔腿而跑,没想到她又抬眼,定定地望了他两三秒,便迎了上来。

"为吴昕来的?"她真是了解他,一眼就瞧出他的来意。

他点点头。

"在大排档,她化了烟熏妆,就是你所说的烟熏过的妆,当时我没认出她来。但在你家,我看到卸了妆的她,只是觉得看到过这个人。想了很久,才想起来在某一个地方遇到过她……"她住了嘴,没往下说。

"什么地方?"辛远问。

"没什么。"她望向别处的眼在告诉他,她在撒谎,"我只想问你,你怎么会认识她的? 在花都?"

"那个地方,我会去吗?"

汪犹衣点点头:"也是。"

"她是我的客人,后来也租住过我爷爷的房子。"

"你觉得你们的认识,简单吗?"

这个问题辛远自己也曾想过:"是有点不简单。"

"你……"汪犹衣咬了咬自己的下唇,开口问,"没有爱上她吧?"

"没这个心思,也没这个时间。"

汪犹衣松了一口气,挤出一个笑容来,说道:"我想,我也不至于这么悲惨,连她这样的女人都比不上。"

她强撑的笑容里含着从未有过的凄凉,一时之间,辛远不知该如何回应。

"我要回去上班了。"汪犹衣佯作轻松,朝他笑了笑,转过身,又同以往一样摆摆左手,做了个再见的手势。

辛远喊住了她,问:"她哪里危险?"

她没转身,只是缄默。但他太了解她了,他解读出她背影中隐藏的语言,一定有意在隐瞒什么。

"是同颜谁有关吗?"他问。

她猛然停住,背影一僵。

"扔掉了我和颜谁的合影,抹去了所有她在我生活中存在过的痕迹,这一切，都是你做的吧，衣衣？"辛远从她的背影里读出了一点她不愿承认的事实，"为什么？"

这次，她停滞了几秒，却什么也没说，只是离开。

他站立在原地，望着她渐渐远去、走进楼里的背影，黯光残照着她单薄身影。辛远怀着一腔自己也无法说清的凄酸，目送着她的背影，渐行渐远，隐约模糊，如她的欲语又止。

再去吴昕家的楼下，无意中发现孙全的大奔也在，正躲在长满荒草的隐蔽角落里。为了不让孙全知道他在跟踪吴昕，辛远打电话给另一个开黑车的兄弟，换了辆车子，再偷偷潜回了老地方。

远远看去，凌乱的树叶，蔓延的疯草，似将孙全的车团团包围。在车子和荒草的旁边，有朵白色小花在风中颤动。

绿荫摇曳下，有一侧光照着孙全的半边脸，斑驳光斑，而他的另半边脸始终湮没在黑暗里。

那一位凝眸出神，而另一位冷眼旁观。

孙全从未死心。一看孙全的脸，你便了然他所有心思。

孙全不是容易死心的人，他或许认定了她另有所爱，才舍弃了他，才采取用偷偷跟踪的办法。

这个执拗的家伙，两眼紧盯着前方。双眼透出难以遮掩的欲望，一览无余，像埋藏在荒草堆里，绽放出的那朵白色情欲之花。

过了些时候，吴昕捧着那束从花店里买来的花，下了楼来。她叫了辆车。孙全的车缓缓跟上前去。辛远也随之跟上。

三辆车，同穿过熙攘喧闹的街头，貌似漫无目标地游走，在车流中像一滴滴水融入江流，自然无痕，顺流而下。吴昕不知孙全在盯梢，而孙全不知辛远尾随其后，他们步调一致，忽快忽慢，亦步亦趋。

开到了沿江公路，又一路到了凉亭。

辛远不再上前，学孙全，躲在某个拐弯的暗处，角度正好对准了凉亭。他的距离没有孙全近，所以远远望去，有些吃力。

但依稀还是能看出个所以然来:吴昕下了车,直接走到了凉亭。凉亭内早已候了一人,是个高个子的男人,模模糊糊看去,依稀觉得像一个熟人。辛远心生疑惑,揉了揉眼,似乎是他,汤一友?!

奇怪,他怎么会在?

汤一友明明对自己说过,他事务繁忙,近期不能来青县。可他仍在青县,而且他和吴昕怎么会在一起?

辛远顿生疑窦,屏气凝神注视着那熟悉的身影。只见那人和吴昕似乎都一言不发,两人在凉亭内坐了会儿。路远,看不清他俩的表情。湖风吹来,凉亭周围的枝叶微妙地颤动着,凉亭里的两人倒像凝成了像,安静对坐,一动不动。

过了十分钟的样子,他俩站起身来,合掌,对着湖心行了个礼。接着,他们拥抱了一下,分开,无声离开。

各自搭上来时的车,分头走。

那辆载着男人的车往辛远这边开来,辛远缩了身体,将自己藏在座位内。

车子与辛远的车交错而过时,辛远窥视车中,虽然对方的车子开得很快,但辛远仍是一眼辨出那个男人来。是的,他没看错,的确是汤一友!

两个经常包辛远车的人,竟然都叫了别的车来到凉亭。这很不寻常——对于他们之前不约而同都包他的车,今天又不约而同不用他的车,显而易见,汤一友和吴昕有事瞒着他。

汤一友的车刚开出不久,孙全的车也尾随而上,追得急,辛远只看到孙全那张绷得紧紧的脸。孙全的脸色,令辛远有几分不祥的感觉。

等着孙全车子离去,辛远这才驱车前往凉亭。

凉亭内,吴昕留下的那束花靠在墙上,几枝花紧挨着,开着几片小小的、淡蓝的花瓣,那些花瓣像几滴晶莹的露珠,不愧名叫海洋之露。

此刻已黄昏,整个世界都染成了金色,带着它最后的滚滚热浪,退出白昼。

而辛远的脊背却丝丝发凉,汤一友是为沉水香,可吴昕为了谁,难道他们都是为了石水安心中的沈月如？

不对！

一个念头在脑海闪过。一种突如其来的疲惫席卷了辛远,他蓦地跌坐在凉亭内,久久没有起身,听着凉亭外的青湖水流,轻轻撞击着岸边,发出泼溅声,随即又归于沉寂。如此循环往复,他也随之如催眠般陷入沉思里。

他的心里产生了无数疑问,在疑问中寻思着,想着颜谁。

他以为,他的幸福已降临。幸福依赖在那个给他只言片语的女孩身上。他以为他去寻找她,她一定会等待着他……

他就这样一直想着,直至坐到夜晚降临。黑暗,在遥远地延伸,看不到尽头。

天边泼墨般的色彩,以及迷迭香传来的幽幽香,糅合成鬼话里出现过的水粉香,终成现实。

叁拾捌

在汤一友的公寓楼下,辛远意外撞上了吴昕。他猝不及防,来不及躲避。眼尖的吴昕喊住了他:"你在跟踪我吗?"

辛远尴尬地从拐角处显出身影来。"那你在这里干什么?"辛远反问。

吴昕轻掸香烟头上的烟灰,嘴角有一抹不易觉察的讥诮。

"这口气真像孙全。难道你喜欢上我了?"

"吴昕,这游戏不好玩。"

"是你玩这个。摄像机,你忘了吗?"

"你租我的房子,是故意的吧?"

她放肆大笑,无所顾忌:"没有故意,只是有意。"

"颜谁……"辛远迅速出口,"你是为了颜谁?"

吴昕微微变色，一刹那她恢复平静，无动于衷地笑笑。

"你想起什么了？你的失忆，到底是真的，还是假的？"

辛远抬眼凝视她，迎着她怀疑和讽刺的眼神，她从他坦然中刺探到了真实，她点点头，望远方。

"看来，你爷爷很爱你，他宁愿自挖疮疤，也要把你给严严实实盖牢。"

辛远皱了皱眉。

"可是任何秘密，都会成为无意撒落的种子。当时机成熟，它会偷偷发芽，独自成长。总有一天，再隐秘的心房，都会锁不住它。"吴昕的目光深邃，"我的秘密，你或许已发现了。可你的呢，你自己发现了吗？"

她说话时的脸会百变，时而轻浮，时而庄重，时而肤浅，时而深沉……她身上总有一种心事，让人看不透她扑朔迷离、难以捉摸的内心。她的语言，更是。

"你是颜谁的什么人？"

"什么人？"她又点上了一根烟，烟头明明灭灭，黑色瞳仁也随之亮过一丝光芒，"跟你一样，命中的路人。或者说，像孙全一样。"

辛远想到了孙全，想到了他对她的跟踪，想到了他的不死心。

"孙全他……"

"我看到了，看到他跟踪，也看到你跟踪。"

"今天，他一定误会……"辛远虽反感她说话的方式，但仍好心提醒了她一句。

"随他去。"吴昕不耐烦地挥挥手，恢复了她的冷漠，"只是游戏一场，他要当真，那就让他独自去疯，我不陪他演了。"

闻听此言，辛远若有所思，不懂她到底是轻率，还是真无所谓。他摇摇头，提醒她："你会逼疯他。"

"逼疯？"吴昕从嘴里取下烟来，她目光灼灼，"他不是会疯的那种人。倒是我，如果有一天我疯了，请为我高兴，那证明我终于活着离开这个世界了。"

他愣愣地看着她，她说此话，嘴边带着奇异笑容，宛若一种宿命的幻影，在唇边绽放。

189

汤一友打开门,微愣一秒,却无惊讶,身子一侧,辛远进门。

"你比我想象中要更快些。"汤一友说。

他语气中另有意味,面上却平静。

"你不是为木手链来的,对吗?"辛远问。

汤一友用眼角瞥了辛远一眼,脸上却波澜不惊,缓缓关上了门。

辛远打量了一下房子,很小的两室一厅,十平方米多一点的客厅,比辛远自己家里的客厅差不了多少。置物极少,寥寥几把椅子,很简陋。厅内无光,色彩暗淡,透着股阴冷之气,不像久居之所。

两个男人站在一起,显得很局促,汤一友拿了把凳子,辛远接过,坐下。

寂静无声。

"颜谁,还在青县吗?"打破这份沉默的是辛远。

汤一友低下了头。辛远注视着他的嘴唇,不语不动。这样的状态,在辛远看来,似会永远维持下去。但这幻觉仅仅维持了四五秒,那两片嘴唇翕动起来。

"她一直都在,不是吗?"昏暗的光线,将汤一友的表情也隐藏于后。

"我能见她吗?"辛远心头又生出希望。

汤一友缓缓摇了摇头。

"你的记忆不太好?"汤一友说。

"你为什么来这,为她吗,汤先生?"

"你又为什么来这,也为她吗?"汤一友的目光在昏黄室内闪烁着。

辛远下定了决心,说道:"这次的两万元,我会还你。"

"为什么要还我?"

"你不是为木手链来的。再说这次协议,是我叫你签的。"

"你既然分得这么清楚,"汤一友顿了顿,再开口,带着一丝冷笑,将了他一军,"那就还我四万。"

辛远瞠目结舌,室内又沉默了下来。

汤一友开了腔:"你现在根本无力还清这笔钱,没必要硬撑做好汉。"

辛远的脸,火烧般滚烫了,他挣扎了一下,问:"你需要有人开车吗?"

汤一友注视着眼前这个坐立不安的男人,迎着微光,清清楚楚看到他的无可奈何。这个三十有余的男人,还保持着一双清澈如水的眼睛。无数种内容隐藏在这双瞳仁后面,等人窥探似的。但无论你怎么窥探,你也看不出他到底是复杂,还是简单。

"协议照旧。"汤一友稳稳道,"但协议里的内容要更改?"

辛远抬起头来。

"不用再查木手链。我想知道,颜谁和你之间的事,从开始到结束。"汤一友果然说出了"颜谁"的名字。

"结束",汤一友用的是这个词。辛远心里叹息了,果然他和她之间,已是结束。

"她难道都没有告诉你?"辛远小心探问。

汤一友听了辛远这句话,眉毛动也不动,过了半晌,他才说道:"我想听听双方的意思。"

辛远更纳闷了,哪有外人这么想了解他人的恋爱过程?

"我不懂,你为什么要这么大动干戈?"

汤一友的眼神闪烁了一下,恍若颜谁的秘密通过眼睛能透露出来,他说:"因为,我不想让她伤心。"

"我让她伤心了吗?"

"我不知道,所以需要你自己查。"

话已至此,再逗留也无意义。辛远站了起来,准备离去。汤一友叫住了他,递给他了一张纸。

这是什么? 辛远犹疑地接了过来,纸上的内容显然是聊天内容。辛远一头雾水,他抬头想询问汤一友,后者示意他继续读下去。辛远硬着头皮看着那打印出来的文字。

21:00:47 曼陀罗花

你听说过不死之水吗?

21:00:50 猪头

没有。

21:01:14 曼陀罗花

　听说，世界上有一条"逆流河"。河流发源于海洋，逆流而上，止于高山，河流尽头就是"不死之水"。从古至今，不断有人出发去寻找，但从来没有人能够取回一滴半点。

21:02:50 猪头

　哪里看来的？

21:03:14 曼陀罗花

　搜索来的。喂，假设，我指假设……我如果不在了，你会不会去找这逆流河，帮我取不死之水？

21:06:14 曼陀罗花

　问你话呢？听见没？

21:06:17 猪头

　会！不过，不喜欢你这种假设。

21:06:19 曼陀罗花

　爱你！

21:06:23 猪头

　我也爱你！

21:07:19 曼陀罗花

　那现在就奖励你吧。

21:07:29 猪头

　什么？

21:07:44 曼陀罗花

　不死之水——～～～

　辛远倒吸了一口气，这些文字如一个重物，朝他兜头一击，所有的恍惚和疑惑，碎裂四溅。

　真有这个符号——"～～～"！

　而最无法理解的是自己的感觉，仿佛这些对话曾在哪个梦境里和谁重

192

复低吟过,每一字每一句,都是如此熟悉。他愣怔地思索之后,眼眶内竟有酸涩感。是的,这一定是自己和她的对话。他闭上眼睛,静静回想,等待记忆能随情绪汹涌地爆发。他极力思索,以为很快就能看见曙光了。但记忆根本不随情绪的流淌而流淌。

"你能找到不死之水吗?"汤一友的声音暗沉,像是从冥河边遥传而来,"为了她,你的记忆之河,能再逆流一次吗?"

叁拾玖

这一路是如何回去的,辛远已全然记不得。

他的肉身一直前行。而魂魄,却逆时而行了。他的心在激烈跳动,往昔寂然的日子已一去不复返,他已被不死之水引到了充满诱惑又暗不见底的旋涡里。就算汤一友不要求,他自己也会投身于此。虽然,某种波谲云诡的况味以相反的阻拦方式,随着吹动他的一阵阵逆向而行的热风,隐隐浮现。

等他恢复理性时,却发现自己已坐在爷爷对面。

爷爷窝在轮椅里,一直在睡,脑袋倾斜,打着鼾。他睡觉的样子,总是像个孩子。望着爷爷的睡相,原先莫名的焦虑渐渐消失,取而代之的是一种怜爱。不管他曾做错什么,不管他是一个怎样的罪人,他是自己的亲人,无可替代,又独一无二。

一个阴影走了过来,辛远抬头一看,是周阿姨,她拿着她的备忘录,用手指蘸了一下口水,翻着页面。辛远等着她告诉自己点什么。

她大概翻到了自己要说的那一页,看了片刻,放下本子,直直走到床旁的二斗二门小橱,从里面取出一只鼓鼓囊囊的信封来,递给辛远。

"这是?"辛远拆开一看,是一叠厚厚的钱。

"你爷爷让我给你的。他说你有些债,让你拿这些钱还了。"周阿姨解释。

"爷爷怎么还有钱?"辛远讶异地盯着手上这笔钱。

爷爷的呼噜声停了,随之缓缓睁开了眼,他恍惚了一阵,才逐渐明白自己身在何处。

"爷爷,这钱你哪里来的?"

爷爷重重呼吸了一下,刚醒来,吐字维艰。

"我攒下的。"爷爷摇了摇头,面露痛苦说,"爷爷没用,这是最后一笔钱了,给你留得太少了。你把它还给雇你的人,不要再找木手链了。"

辛远顿时明白了。爷爷脸上,痛苦正爬上了他的眉头,紧锁成一团。

"我……"辛远犹疑。

"不许再接……"爷爷猛咳,辛远赶紧上前,用手轻轻拍他的胸口。爷爷喘着气,断断续续地接了上面那句话,"这种活。"

"可是,我想找到颜谁。"

爷爷的咳嗽停了,他盯着辛远,眼眶下面有一片死影,隐含着不见底的悲哀。

"什么?"

"我和她可能有个什么误会,我想找到她,好好谈谈。我爱她。"

闻听此言的爷爷,有着核桃般深深褶皱的双眼闪现一丝微光,他摇摇头,说:"爱,没有错,但比你我想象得要脆弱。"

"我不懂,为什么你们所有人都在打哑谜,却不告诉我她为什么离开我?"

"这个话我曾问过你。去年你生了一场大病。在医院里,我问你,颜谁呢?"

"我怎么说?"

"迷迷糊糊的你,指了指你挂着的盐水,说盐水还有。"爷爷叹了口气,"这或许是菩萨对你的仁慈,孩子。"

辛远跌坐了下来。是的,所有人都告诉了他这个事实——是他自己忘记了颜谁。

"既然忘记，何必再记得。"爷爷叹了口气，缓缓说，"清醒的认识，比肉体上的病痛要难得多了。"

爷爷两片干枯嘴唇翕动了一下，却是无言。他的呼吸越来越沉重，脸上褶皱越来越深。那些褶皱是时间，把所有人所有事全褶了进去，深藏不露。

拿了那些钱，辛远抽了五千。

准备下楼时，只见周阿姨面露为难之色，从房里走了出来，又轻轻合上了房门。他停住脚步。

"怎么了，周阿姨？"

"辛远，同你说个事。"周阿姨支支吾吾的。

"周阿姨，工资我提前发给你了。"

周阿姨赶紧摆手，急急辩解："不是的，找你，不是为工资的事，是为你爷爷。我说句不该说的话，辛远，你爷爷老了。"

辛远懂得她所指的"老"的含义。

"你得给他准备准备了，免得将来乱了手脚。最最主要的是墓地，你买了吗？"

这个话题，其实不是很愿意听，会衍生很多联想。但命运迟早会送这一步到眼前，辛远控住了暗藏在心底的恐惧。

"你爷爷给你的钱，我看你还是先别去还债了。"周阿姨说道，"得先去买个墓地，现在墓地贵，最起码的都要两三万啊。你不早准备，将来会乱的，一定会乱的……"

后面的话，辛远没怎么听进去，他的手紧紧攥了攥那五千元纸币，远眺天空。这是一个暴雨未至的闷热午后，喷薄而出的阳光，使他觉得目眩。

而远远的天边，乌云正在堆积。

肆拾

章伟娟数也不数那五千元钱,随手将它扔在办公桌上,目光灼灼地注视着辛远。

或是为了遮盖年龄,她涂的粉越来越厚,唇色浮着一点红光,那双镶嵌在白粉间描了粗粗黑色眼线的眼睛,像透视般映照出他心中混乱。辛远悄悄把视线移开,佯作轻松地打量她的工作室。

工作室里没有大的改变,仍是那套真皮沙发,茶几上搁着一只水晶大烟灰缸。沙发后是青县地图和交通地图。沙发旁是几排文件柜,一只书报架里放着一本厚厚的青县通讯录及一些报纸。她的办公桌干净整洁,除了正常的办公用品,几乎没有任何女性化的摆设。不过近期多了一样——一只水晶瓶里搁着一束红色玫瑰,这束花不知放了多久,早已熬得枯萎焦干。

"上个月,我,我生日。"见辛远目光注意到了这瓶花,章伟娟几乎迫不及待地说。

她的笑,并非此情此景下该有的表情,更像排练数次后仍仓促上台的表演。他心领意会。这束花,多少挽回了她曾失去的从容。若说他的情爱是水,她则是一尾鱼,虽少了他的情爱,但供养她的其他水源,仍是会有。留着这瓶风干的花,就是为了证明。

"真好。"辛远柔和地笑了笑。

这自然不是她想要的答案。章伟娟脸色变了,原本微妙得意顿时化成满腔怒火。她取出玫瑰花,扔进了垃圾筒内。

电话响了,章伟娟一脸悻悻,拿起话筒,一旦同辛远以外的人说话,她像换个人,不再结巴,言语流利,有股子主导者的干练和自信。

"喂?哦,是你啊。"章伟娟冷然问道,"什么事?"

她瞄了一眼辛远。辛远见状背过身去，眼落到书报架时，心生一念，拿了报纸夹开始翻阅。

章伟娟听对方一番话后沉默了两秒，语气平缓地说道："你还是别找我了，这事，我帮不上忙。"

话筒那边传来对方模模糊糊的声音，大概有些心急，虽听不清对方说什么，但说得结结巴巴，语气里很是讨好。

"你平时从不交平事基金，现在车被扣了，我如果出手，我怎么对得起每月交钱的兄弟姐妹，我又怎么服众？你替我想想，我真没办法帮忙。你既然自立门户，今天就自求多福吧！"说完这句，章伟娟漠然挂了电话。

"用，用得着这么急吗？"章伟娟指着桌上那些钱，又恢复了结巴。

"已拖了很久了。"

"你，你一定要和我，和我分得这么清吗？"

辛远踌躇了一番，终究不知该如何作答。眼见桌上那几张被他翻乱的报纸，他想起刚生的念头。既是需要，也是岔开话题，他指着报纸问："伟娟姐，《青县日报》你有吗？"

"有，反正年年要，要你订，订这些东西也不，不知道有什么用？"

"去年的报纸还有吗？"

"应该仕。"

她打开一只文件柜，里面堆了好几叠厚厚的报纸，她伸手抱出一堆来，放在茶几上，全部都是去年的报纸，新得像昨日的。

"你要，要的话，全拿去好了。我这里废，废旧报刊太多了，到，到时候也是卖给收，收废品的。"

"我只要去年八月份的报纸就够了。"

"那还是你，你自己找吧。我从来，从来不看这东西。"

辛远很快找到一叠去年八月份的报纸，快速浏览了一遍。《青县日报》大部分都是写本地或国内的时政要闻，头版头条总是领导们视察工作或举办什么会议。一些民情民生类、文学类的基本可以忽略不看。占到一半以上版面的是商业广告，每天都有众多盛大登场的金融和房产广告。有几块

197

很小的区域,则留给了拍卖、开业、息业、变更公司等公告,偶尔还会有寻尸启示……这些报纸一般都报喜不报忧,就像值班报告中经常出现的四个字:天下太平。

辛远既忐忑又欣慰——没有看到他自己的名字或颜谁的名字。他的视线离开那一堆报纸,与章伟娟若有所思的眼神相遇。

"你,你还好吧?"她扬起一边眉毛,探寻的意味。

辛远糊里糊涂地应着。

"那你翻,翻这些报纸干什么?"

"我……看看工作,或别的。"

她竟不思其他,也不细想他这话里漏洞百出——他若诚心找工作,何必翻阅去年八月份的报纸?

这不是她关心的重点,或者是痴迷的女人,智商化成了零。她走了过来,坐到了他的身边,紧挨着他,眼光炽热。

"我说过,需要我,你,你随时都可以开口。你何必活,活得那么辛苦……"章伟娟与他咫尺之近,一缕香从她那边幽幽飘来。她说话时,她的呼吸吹拂而来。他战栗了一下,她的气味和着她的情爱,汇合成一股强大气场,迎面扑来。

在他的意志被气味给夺去之前,他的脑海中蹦出了三个字:

水粉香!

他顿时惊觉,宛若一个人得了睡眠障碍,在入梦前,无缘无故一个激灵,醒来。

差点,他就要在恍惚中伤害这个女人。他庆幸自己没有做出轻率举动。但辛远此时挪动一下身子,不论是接近,还是离开,都将是伤害。

手机铃声响了,救了处境尴尬的他。他连忙借机站起身来,打开手机接听。

"喂?"

一个高八度的声音劈头盖脸地从听筒那边传来,过了几秒,辛远才听清来电者是周阿姨。

"周阿姨,什么事?"他察觉到不对劲,周阿姨的声音里充满了惊慌,说得含糊不清。

"什么?"辛远终于听明白了对方的意思,脸色一变。大概意识到辛远的紧张,章伟娟不由自主地也跟着站了起来。

"什么时候?"辛远脸色煞白。

手机那边周阿姨气喘吁吁地又重复了一通。

"什么车,出租车吗?"

辛远的脸猝然失去了血色,他挂了机,茫然地呆立不动,然后,把脸转向章伟娟,说了五个字:"我爷爷丢了。"

"什么?"章伟娟以为自己听错了,"不是有,有保姆吗?"

原来,周阿姨每天傍晚买菜前,趁落日不毒,都会把爷爷带到楼下的树荫下,有时候留他独自在那接地气;有时候,让他与其他老人凑个热闹,一起聊聊天。而今天,她回来后却发现爷爷不见了。问遍了所有附近的老人,都说今天没和爷爷在一起聊家常。不过爷爷失踪前有一个目击者,是一个六岁的小孩子。小孩子说看到了坐轮椅的老爷爷上了一辆车。

"是,是什么车?"章伟娟也问他同样的问题,"是出租车还是我,我们的车?"

辛远摇了摇头,一阵恐惧感袭上了他的心头,他重复了周阿姨的回答:"那孩子还太小,说不清楚。"

辛远不知所措,没了主意,心慌意乱走到门前,欲径直离去,又仓促着回头,对章伟娟交代似的:"伟娟姐,我得找我爷爷去。"

"等等。"章伟娟喊住了辛远,把茶几上的报纸抱给他。

"我会,会通知所有开车的,的兄弟姐妹,让他们发布信息,信息出去。出租车那边,我直接找,找运营公司的头儿,让他通知他手下开,开车的兄弟们。"她脸上恢复了以往的镇定,话语间有着独当一面的力量,"只要爷爷上,上了车,不管是什,什么车,我们都能找得到。"

辛远被突发的消息扰乱了心智,他忘了章伟娟的能力。等她说完,他才笨拙地意识到——她在这座城里有四通八达的关系网。

她眼里含有关心的热度,语气却很冷静:"你回去,去附,附近好好找找。手,手机带着,等,等我消息!"

肆拾壹

人总得结朋交友。年幼有了竹马之交。喜爱热闹的年龄,总充斥着各种各样的酒肉朋友和点头之交。若遭逢不幸,有了患难之交已是人生大幸。洞察世相、人情冷暖后,渐渐懂得取舍,懂得看人,得几个莫逆之交,天光却短,不知不觉已近对方大限之日……真正能活到百岁的人,都要做孤家寡人的。

爷爷不喜与人多来往,或也是心中藏着秘密的缘故,朋友寥寥无几。他如今的去向,无从追踪,也无迹可寻,更没法向什么人去打听。

从惊慌失措的周阿姨口中,辛远渐渐悟到爷爷失踪并非是场意外——医生曾叮嘱爷爷,补钙最好的办法还是晒太阳和运动,当然对伤了腿的九旬老人而言,运动简直难如登天。而晒太阳一事,爷爷本人也不热衷,因为晒太阳最大的问题,便是会遇到一些聒噪的人,很难安静独处,爷爷虽和善,却也不想迎合敷衍。

这次,爷爷竟破天荒主动提出想晒太阳,这本就奇怪。并且周阿姨推他去银行取出了他最后的三万元钱,不,确切数目是三万零两百元钱。三万的整数已给了辛远,而余下的两百,一直放在爷爷床旁的二斗二门小橱里。这一次出门前,爷爷竟然也要求取出,放进他衣兜里。

周阿姨算忘性大的有心人,在辛远回家前,早已将这些事记录在备忘录里。

爷爷第一次主动要求下楼晒太阳也就罢了,晒个太阳为什么还要拿两百元钱?看来,他是有计划的:他在等周阿姨离去后,打一辆车,去一个谁也不知道的地方。

这是老人有计划的离家出走。

辛远徒劳地在四周找了几圈,天已暗,无获。他回到了自己房子,把手机放在了桌上。桌上有一堆从章伟娟那边拿来的报纸。

他想到在匆匆翻阅时看到的一则新闻:某名患老年失智的老人,在春节进城看亲戚,在半路中竟迷失方向,家人寻觅一月无果。等到来年开春,某农民上了山,在山上发现一具惨不忍睹的尸体。原来老人发病,误进了山,兜兜转转却怎么也下不了山,困在山中活活饿死、冻死。

报纸上的内容猝然跳进脑里,暗示成一份恐惧。他联想到在广场上茫然无助的老妇……

阳台上的迷迭香,幽幽传来了香气,像一张阴晦的网罩住了辛远,令人窒息。昏黄灯光下,一只小蜗牛沿着墙爬着,缓慢、孤独、噤默,它一对长长的触角,似感知到了辛远的目光,又缩了回去。

辛远低头握着手机。自从父母遇意外双双离世后,他总害怕,害怕命中第二个夜半电话,给他当头一击! 这份隐秘折磨,没遇到意外之痛的人无从体会。

手机一直静默着,辛远感应不到爷爷那边的世界,那扇门紧闭着。辛远在心里默默祈求:让那个·饱受折磨的灵魂,回家吧!

似感应到了他的祈求,信息铃声突然响了。不知是谁发来的信息,只写了两个字:凉亭。

隐隐的预感,支撑着他混淆惶乱的思维,浮到了眼前。

他没作犹豫,拿起车钥匙,冲了出去。

在看不到尽头的黑夜里,仓促赶夜路。凉亭,很快就在前方。

辛远熄了火下了车,直奔凉亭,一种难以言喻的不安袭上心头。

凉亭笼罩在黑魆魆中。在白天太阳和波光的相互反射下,它闪映金光,砖瓦间流泻着光芒,你会觉得它能永恒存在。而在夜间,这些光彩荡然无存,构筑的却是一份飘忽不定的空虚。

夜色让凉亭与周围融为一体,凉亭内阒无人影,爷爷并不在这里。而此刻,只能听到青湖的水声淙淙,却看不清流水波动的痕迹。一轮月亮仿佛随他心念生出,眼前亮了些。凉亭四周有青草和竹子包围,他凑过头去,细察了一下周边,什么人都没有,只有青草和湖水杂糅而成的气味,渲染出非人间之界的幽暗轮廓。

他缩回脖子,被一条突兀伸出的竹叶给刮了一下脸,有了隐疼感。

月影忽然又起了变化,似乎分裂成无数琉璃的碎片,映在水面上,像无数月光扩散在了湖面上。一阵奇怪声音,像从水底发出。辛远集中注意力细细看去,发现湖面的波纹不再是有规律的,而是变得紊乱无序。

仔细瞧着,更像是密集的网面,却仍看不清这网面的波纹有什么规律。只见水面上隐隐现现,水面好像凝成巨大翡翠,不,更像是彻底锈蚀的金属面,只是它不是凝固的,而在无声波动着。眼前这吊诡的景象,令辛远惊呆了!

一阵热风夹杂着一阵凉风,吹拂着辛远汗涔涔的躯体。

湖面上的这一层绿色,锈迹斑斑。

靠近岸边的水波微动,在那一瞬间,辛远本能地闭上了眼睛,仿佛有一双柔滑微凉的手,轻轻拂过他的身体。微腥而清凉的水草气充塞了感官。等他睁开眼睛时,他看到了她。

颜谁!

水打湿了她的头发,她琥珀色的眼睛更明亮。她的脸,宛如雨后月亮一般澄明。她立在水中间,凝望着他,眼睛里流出一串金色泪水。

他伸出手,幻影旋即消失。

啪,什么东西摔在了地上。

辛远睁开眼,只看到自己直直伸着的手。这时他才觉得自己脖子僵硬,四肢酸痛。原来不知何时,他竟趴在桌上糊里糊涂睡着了。循声望去,地上躺着的,正是他的手机。

还好,手机没有摔坏。他打开看了一下,一切照常。在放下手机时,他心念一动,打开收件箱查看。那条写着"凉亭"两字的短信,竟然找不到了。

天已大亮,屋内的灯还未关。在异样的微弱光晕里,他微微仰头,眼睛里映出两点灵动的亮光。她在他梦里的那一刻,神情是那么柔美,整个人笼罩在至清至澈的水中,但转瞬,光彩消失了。

但这个梦不是给他徒增惆怅的,它有着提示,一定是的,他坚信这点。

他转身离开自己的房间,去了爷爷那边。

整整一夜,爷爷还是没有回来!辛远的心,更忐忑了。

是的,辛远该去凉亭,梦已给了他提示。

那是爷爷唯一有可能会去的地方。无良的司机把爷爷一个人落在了那边,或者就是,爷爷像失智的老人,找不到回家的路。

他冲到卫生间,心不在焉地挤牙膏刷牙,又打开水龙头,捧起一把水,打湿了脸。骤然,一阵小刺痛,毫无防备地袭来。

他困惑地凑到镜子旁,愣住了,停下了所有动作,只是凝视着镜子里的自己——只见他的右脸颊上,有一道微小的新伤痕。

肆拾贰

去凉亭路上,明明灭灭的光线,流洒、翻滚在车玻璃上,如辛远的心情。

这是幻觉吗?夜半在凉亭遇见的呕水女人?录像带中忽明忽灭的身影?昨夜的一切……难道自己眼花,梦游,幻觉?

每个人眼中的世界都是不同的,人人都在选择有利于自己的。不论是虚妄还是现实,是唯物还是唯心。

这样一个一想让人发痴、一辩让人发疯的问题,多思无益。此刻他焦虑的是,自己昨天思前想后,竟然忘了搜寻凉亭。要不是梦的启示(也不知是不是梦),到了今天,他或许还是会遗漏此地。

这样一想,辛远不自觉踩足了油门,恨不得立即飞到凉亭。

可还未开足马力,刚转了一个弯,就差点与前面一辆车屁股相撞,辛远反应极快,匆忙踩刹车,才慢慢与前方车辆拉开了距离。

差点吓破了胆,再瞧前面那辆慢得不可思议的车,辛远又后怕又生气,刚想按一下喇叭以示警诫,放在喇叭上的手慢慢挪开了。

前面那辆出租车很眼熟,辛远仔细一看,原来是孙全的车。

辛远的怒火渐渐消了,他原想与之擦身而过时,按一下喇叭算是打个招呼,可定睛细瞧,孙全车内的副驾驶上也坐了一个人,看样子是个女人,应该就是吴昕。

看来,终究还是放不下,反复着聚散的戏。或许,孙全比他更有信念——至少,他要这个女人,他不轻易撒手!

俩人在讨论着什么。辛远缓缓跟在后面,保持了个距离,怕惊扰了他们的谈话。这里山路多弯,如果又有个莽撞家伙直扑而来,来不及刹车就糟糕了。凉亭也不远了,权当辛远他为他俩保驾护航一程吧!

果然,大概两人谈得激烈,孙全也不管后头是否有车跟着,猛地一个急刹车。庆幸,辛远早有防备。

他俩不太对劲。隔着两块玻璃,玻璃之间又隔着一段路,尽管视线模糊,但仍看得出孙全很激动。隐约中,孙全拿出了一包东西,几乎是挥舞着那包东西朝副驾驶吼。而吴昕保持着漠然的惯常态度,一动不动,像个坐在副驾驶上没有生气的人偶。

隔得这么远,都能嗅得到浓浓愤恨。

副驾驶那边的车门猛然打开,在这一瞬间,孙全车子发动了,激怒似的直冲向前,一改之前的温暾,像发狂一样地飙了起来。辛远惊呆了。吴昕反应算快,在孙全飙速时就拉上了车门。

"不好!"辛远盯着他们的车,有一种强烈的不安感。

刚开始有一样东西跌出了孙全他们的车窗,紧接着,一堆东西呼啦一下涌出了车窗。一时间,辛远以为自己又幻觉了——以为是一群来自地狱的蝙蝠从中飞了出来。其中一只朝辛远这边疾驰而来,贴住了车窗。

辛远盯着车玻璃上的东西,这不是蝙蝠颤动的翅膀,而是钞票。

空中,它们飘散着,光映在它们身上,浮现出一片明晃晃的光彩,四面八方,振翅欲飞般,胡乱地打着转、荡漾着,向辛远的车子冲来。

从不曾想过,这些纸币也能带来如此壮观而熠熠生辉的景色……辛远迷惘了,惊呆了。

等他回过神来,意识到发生了什么事时,理性让他大按喇叭。可孙全的车子根本没有要停下来的意思。他们一定不知道他们丢失了什么。辛远望着前方那失控的车子,不祥的预感,越来越浓重。

前方就是凉亭了。

辛远心急如焚,却又犹豫:不知该先去帮他俩捡钱,还是先跑去凉亭,去看一眼爷爷是否在。

他犹豫的瞬间,世界的轨迹开始改变。辛远眼睁睁望着孙全的车子,在短短几秒间彻底失控,先是撞了一下山壁,接着反弹似的冲向了凉亭……

发生得很突然,似乎只有几秒,快得令人无法做出任何判断。也几乎在那一刻,辛远恍惚以为自己视力出了问题,不敢相信这整个过程,事情就如此突兀地发生了。孙全的车子飞了起来,飞到了半空中,背着光,远远看去,像巨大金箭向凉亭飞射,像是要把凉亭上方的大树给一折为二。辛远在那时产生了错觉:仿佛那车子通体闪烁着光芒,会永久停留在空中。一阵异样的声音紧接而来,凉亭的椽断了一根,凉亭只一瞬的徒劳支撑,接着,哗啦啦,半边凉亭倒塌。而车,跌入了青湖张开的大口里。几只匍匐在凉亭翼角上的小鸟,受了惊,哀鸣着,猛烈地振动翅膀,逃上了天空。

辛远震惊了,他走下车,手脚发软,脑子里一片嗡嗡,像从内心深处飞出无数黑蝙蝠,将他包围在一片混沌中。他不知自己傻站了多久,渐渐地神智和视听从惊愕中恢复过来。他转头看后面,希望能有个共同亲历此事的目击者,和他一起面对眼前。但没有。一种巨大反差在此刻生成,先是惊天动地、山崩地裂,紧接着是寂静,死一般的寂静。

他跌跌撞撞走了过去,眼前是一堆凌乱的木柱和瓦砾,凉亭就像是一张被破了相的脸,荒诞丑陋地立着。他走过那一堆废墟,四周还飞舞着尘土灰烟,在光线下,刚才一瞬,就像此刻漂浮在虚无中的一缕微尘。

湖面上漂浮着散乱的叶,每片叶子上,沾满了尘土。它们在一圈圈扩散的涟漪中浮动着，像是见证了一出惨剧，仍有余悸。

　　看不见孙全的车子。辛远竭尽全力大喊着孙全和吴昕的名字。刹那间凉亭又是一倾，差点要崩塌。辛远从亭内跳了出来。凉亭嘎吱了几声，没倒，艰难地立住了。辛远喘着粗气，他渐渐恢复了清醒意识。

　　没有时间可以考虑了，湖底下的两条生命，刻不容缓！

　　当确切的想法在辛远脑海产生时，他没有犹豫，他鼓起勇气朝凉亭跑去，跃上石凳，只听凉亭又发出了反抗般的嘎吱一声。在发出声音的同一秒，辛远纵身跳了下去。

　　在他的身体接触到冰凉湖面前，如水波幻影，一些奇怪联想瞬间出现：早已忘记了的白瓷花盆突然跃入脑海，那幅冬日美人依窗图放大了一般，随眼中越来越放大的水波碎光，微妙地一起晃动着，接近着……跳动的光景随他身体触到水面那刻便消散了。辛远有种一脚踏空的感觉，迟迟未接触到坚硬地面，仿佛向无尽虚空坠落下去，而他的意识，也朝纷至沓来的一幅幅图跌落下去。水面有份平静的假象，一丝熟悉的恐惧感潜入心里。他为之一震，一股奇异力量朝他涌来，记忆裹挟着丢失的某个画面，朝他脑海奔涌而来……

　　他也是这般跃入碧色的水内……

　　他朝水底下沉去。

　　他能感到从指尖传来的，微妙而光滑的阻力。他不管不顾，拼命往下潜去，努力睁大眼睛寻找着，嘴角冒出一串串细碎泡沫。

　　他找寻着，与记忆中焦虑的情绪莫名重合，与情绪一起涌在四周，还有他口中呼出的气息，在水中蔓延出浅而透明的痕迹。

　　一双眼睛，从他身边一掠而过。辛远侧过头去，对上眼的，是缓缓靠过来的瞳孔——睁得大大的眼睛,琥珀色的瞳色,在水底,发着细碎的茶晶般光晕,而流转的中心却早已凝固了,再也不会流光溢彩,它永远沉没在水底暗影里。

辛远的内心猝然悲怆无边,几乎将要呛一口水时,他发现已成黛色的深水处,有一处突兀的暗青光泽。意识到自己可能看到了什么,辛远不禁凝神,注视那凝光的暗青色。果真,从暗影中出现的,正是孙全他们的车子!

辛远拼命朝车子方向游去。

隔着玻璃,他看到了孙全,他的左手软软地下垂,而右手却还奇异地挡在吴昕前面。二人各坐在自己的位置上,要不是脸上的血和伤,和这不见天日的水底,人易生出一份错觉,以为他俩只是在安眠。

辛远猝然有种很不好的感觉。他试图拉车门,但都打不开。他拍打着孙全的车窗,孙全像是昏昏沉睡,怎么唤也唤不醒似的。辛远游到吴昕那边,拼命拍打她那边的车窗,她和孙全一样,没有任何反应。

辛远心急如焚,心几乎快要跑到嗓子眼,而氧气已明显不足,肺快要炸开来似的,他无法再撑,这已是他的穷途,他只得放弃,往湖面游去。

为一口氧气,向上游去。

也是这种感觉,他一只手拉着颜谁,拼命往上游,力渐渐竭了,两边的肺疼得要命,他给自己鼓劲,加油,加油!他感觉得到,有眼泪在滑出他的眼眶,从眼里流出来的液体融入水里,看不清底色。

那些一直困扰他的记忆残片,一点点拼凑着画面。

辛远浮出了水面,他猛烈咳嗽着,像还阳的死者一样,大口呼吸大口喘息。他没有力气再回到水中,打败他的,不仅仅是体力,还有毫无温度的回忆。

他艰难地爬上了岸,弓着背,直不起腰来,就这么湿漉漉地待着。远处停了几辆车。有两个人,一动不动、目瞪口呆地望着颓倾的凉亭,以及如水鬼一样出现的辛远。

更远处,有一群人,奇异地活动着,蹲在地上疯狂地在做什么⋯⋯

他们忙着在地上捡钱。还有几个人为了手上的钱,扭成一团,辱骂厮打。

辛远对着那看着他发愣的人,用尽了最后一点力气,大喊道:"快救人!"

肆拾叁

孙全他们的车子被吊船打捞起时,青湖岸边已聚满了围观者。几个现场目击者指手画脚,争相向闻讯而来的记者们说着什么。

辛远身上的衣服已微干,身体冰凉而麻木,接受完警察的盘问后,一直呆愣在湖旁。

他眼睁睁望着车子捞出水面,目睹所有的施救过程,看着孙全和吴昕被装进了运尸袋里。装吴昕的尸袋在上车前,或许是没有拉上拉链,她的左手从袋子里无力地垂了下来,让辛远再一次,清清楚楚地看到了她左手背上的心形刺青。那颗"心"还依附在一具已无生命的躯体上,在黑色袋子的映衬下,这种明晰形状,随手轻轻摇晃了一下,像是最后道别。有人将她的手放回袋子。

辛远莫名想到,吴昕生前对他所说的最后一句话:如果有一天我疯了,请为我高兴,那证明我终于活着离开这个世界了。

她说此话时的口气和表情依稀还在眼前。在当时他就察觉到她莫名的厌世,她大概早就无心讨好这世界,那时他就隐约觉得有异样之感,没料到她会一语成谶,只是不是活着离开,而是永久地离开。死亡,总是猝不及防。

没人知道吴昕是怎么上了孙全的车,也不知他俩在车内进行着怎样的对话。哪怕跟在车子后面的辛远,虽早早觉察到不祥气息,但也只能眼睁睁地看着这一出悲剧发生。

这就是永别了，有些人，来不及说再见，便已永生不见。那个心形刺青……她一定是想同"那个人"说声再见。

辛远拨通了那个人的电话，没有铺垫，报了吴昕的死讯。

"汤一友吗？吴昕死了。"

对方沉默了几秒，像是没有反应过来，接着，听筒那边传来变了调的声音，问："你说什么？吴昕怎么了？"

辛远的声音像是卡了带的磁带，只是呆板地反复着。

"吴昕死了。"

长时间的沉默，这份沉默令人窒息。一份无以言喻的沉重，包裹着所有人，辛远蓦然觉得累，也不想再说什么，挂了电话。人群里的声音，就在耳边，却遥遥似天边，缥缈传来，渐渐将他唤醒。他们提到的一些话题，让辛远的腿迈不开步了。

"……凉亭这边准是犯了水厄。"

"这么大的一个青湖，哪怕年年有人落水淹死也算正常，有什么水厄不水厄的？"

"那你还知不知道很久以前沈家小姐沈月如的死？她的死，到现在也是个谜。"

"最近市里不是出了本书写她的故事吗？不是已经写得清清楚楚？"

"你把传说当成历史看，倒也是你的本事。就说去年的事了，也是盛夏吧，一个漂漂亮亮的小姑娘莫名其妙地死掉，你知不知道？"

"不是登了一段时间的认领启事，论坛上也在讨论这个事，谁不知道啊。听说是死在水里的。"

"她带着潜水设备，却出了故障，莫名死掉，尸体却在岸上。你想想，在水里死了的人，怎么能再爬到岸上来？对她的死因，当时谁也说不出个所以然啊。再说说今天，听说这两人开着车，这钱是从他们车里散出来的，可他们怎么不捡钱却还往前开车？无论你怎么想，都是邪门啊！"

"是自杀吧？"

"自杀就该直奔青湖,还用得着这撞一下那碰一下的？你以为玩碰碰车哪!"

"是有些奇怪。"

"所以说嘛,这里邪得很!"

路人们谈得兴味盎然,传来的一字一句都击中了辛远。如果可以选择,宁愿做有好奇心的路人,也不想做反复回味苦涩滋味的当局者。

他没得选择,只能在亡魂的故事中,一听再听。

手机响了。他像个简单的机器人,直接按下接听键,机械地把耳朵贴紧了,听筒传出来一个声音,不是汤一友,是很熟悉的女人声音——伟娟姐。

他心头一凛,从恍惚状态中清醒过来,突然想到已失踪了一天一夜的爷爷。

"伟娟姐,"辛远急问,"我爷爷找到了吗?"

"找,找到了。"

辛远的心,顿时一松,整个人差点瘫软了下来。

"本来昨晚就,就可以找到了,送你爷爷的人,就是,就是我手下的兄弟,我昨晚撒,撒网找人时,他刚好没上,上夜班,早早回家关,关机睡觉了,所以耽,耽误了一夜。"

辛远心神激荡,急急打断了伟娟的话。

"我爷爷在哪?"

"在四,四季码头,那边有,有一个废弃的工厂……"

挂下电话,辛远定了定神,凝望了一眼放孙全和吴昕尸体的车子,转过头,挤过喧嚣人群,急急奔向他的车子。

肆拾肆

辛远一路疾奔而去,也一路都在疑惑:爷爷为什么不去凉亭,却去了四季码头?

远远可看到开阔的河,岸边拴着一些船,停泊了好多年,从繁华到破败。所有破船像灰黑棺柩,一船与一船相连,恍若死寂的坟墓。时间久了,失去了生命骨血,四季码头漂浮着的只是一个荒芜的概念。

车子转了个弯,穿过一条长长的两旁都是芦苇的路,来到了一座废弃不用的旧工厂。灰色的墙垣式大门,荒无人迹,静悄悄的有一种说不出的凄凉和世事沧桑。

辛远下了车,正吃不准是否来对地方时,门里走出一个人。

建筑背光,来人笼罩在黑暗里,看不清五官,但模糊可见轮廓,有一脸络腮胡,差点把辛远惊着。那人渐渐走近了,辛远才看清对方的脸。

这是一张中年男人的脸,很陌生。

"喂,你干什么?"对方喉咙响亮,冲着辛远喊。

"我找人。"辛远说。

"找谁?"对方态度很不友善,防贼一样的口气。

"我爷爷。"

"你爷爷?"那男人皱着眉头,一脸怀疑。

"辛木。"辛远报出了爷爷的名字。

那男人一听爷爷名字,皱着的眉头松开了,朝辛远上下打量了一番,点点头,挥手示意辛远跟上。

一跨入,才知别有洞天。

工厂内很开阔,整个仓库内都是木家具,太师椅、八仙桌凳、柜头、梳妆

211

台、脸盆架、水桶、脚桶等。粗粗看去,似家具陈列室。窗户旁有着几排槅扇,鱼鳞形的云母片,光线透着格子,折射出绚烂色彩。光点斑斑,映照着精美家具,透出了浮世奢侈的安宁。

没想到破旧废弃的工厂里,藏着这等高贵雅致!

相对显得简陋的是一张大木桌,下有几截粗壮木头垫着,桌面上散乱着一堆工具,拉锯、尺子、刨子、锤子、锯子、墨斗等,原来大木桌是木匠的工作台。

最为显眼的,是工作台旁一艘大船,它雕工精细,但长宽比例失调,比起普通船来它不算太大,但在其他家具面前显得像个巨人,与周围比例协调的家具形成了强烈反差。爷爷正凝视着这艘奇怪木船出了神。

"爷爷?"辛远喊道。

爷爷转过脸来,见到辛远一脸惊讶。

两人面对面,瞠目对视。才一天一夜没见,爷爷的脸又老又憔悴,唯独一双眼睛,发着平日里不常见的光芒。而辛远在爷爷眼里,面色惨白,从死里刚走出来一般。

"你让我好找。"见爷爷无恙,辛远心头一松,随即忍不住抱怨,"你出去也不同我说一声。"

爷爷脸上流露出歉意:"原该同你说,怕你听了不高兴,就自己出来了。"

"你在这里干什么?"

爷爷舔了舔干瘪起皱的嘴唇,垂下目光,答:"我在准备自己的后事。"

"后事"两字特别刺耳,特别是辛远刚从凉亭过来,还未缓过魂来,再加上一天一夜的担心、受惊,糅合成不可承受的沉重,使得辛远喘不过气来。

——是啊,谁都曾以为未来会鲜花开遍,可一年又一年,生活变成了乱草满园。辛远心头明白,正是自己无能,导致老人不得不考虑自己的身后之事。

"你失踪一天一夜,就是为了准备自己的后事?"辛远眼红了。

"我不想让你操太多心。"

"那你把我当什么?我除了拿你的钱吸你的血食你的髓,爷爷,你说,我

212

还能为你干什么?"

辛远刚想走上前,他的手臂就被一股强有力的力量拽了回去,一看,是那中年男人。

"对我师父……"中年男人顿了顿,改词道,"对你爷爷说话客气点!"

"大木,他是急了。"爷爷出口阻止,他怕两人起冲突,颤巍巍地想站起来,可才站了一半,他就颓然摔在椅子上。

老人一脸悲戚,令这位名为大木的男人松开了手。

"你是谁?"辛远恢复了冷静,反问对方,"你是我爷爷什么人?"

"我是大木,你爷爷唯一的徒弟。"

辛远无法把爷爷和这屋子家具联系起来,更无法将大木和爷爷都归为木匠,他只觉得荒诞:"我怎么不知道?"

"谁能事事都知道,你又不是神!"大木说话尖刻。

辛远以前天天开车在外,在他印象中,爷爷每天在家里,做着他想象得到的事情。辛远从未想过,当他视线不及之处,爷爷会和什么样的人接触,是否还会有另外一种人生?无论亲疏远近,我们看到的每个人,如月球一般只显露一面,而背面的未知,超乎想象。

"辛远,"爷爷唤他,声音疲惫,言语之间却很有条理,"我觉得我这一程快终结了,这日子总得到来。我筹备这事,已筹备了大半辈子。你如果恨爷爷万事自作主张,我也能理解你。但既然你什么都看到了,那大木也用不着在我死后来解释这一切了。你能听听我的想法吗?"

情感的风暴抗拒这些话的入耳,但理性却让这风暴终止于平静。"我不想听这些。"辛远的心不停重复这句话,但他凝视着爷爷充满期望和哀伤的双眼,投降了。他隐忍的声音表面,再无烦躁,但也不带热忱,他问道:"您想怎么做?"

肆拾伍

回到家，爷爷令辛远点了香，又从汗衫左胸大口袋里摸出那张彼此都熟悉的塑封相片，放在香炉前。

如今，爷爷时时刻刻带着沈月如的遗像在身边，他已无所顾忌，是有情，也是赎罪。

香烟袅袅，萦绕着悲凉和惆怅。墙上挂着的是辛远奶奶的遗像，下面则是沈月如，有打破常态秩序的怪异，辛远望着两个女人的遗像，心里并不舒服。

"你先离开吧，我同她们说几句话。"爷爷说。

辛远巴不得。他走了出去，把房门悄悄合上，把爷爷和她们的世界关在其中。

回到自己的房子，辛远疾步走到阳台上，捧起白瓷花盆，他想细看，迷迭香的枝叶却始终遮着他的视线。他突然一把倒出了盆里的迷迭香和泥土，单剩下光秃秃的花盆。没有碍眼的花草，视线变得清晰了。

他凑近了，白瓷上的暗刻，那美女、窗等其他图案在他眼里仿佛渐渐淡去，唯独只剩美人手上的物件，像是要浮出瓷面，在辛远眼里，无限放大。记忆容易模糊，实物变成抽象，可如今，记忆中的齿轮暗合，拼图渐显出全貌轮廓。某段过去，从遥远之地，轰隆隆而来，辛远犹感一阵暴击。

花盆从他手上滑落，哐当一声，碎成几片。其中一片碎片，顽固地摇晃着，以为它会永远这样摇晃下去，忽然间，一片死静。

那一瓷片上，暗刻着的格子和网眼清晰入目，它的存在，就同鬼魂存在一样可怖。

——手炉！

他像被蜇了一样，从地上弹跳了起来，奔扑到那堆报纸上，慌乱而迅速地查翻着,他找到了八月份的,莫名的熟门熟路、准确无误地朝某个版面看去,那一块曾是他忽略的认领启事,上面写着:"八月×日,凉亭青湖边发现一溺水女尸,随带简易潜水设备,年纪在 20—25 岁,身高 165 厘米左右,长发,不烫不染,左手有疤,身穿……"

辛远紧捏报纸,冷汗涔涔,全身虚脱,跌倒在地上。

难道,真不在了?

天同他开了个大玩笑,他再度爱上的爱人,难道早已是一个亡魂?他不信。

他们的情感走入了一个循环,终止时又生情,而生情时却早已终止。他沉湎于情欲中,明知不可挽回,却又想让记忆逆流一次,重新上路。情感之路,没有终结,却有轮回?

不死之水～～～!

辛远想到了汤一友给他看的那张纸,那是电脑上的聊天记录。像垂死之人捞到了一块浮木,他冲到电脑前,开机,屏幕亮了,他的手颤动着,光标也随之颤抖。他在桌面上寻找,右手食指随时做好了按下去的准备。奇怪了,早前被他忽视的聊天工具,竟然没有了!

他搜寻了好几遍,无望地放弃。

——一定是有人删除了它。

原本想找到聊天工具来查找以前的聊天记录,但它的消失,让这段时间永远被隔离了开来。他无法跨越,只能看它被沉睡的记忆偷去。

他迅速拨通了汪犹衣的电话,一接通便劈头问她:"是你做的吗?"

"什么?"汪犹衣一时没转过弯来。

"你删除了我的聊天工具?"

那头沉默了。

"为什么?"辛远咬着牙问,"是你做的,还是我爷爷要你做的?"

"辛远,我们都希望你好好的。"

"删除了聊天记录就能让我好好的?"

汪犹衣停顿了一下,用肯定的语气说:"是。"

"你太狠了!"辛远一字一字从牙缝中挤出来,浸着恨,也透着绝望。

电话那头沉默了几秒,汪犹衣的声音再度出现时,透着疲惫:"当你指指你挂着的盐水,说'盐水还有',我们就都明白了,这是你自己的选择,是你自己不要了这段记忆。"

"不可能,我只想要颜谁,想要和她的过去……"辛远声音嘶哑。

汪犹衣缄口不言了,她伤害了他,而他这样的话,亦是惩罚。

"可颜谁回不来了。"

电话挂断了。

彼此没有说再见。但电话两端的人都明白,这次的谈话,已是真正的再见。

不用面对面,他也能看到汪犹衣的神情,她佯装镇静,但鼻腔发出的声音暴露出泪水的充溢。汪犹衣对他太好,但她对他所犯的罪更多,她伙同爷爷让颜谁从辛远生命中彻底消失。为辛远好——两个同谋者连口径也都统一。想到这里,辛远不寒而栗。

辛远再也控制不住,他换了鞋,准备再次返回爷爷房子。

换小熊拖鞋时,注视小熊的眼瞳,一黑一白,两个世界。辛远的指尖在触到它的时候,像是有烙着的灼热,从指尖到心里,一阵刺痛。

颜谁留下的痕迹仍在,而人,却已不知去处。

香气氤氲于室内,清雅而幽怨,像是寂寥心事,持久萦绕在人的鼻息下、人的思绪中。

爷爷仍坐在轮椅上,坐在黑暗中,望着沈月如的遗像。

"颜谁还活着吗?告诉我……"辛远看着他的背影,用乞求的口吻问道,"把所有你知道的,都告诉我。"

爷爷叹了口气。

"你为什么想要刨根究底?"

"爷爷,你比谁都清楚——如果爱一个人,刻骨铭心地爱,时光也难以抹去爱的记忆。"

"所以我羡慕你,能失去这份记忆。"

"失去记忆,难道比失去爱要好?"

"如果现在问我,想要什么样的爱人,"爷爷伸出一只手来,颤抖着指着遗像里的沈月如,"我会说:'有她,我就很满足了。'可是,事实上,七十年前的我还不够满足,当时那一瞬间,我到底要什么,我一辈子都不明白。"

爷爷转过眼来,心疼地凝视着辛远:"你更不会明白,你付出的代价,你能承受多少。"

辛远突然胆怯了,从爷爷表情上他读出了一份无力承受的痛苦。

爷爷抬起头,望着沈月如的照片。在那张泛黄的老照片里,沈月如的容颜依旧光华,如石水安的人生初见。

还魂香

无论是附在水粉香中的鬼,还是拥有沉水香的人,听说有一样东西,能让人鬼同贪。

——还魂香!能让死尸闻香而活的灵物。

上穷碧落卜黄泉,逆流而上,逆天而行,还魂香有多难?难于上青天!

有心人说:难,有什么好怕。譬如参拜一个神话。神话有时也是场戏。功德圆满,赐你就赐你,不就一支还魂香吗?

有了还魂香,它在泥泞沼泽地里升腾,飘飘忽忽,一点点向上,它用的是轻荡荡的姿态,迫使负重的魂重生一场,明灭着阴火,磕磕绊绊,尝试走一趟生命重开。

可万物错布,不怕阴魂未散,不怕情缘未尽,不怕痴心不死,就怕还魂香尽人未还。

要忘,容易。

身后百年之经过,终一定会奔去喝那碗免费的孟婆汤的。

要回来,难。

就算回来,怕只怕,得的是一具放下前缘的冷骷髅壳,那灵与凡胎之间的罅隙,填满一身的记忆,依旧滞留在焦土瓦砾的望乡台。一来一去,才明白,忘是恩赐,记才是惩罚。

没有完整的愈合。如此靠近,不如疏离。

梦醒了!

原来仍是俗梦一缕、痴缠引路的迷迭香。

哪有什么还魂香,只是一个谣传罢了。

燃尽万香,聊以慰藉,仅此而已。

肆拾陆

远处,灰色楼房的上空压着一团乌云,如一朵黑雾之花。

熄了火,辛远的手抚上放在副驾驶上的一只大信封,那里装着两万元的现金。他拿着它下了车,走进矗立在眼前的一栋公寓楼,跨上松动的楼梯,视野变窄变暗了。

他的脚所引向的地方,或许是真相源头。不死之水,不死的是记忆,在这河流中,逐流的是人自己,驱动的能量是情,有情便有劫,化与不化,看各人业报。

情海浮沉。生情时,身不由己。情灭时,覆水难收。

这股不死之水的力量,总会冲他到这里,早晚而已。

"颜谁是不是不在了?"

把那封钱放在桌子上,辛远抬头问汤一友,汤一友的脸色不好看,他没有回答辛远的问题,反问:"吴昕怎么死的?"

辛远将孙全跟踪吴昕一事说了一遍,也没隐瞒自己跟踪吴昕一事。汤一友的脸色始终很难看,却无悲痛无哀伤,他的态度,令辛远有些失望。

"她是为了你,被孙全误会,才造成这大祸。"

汤一友脸色黯淡:"我不知道我和她的碰头,会成为导火索。"

"除此以外,你就……不难过?"

"萍水相逢,却胜亲友,自然难过。"汤一友话语一转,"但这路,对她或许是解脱。"

辛远简直不敢相信自己的耳朵,他惊讶地望着汤一友,说不出一字来。

"她早就在地狱。"汤一友语气低沉,"她沦落风尘只为了解脱,可她犯了五戒,怎能真正解脱?"

没想到,汤一友也提到五戒。辛远想起了吴昕曾说过五戒,他冲口问:"哪五戒?"

"戒杀生,戒饮酒,戒口是心非,戒偷盗,戒淫色。"汤一友说,"在风月场所,日日陪酒是常事,口是心非是她们的保护。她来到你家,偷了爷爷藏着的东西。这样算来,除了杀生,她每一条都算犯过了。孙全或许是她的拯救者,可惜……"

事到如今,汤一友竟然还认定孙全是吴昕最合适的对象? 他真是枉费了吴昕对他的一片痴情。辛远想到这里,感到一阵心寒。

"她时时刻刻将教义挂在嘴上,自然是受了心爱的人的影响。"辛远替吴昕生出哀切之情,凝视着汤一友叹了口气。

"你以为,她爱的人是我?"

"难道不是吗?"

汤一友呵呵一笑。

"请把你的手给我看看。"辛远说。

汤一友没有思虑,伸出细瘦的双手,凑到辛远跟前。辛远仔细一看,一双手正反两面,干净完好,没有旧疤。

"不用找了。"汤一友大致明白了辛远的意图,一语点破,"她爱的人,也是我爱的人。"

辛远的身躯微震,他抬起头。汤一友的目光中有一瞬飞起的哀伤。

"也是你爱的人。"

"颜谁?"辛远瞪大了眼,"吴昕爱的,是颜谁?"

汤一友缓缓点头。

"颜谁来青县,与吴昕合租,就在这里。"汤一友环视周围,颜谁两字从他口中唤出,语气轻柔如水,"吴昕被一个男人纠缠过,那男人酒醉时,甚至拿着酒瓶上门来找吴昕,言语不投时,曾想拿酒瓶砸吴昕,出来替吴昕挡这一下的是颜谁。颜谁的手很美,见过的人都说凭她的手可以做个手模,但为了吴昕,她的左手背上留了一个疤。"

"所以吴昕在她手的同部位,文了一个心形刺青?"

"爱上同性的苦,异性恋的人无法体会。而单相思,更是苦上加苦。"

陷在爱欲中的吴昕,怀揣心事,忍过一天是一天。她清醒,却又不得不自欺欺人。辛远此刻才恍然大悟,原先吴昕所表现出来的洒脱中,为何有一股颓伤之美。对于恋之无望的人而言,寂寞黯然已无意义,索性纵情纸醉金迷酒池肉林,麻痹一天算一天。

"你也爱颜谁?"

"我和颜谁,彼此爱对方。但不是世人以为的那种,它比亲情少一些,比友情多一些。你一定无法理解。"

辛远没说话,内心却在否定着汤一友对他的定论——他怎么会无法理解?这就是辛远他对汪犹衣的感觉,如兄妹,如朋友,如亲人……

"我和她很早就在国外,我们父母都希望我们是一对。我们是一对,却不是亲密爱人,是一对闺中密友。我父母工作忙碌,做小孩子总无聊,就常玩捕鸟杀鸟的游戏。可每一次,大人都会痛责。颜谁从小就聪明,她总替我顶罪。直到有一天,我看到为了这事她父母在打她,我才停了手,不再捕鸟。"汤一友落寞地笑了一笑,意识到自己把话题给扯远了,"她毕业后,想在找工作前回国一趟,她来了青县。起初,她说过一月就回。后来,她说想要留半年。再后来,她只敢偷偷对我说,她想留在青县,留一辈子。你和她的事,我一开始就知道。特别是她电脑上的聊天工具,你们之间的对话,让我了解得更多，比如不死之水，比如迷迭香，比如小熊拖鞋上的眼白。但到了后来……"汤一友突然住了口，不再继续。

"后来什么?"辛远望着他，眼神里带着迫切。

"那你得先告诉我，她下水去干什么?"

"她下水去干什么?"辛远沉思着，重复了一遍。

汤一友沉默了片刻，讽刺地笑了。

"说来说去，我们还是不信对方。"

"不。"辛远苦恼，"是我的记忆出了问题。"

"我曾经怀疑过你。伪装成一个普通客人的身份上你的车，请你看过她的相片，从你的神情中看得出，她对你而言是个陌生人。我正式以汤一友的身份接触你的第一天，我们在凉亭，你睡着了，我给你做了一个小小的催眠术，我知道水里所发生的事情，也明白你的记忆到底怎么了。"

汤一友的话令辛远不寒而栗，没想到自己与汤一友第一天接触，自己曾在凉亭小憩片刻，竟是被人给催眠了!那么，原先被跟踪的感觉，以及那双板鞋，大概也都不是他的错觉。他突然生出一丝希望:或许颜谁她还好好的，还在青县，是她让汤一友跟踪他，看看他是否改变。毕竟，在凉亭边，他最后还是负了她。

"跟踪你的是吴昕。"汤一友叹了口气，"我们想知道你们下水去干什么?至于吴昕租你房子，更多是为了接近你，她对你，有恨，有厌恶，有好奇。"

大概吴昕一次次对他的接近，都是在假想着颜谁的感受。

"我也想知道我们为什么要下水?"辛远嗫嚅。

汤一友气馁，一时半会默默无言。

"颜谁告诉我，她爱上了你，不能回去。她说你爷爷得了慢性肺气病，需要大量的医药费，所以她和你，要准备一个大计划。从此我再也没有她的消息，直到闻讯赶来。"

为了爷爷的慢性肺气病?

一瞬间，医生之前对爷爷这病所下的"早已存在并且断不了根"的结论，爷爷不肯治病的坚定而怪异的态度……所有的前因后果全串了起来，辛远的心,忽然被狠狠抽了一下。

辛远眼前仿佛再度出现了幽幽暗暗的无常水域,从他每个毛孔中散发出一种类似寒冷的悔恨,周边空气渐渐变了……

湖水之下,圆柱状的亮光穿透水,直直倾泻在她的脸上。水色与天光,变幻着刺眼的颜色,但是,那双眼睛,那双有着琥珀颜色和茶晶光泽的眼睛,熠熠如琉璃的温柔眼睛,却一眨不眨。

她的潜水设备已停止工作,原本升腾在她脸庞旁的咕嘟咕嘟的小气泡,早已消失了。

他向那光线游过去,他拉住了她的手,把自己的呼吸器给了她,然后拉住她,沿着澄澈光线照亮的轨迹,拼命往上划动。

他似乎能听到自己胸腔里发出的声音,像极了一个人哭泣的声音,可能是他的肺在撕裂。而清透如镜的水面下,偶尔擦肩而过的鱼儿们是那么安静。视角膜像是充了血,看头顶的太阳越来越近,颜色越来越红,红得刺眼。水底里游荡着的两条躯体穿梭于碧绿水草与淡红水光之间。他拽着一只死亡之手,突然从湖面上蹿起。

盛夏阳光、水面摇动的光波,在辛远的瞳孔中,一闪而没。

"上岸以后,我以为已经回天无力。我犯了一个天大的错,将她独自留在了凉亭那边。我怕自己怎么也解释不清,怕被公安局认定我是杀人犯。"说完这几个字,他哽咽了一下,带着赤裸裸的羞惭,无法再说下去。

"你可能不知道,她有哮喘。"汤一友说,口气里带着憎恨,"我不怪你不知她的病情就带她入水,但我怪你竟做了逃兵,让她一人孤零零躺在凉亭。"

辛远不说话,但他的肺在颤抖,他明白了,自己为什么会戒烟。

是的,不怪爷爷不肯告诉他这一切,他说得对,失忆是解脱。辛远无法原谅自己当时的懦弱,了解到真相的窘境,悲哀的力量宛若用冰寒住了他生命的温度。

"告诉我,你们带着简易潜水装备,去青湖潜水干什么?"汤一友厉声再问。

辛远怀揣着一丝明知不可能的希望，重复问："颜谁没事对吗？"

汤一友没说话，只是瞥了一眼旁边的一扇门，从那门里透出雾一般朦胧光晕。

——颜谁在里面？

想到这点，辛远又惊又喜，不待汤一友反应过来，他已冲进了那扇门里。

室内没有别的装置，只有一张桌子，上面摆放着迷迭香、水果和点燃的白蜡烛，香炉上插着三支清香，烟雾缭绕着一张相片，那是一张黑白的、面带微笑的照片，显然是遗像。

颜谁的遗像！

亡人面庞上，流着光辉。这等异常颜色下，她的笑依旧澄澈洁明。辛远找了爱侣这么久，虽然心里猜出了大半，可是所有残存的不信，所有纠结的来回，只因心存侥幸。

她嘴角的微笑，灼着他的眼。眼前的光晕黯然了，只有阴影，压得人透不过气的死亡气息。

"我当时闻讯赶来……"汤一友顿了顿，残忍地说了下去，"是为了认她的尸。"

这一刻，记忆碎片纷至沓来，拼凑出的，是现实的真相，还是虚妄，他无力再细分。她的笑，她的言语，她的情书，将他团团包围。

"信，她写给我的信。"这是辛远认定颜谁还活着的唯一理由，此刻，说这几个字，他虚脱如大病一场，真气耗尽。

"她写给你的信。"汤一友说，"都是从她的聊天记录里抄的。那些，都是她写给你的。一字一句，都算得上出自她的手。很多，都是吴昕帮忙送去的。"

"最后一封信？"辛远望着他，充满希冀，"写着'我等你'三个字的信，吴昕在我家里，不可能送。"

"是我送来的。"汤一友残忍地剥夺了辛远最后一点希望。

"不懂，我一点也不懂。"辛远木然地摇着头。

"第一封信，正是吴昕跟踪你的时候，她看到你似乎是梦游，在你爷爷躺的病床上刻下了不死之水的符号，根据聊天记录，我们决定出手，一点点刺激你的记忆……"

这是辛远第一次听说自己或许有梦游症，他突然想到自己脸上的伤痕，还有经常错以为大汗淋漓的头发。

所有的信，都是从辛远和颜谁的聊天内容中提取出来的：

第二封，聊天内容中有迷迭香，有那盆花的图片，辛远和颜谁都提到了应景。应什么景却没明说，汤一友和吴昕直觉这是一条重要线索。

第三封，吴昕跟踪辛远时，看到他送一名失忆老太太回家，路途中停车买水给她喝。吴昕看到了辛远在递水那一秒的表情——那是想到了什么的表情。

第四封，汤一友冒险一试，截取了颜谁照片的一半，来告知辛远世上真有木手链的存在。至于辛远爷爷发病后，辛远联系汤一友的速度之快，出乎汤一友的意料。

第五封，吴昕留意到，辛远家拖鞋上没有颜谁涂抹过的白色指甲油。

第六封，其实一直在汤一友口袋里，可寄，亦可不寄。吴昕和辛远每一次见面，吴昕几乎都会开着手机，让汤一友能听到他们的对话。那一次，汤一友听出了，辛远已怀疑吴昕和那些信之间有什么关联。索性，汤一友前去将信插在辛远家门口。

"是为了解她的困?"辛远不信，问，"可那些笔迹，不是吴昕的。"

"花都里随便找个女孩子代笔就行。"

"我们以为这些信会有效果，没想到，还是吴昕之死，才让你完完全全想起。"汤一友黯然。

错了，如果不是这些信，辛远知道自己依旧还会过着懵懂无知的失忆生活。

几乎所有的死结，都一一解开了。汤一友审视着辛远，自己长长的解说已经结束，现在只静等辛远的答案。

望着颜谁的遗像，眼泪在辛远眼中闪光，他声音嘶哑，开口道："你知道沈月如的故事吗?"

汤一友盯着他,微微点了点头。

"你知道沈月如已到了凉亭,她重返家里是去拿什么吗?"

汤一友眼露困惑。

辛远带着绝望的情绪,说道:"沈月如回去,是拿一只暖手铜炉,一只盛满了黄金的铜炉。"他惨笑着:"我和颜谁,为了能在一起,为了让爷爷能有钱治慢性肺气病,潜水到青湖,就是为了去打捞那只他妈的铜手炉!"

啪! 一支绕圈打结的香灰,毫无征兆地轻轻掉落下来。

香,直钻人心……

"我"之五

我曾以为,过去,如今,未来,都如流水,会一去不复返。

渐渐才觉得不对劲。

看人生八苦,哪一样不是在重复循环。再看春夏秋冬,大自然早已用它的方式来启示我们。

走了一圈,以为到达了目的地,却不料又回到了起点。

若说心念是根,行为是花,结局是果,我们努力逃离,却逃不过自己的心念。

车子爆胎后在凉亭遇见的女人,还有录像里惨淡、阴恻恻的背影,还有那些梦,以及梦游中的符号和脸上的伤痕,它们原来都是自己的心念,在一遍遍提示自己,似幻不幻,似真不真,真相融在其中,看自己如何辨识。

梦,幻,都是提示。若不醒悟,它会周而复始,生生不息。

就如现在楼下的这阵风,来来去去,不管它如何改变形状,风依旧是风。就如现在手上的矿泉水,我喝它解口渴,拿它浇脸解热,送空瓶去垃圾筒,从无改变,重复循环。

我终于懂得,难料的不是世事,而是自己的心……

从来没有这么做过,在别人墙上撒尿。或许,这感觉也不错!反正早就领受了冤枉和非议。

灯影分外明亮,潮湿水气濡湿了燥热墙皮,白墙浇出了暗灰斑驳的图案,一股尿臊气在暗夜中盛放。

心中带着莫名痛快感,我上了楼,黑暗中行动自如,默数台阶,先11阶,再7阶,转弯,再11阶……到了家门口,摸出钥匙时,犹豫了一下,转头,摸到另一只钥匙,打开对面房门。

扑面而来的,依旧是这股令人安心的气味。

我聆听躺在床上的人的呼吸。他的呼吸其实一直不算正常,一呼一吸,像拉风箱,时而急促,时而缓慢。我心里暗想:还是得去医院。

原本想离开,可今晚不知为何,一股说不上来的乏倦,令我没走,坐在他的轮椅上,懒懒不动。对面墙上那两张遗像,在光影半掩中显出模糊轮廓,迷离而诡异。

"辛远?"躺在床上的爷爷含含糊糊地问了一声。

"是我。"我应了一声,像安慰孩子的口吻,"我陪你。睡吧!"

爷爷半梦半醒中,像梦话般地问道:"辛远,我身体里的钢板,什么时候拿掉?"

"不拿掉了,爷爷,就让它在你身体里吧。"

"我怕它生锈,怕它有锈色……"爷爷的声音有些萎靡瘫软,似已神游天外的梦呓。

"嘘,别多想,睡吧。"我轻轻地说了一句,带着催眠般的功效,"睡吧。"

"嗯。"睡梦中的爷爷从喉咙里应了一声,低低而沉重,似回应,更似叹息。

坐着坐着,听着爷爷的呼吸声,我的脚在轮椅旁舒展着,似安心无边。最后,不知是谁先睡着?在这困倦的夜里,把自己服帖地交给了睡眠。

隐隐约约之间,仿佛躺在水面上,耳边有波浪在翻腾……

这一夜,无梦。

好久没睡这样一个好觉了。

曦光从窗外射到了辛远身上,他睁开眼,伸臂,一个大大的懒腰,全身关节,和着轮椅,发出咯咯声。

自己竟然就这样睡了一夜,辛远环视四周,发现今天爷爷竟然还没醒来。辛远轻轻地从轮椅上站了起来,放慢脚步,希望不要将爷爷惊醒。

在打开房门时,辛远觉得不对,屏住呼吸,仔细倾听。爷爷的呼吸声,似乎很微弱。不,这微弱的呼吸声来自自己,属于爷爷的、自己已经听习惯的奇特节奏,那一呼一吸,特有循环的气息,似乎消失了。

静得无声无息。

辛远的心一怔,陡然生出不祥之感,他又折了回去,来到了床前。

窗外有什么东西飞过,扑棱棱,没见到它的形,只是一片阴影掠过,挡住了光。在这一瞬间,辛远猝然想到,那天,他和爷爷从废弃工厂里出来时,爷爷望着眼前荒地上长出的一片洁白芦苇,在风的吹动下,如波涛汹涌。在芦苇中间,有一只站在芦苇枝上的鸟,一起一伏,随风吹拂。坐在轮椅上的爷爷,风中的白发让他显得尤为苍老,老人久久地望着那只鸟儿,眼神里秘藏着无法断绝尘事的哀伤,说了一句话:"我这一生,从没像这只鸟一样,得到眼前所拥有的自由。"

一束光,又回来了,挡住了辛远下探的目光,一阵刺痛,似短暂的一道黑暗。

辛远闭了闭眼,重新睁开,看清了爷爷的脸。

爷爷合拢双眼,紧闭着嘴,像初生的孩子那样无悲无喜,他宛如一支再也不会发出声音的空苇,苍白、脆弱、枯槁、干瘪,那让他一生念念不忘,在梦

227

中、在醒时都怀着忏悔的哀痛,已然不见。他在此刻,更像一个等候启碇的旅客,经过一夜筋疲力尽的行程,到达了不可知的彼岸。

爷爷已永远沉睡。

肆拾捌

凉亭的颓壁残垣上方有朵绯红的云,随暮色焕发出最后曜煜。青湖水面,已投下晚霞的浓重阴影。

大木划着那艘怪异木船,早已等候在此。

虽然周阿姨表态要来送爷爷一程,但在辛远付周阿姨工资时,发现原本该剩下的三十张百元纸币,不知为何只有二十九张。等候辛远发工资的周阿姨,脸色越来越不自然,辛远心中便也知晓,没多说什么,只是付了钱,仍道一声辛苦,让她安然离开,不必再尽工资外的人情。

汤一友得知后也跑来帮忙。爷爷房里的黑褐色木床,辛远和汤一友拆了,通过大木的巧手安装,木床与大船拼装为一体,丝毫不差,严丝合缝。

爷爷说过的:一生在世,半世在床。

他希望自己死的时候,能躺在这张床上,在凉亭青湖上,能和沈月如冥河一聚。这是爷爷筹备了大半辈子的计划,也是他当着大木的面,对辛远交代的身后事。

大木大概是第一次见到爷爷的木床,初见木床他满脸惊诧,他用粗壮的手小心地抚摸了一下床,问:"你们看得出这张床的来头吗?"

辛远木然地摇了摇头。

"凑近闻闻。"大木说。

汤一友凑近了闻了一下,床散发出略带些药味的香气,这股清凉香甜的气味,令鼻子舒服、心亦安然。

"有一种木料，市面上少有大材，更别说看得到用它打造的大件物品。这种木料叫沉水香，它的价格很贵。用沉水香做成的床，价值更是无法估算。师父以前对我说过，他早逝的爱人非常喜欢沉水香，很想拥有一张沉水香的大床。我当时也就听听算了，从不信会有这样一张床。今天看来，真有这床，而且他早准备了。"

见多识广的汤一友也大吃一惊，他重新打量眼前这张貌似普通的木床，但仍看不出所以然，唯一特别处在于整张木床属榫卯结构，闩缝对榫，无一钉一铆。

"看过这张床的构造，我知道，师父对我还是有所保留。"大木有点黯然，眼神里的内容十分复杂，"烧掉这张床，太可惜了。"说这句话时，大木看了一眼辛远。

他俩的话，辛远似听非听，他偶尔转头望着伟娟姐借来的殡仪车，那车正孤零零地停在路旁。车子里躺着爷爷。

日暮下有昏鸦凄厉地叫了一声。尘烟蔓草中，湖面渐渐变黑，显得宽阔。船床随波涛上下飘荡着。

辛远久久望着，看不出他在想什么。过了半晌，他突然闭住眼睛，挥了一下手，声音坚定而沙哑。

"给爷爷上船！"

在场的人愣神片刻。大木第一个反应过来，点了点头，朝殡仪车走去。

夏日傍晚，爷爷躺在床上，随船晃动着，他脸上已是毫无生气的死灰色，消瘦侧影显得特别孤独，他胸口口袋里有沈月如的遗像，一起被静静放入他自己指定的"墓穴"——这张临终之床，一开始为了沈月如打造的床。他活着，却躺了一生的墓穴，一座世上最离奇最昂贵最独一无二的墓。

他依附一座墓才存于世。

此刻，爷爷是否得到了自己失去的东西？这只有死去的爷爷自己知晓了。每个人找寻的过程，只有每个人自己知道。不到临终的那一刻，你永远不会清楚明了，自己曾得到过什么，失去过什么。

看爷爷最后一面,曾经柔软的眉眼如今已经变冷变硬,那只给幼年辛远抚拍过背、助辛远入睡的手,手心的温度也已消失。唯一的亲人,唯一的温暖。从此,辛远,真是孤零零一个了。想到这,一股难言的悲伤涌上心头。

是该道别的时候了。

辛远点燃了火把,扔了过去,火劈开黑暗,成为一道命定弧线,从空中飞了过去。随之,辛远从胸膛里发出最后的呼喊:"爷爷,一路走好!"

随话音刚落,转眼间,船床上蓦然腾起熊熊烈火。

辛远胸口像是被什么堵住似的,他慢慢地坐在地上,眼睛却不离开那船床。一缕香,率先而来,幽幽的,像是引诱人心灵深处的脆弱。终于,像个孩子一样,辛远放声大哭。

辛远恸哭,在场的人心里无不酸楚。

一只栖身在最高枝上的鸽子,受了惊,张开了翼翅,从火旁急遽穿过,火光映照着它的身体,翅膀上映现出如黄金的灿灿色泽。

汤一友仰望着那鸟,幽幽叹道:"鸟翼上系了黄金,这鸟便永不能再在天上翱翔了。"

辛远似有触动,含泪望那鸽子在眼前掠过,倏忽间,它在山那边消失了,似一次虚妄空幻的滑行。

"庆幸……"汤一友望着天空,意味深长地说,"你不是那只鸟。"

三人沉默无语,只是望着远处的烈焰。

没有火源,世上没有无端而生的业火。此刻,红色火焰张天,一生累积的矜严和妖冶,自持和失控,飞扬又纠结。噼啪之声,如死亡寂然的呼号。在这临了时刻,船床如一瓣火红色莲花,在黑暗河面上,像一缕熊熊燃烧着的流动灵魂,战栗着悠悠荡去,越飘越远……远处弥漫着淡红火光,不时在黑暗中,蹦跳出几颗彩绘般的火星子。

不等风来,整个天地间,铺天盖地,弥散了沉水香那巨大而无穷的香气。

那气味,辛远辨别得出,温柔、刚烈,那是沈月如。斯文、卑弱,那似乎是爷爷。爷爷化身亲切的气息,宛如一个亡灵用了最后的力气,拥抱住他唯一的亲人。

隔着距离,嗅到了那个时空,沈月如纵身跃湖时扑来的一阵香风。此刻的香,宛如最初失去的。往日气息轰隆而来,与现今气息交织纠缠,两个幽魂同聚三途河,沉香就是曼珠沙华香,唤回往事重重的一场梦。

肆意而神秘的香,氤氲而来,超凡入圣,带着令人难以名状的触动,它引诱着人无言的欲望和往事记忆。从火中,从心中迸发出来,隐秘情感毕剥燃烧着。那香,带着神秘的引诱,令人的情绪无法再克制,千丝万缕,百感交集。人人垂着迟钝的泪眼,一种空空感搅住了每个人,谁也不再挣扎,只默默流泪。但谁也说不清自己到底为何流泪,为何黯然神伤。

每个人终生难忘,仅此一次,那绵绵的香,令他们如此失控忘形,流露哀伤。

外形粗犷的大木,莫名道:"师父和我,来凉亭只有两次,如果包括今天这次的话。"

"师父第一次带我来凉亭时,所说的话,好像还在耳边。"大木抬头望了望凉亭旁的那棵华盖遮顶的大树,感喟道,"师父说,像这类树都是散木,连庄子都讲过这种树不能取材,做成船会沉没,做成棺椁会腐烂,做成门会流脂、不合缝,做成屋柱会被虫蛀。这种树啊,只是长寿,一生却无用。师父他老人家说到这里,就流泪了。"

大木垂卜脸,粗手粗脚抹干了不知何时滑出的眼泪,他又叹息了一声,重重跺了一下地,离去。

独留下汤一友和辛远,伫立出神,视线从那棵障目遮天的大树,又落到了渐次淡薄的火光魇影上。

或许,一开始爱上辛远,就是颜谁的劫难。如果世事从头再来,她对他没有一见钟情,没有上他的车,没有开始相爱,没有世俗的顾虑,没有惧怕父母的影响,没有现实的困扰,没有未来的隐忧,他会不会再次答应她,再次潜入青湖,去捞那只或许早已不存于世的铜炉?

这或许也是爷爷的痛——他前半辈子的因,造成了孙子辛远的果。

颜谁在自己生命中不是无足轻重的路人,梦醒了,才知自己是木偶,牵着的线,就在她手上。

香气酝酿得凄意更盈。对于辛远而言，恍若在近期，接连失去了最爱的两个人。

"我一直希望能挖出你的记忆，想了解颜谁溺水时，到底发生了什么？可如今知道了，却有更说不出的难过……"汤一友也红了眼睛，"青湖，埋葬了多少爱的苦果……"

青湖，情海汹涌，像是回应汤一友的言语，呜咽着光阴中的情感不死。

汤一友叹了口气，从口袋里摸出一东西来，放到了辛远手中。

泪眼朦胧中，看到的，竟是一串木手链！

"明天我要离开这里了。这个东西交还给你。"

"这是？"辛远惊讶抬头。

"是木手链。"汤一友道，"它一直在我手上。"

"怎么会在你手上？"

"沈月如私奔那天，把所有私房钱全放在一个包裹里，包括了她最珍爱的这串木手链。爷爷喜欢颜谁，是他给她的，颜谁一直珍藏着。我和颜谁父母收拾遗物时看到了它，我猜出了她聊天工具的密码，读了她和你的聊天记录，才知道了木手链的来历。"

"她父母恨我吗？"

"或许只有我知道你。"汤一友又叹了口气道，"如果他们知道有一个你的话，如果知道你在她死后，将她抛弃，私自逃离，或许，会恨你。"

"你不恨我吗？"

"对一个自责得大病一场，为此失了忆的人？我有恨，却也不知道该怎么恨。"

远方的火，照亮无垠湖面，似打碎了光线虚假的波纹，在一圈圈扩散着，一波又一波。

辛远再也不说，双腿在颤动，他蹲了下来，手里紧紧攥着那串木手链。

他慢慢地举起那串木手链，只见这串沉水香的木珠，每一颗都镂空了，而内里却凹刻着一个生动的月，从朔、新月、眉月、上弦月、盈凸月和满月，逐渐又成了亏凸月、下弦月、残月和晦月。整整一轮完美的月相变化，月满盈亏,果真是无常之物。

木手链,果真如月!

他把它放进手掌内,它环成一串圆形,依稀如遗漏的标点符号——句号。爷爷和沈月如的故事,甚至还有自己的,就在此时此刻,该画上最后一个句号了。

他看了看汤一友,后者领悟到辛远眼中的含义,点了点头。

辛远站起身,握住了那串木手链,用尽了全身力气,让它在空中经历了一段飞翔之路,飞入了命定的青湖,径直穿过两个女人融化于此的骨骼,一起沉睡在湖底。

风吹来,火已灭去。

肆拾玖

爷爷房里,自从那张沉香木床被搬走后,遗留下了马桶箱、脚踏、小橱,整个空间的格局被打破,剩下的,尽显潦倒。

人死了,连这些死物都显得不够生气,随逝者同逝,年华流光、四散。

辛远慢慢收拾着寥寥无几的遗物,仿佛抚摸指尖那一抹眷恋,抬头看,点燃的三根清香上方,并列着两张遗像。奶奶遗像紧紧挨着爷爷遗像。镶嵌在玻璃相框里的爷爷,无笑,嘴巴紧闭,嘴角略微下挂,有几分落寞。

一线光,从微开的窗里流入。

在光的照射下,辛远见到自己的脸,也映现在爷爷遗像的玻璃面中,重叠着,虚幻着,一生一死、一老一少的脸。他见到自己的嘴,唇形下弯且紧闭,与爷爷嘴的弧度,角度一致。

忽地听到外面有拾荒女人的喊声:"破烂换钱——破烂换钱——"

最后一个"钱"字,声音拉得特别长,听起来显得尤为凄惨。常听这女人遥唱这四字。这短短四字,最初高亢,经历了一段无望,音尾透出了执着后的怨愤,空气被声音震动,形成的波里含有一种不可名状的挣扎,像一条条音符,扭动着,摁在她命中的曲谱上。

往日他听到这样的声音,总会跑出"声如其命"的念头,而今天,一闪而过的,不仅是这个念头,还有……辛远跑到阳台上,喊住了正要拐弯的女人:"喂,收废品的!"

那女人迅速刹住三轮车,回过头来。辛远一眼就认出了她就是和拾荒老人抢一只空瓶子的女人。只见她跳下车来,给车转弯,边转边喊:"这位老板,家里有废品吗?"

"我问你,木家具你收不收?"

"老的,还是新的?"

"老的。"

"收,收!"拾荒女人笑逐颜开走了过来,嗓门特大地嚷着:"我在你家楼下等你啊!"

辛远点点头,走回房里。

他大踏步走到小橱前,分别拉开抽屉,将里面的东西全倒了出来,地上顿时凌乱一团。将所有抽屉清空后,他将小橱柜搬到门口。接着,要对付那只马桶箱,将箱子旁的小抽屉里的卫生纸全倒了出来,下面的小斗门里的东西也全扔到一起,清理好这一切,他凝视那马桶箱,料想那拾荒女人一定不会收箱里的马桶,于是去掀马桶箱盖,打算自行处理那马桶,可伸手一扳,箱盖却一动不动。

他定睛一看,马桶箱的箱盖竟然加了锁?!

能给马桶加锁,全天下,或许也只有爷爷一个了。他抬头望了望挂在墙上的爷爷,爷爷冷幽默似的一笑不笑。

辛远想把马桶箱整个抬起来,尝试了一下,发现有些重量,只好背过身去,在一堆乱七八糟的物件中找寻马桶箱的钥匙,可遍寻了一圈,都没有钥匙。

他跑到阳台上去,楼下的拾荒女人见他露面,又喊:"大哥,好了没有?

要不要我上来帮忙拿?"

"你有没有大钳子?"

"有。你干啥?"

"你拿上来。"

拾荒女人犹豫了一下,停好车,把挂在车子上装钱的小木箱取了下来带在身边,又从车里拿出特大钳子。

她走到三楼,敲了敲门。

辛远打开门,伸手将钳子拿了过来,匆匆道:"马上还你。"说完把门又给关上了。

拾荒女人懵了,醒悟过来,大拍房门。

"喂,你还我钳子!喂,你到底有没有废品?"

辛远不理门外的吵嚷声,他用钳子把锁给钳开了。

很快,房门又被打开。

那钳子被塞回拾荒女人的手里,门里露出辛远的脸,对女人解释:"你等一会儿,我在收拾。马上就好。"

门,又被关上。

女人显然被辛远的举动给弄糊涂了,站在门口,一愣一愣的。

辛远把钳开的废锁拿开,打开马桶箱,将马桶从箱里端了出来。在马桶底离开地面的一瞬间,他心生诧异:这马桶怎么变得这么沉?

他将马桶另放一边,打开了马桶盖子。

门外的拾荒女人等了半天,仍旧不见门被打开,心中有些气恼,大拍房门,愤愤喊道:"你到底卖不卖废品了?你有没有废品啊?喂,喂,你开开门啊?等你半天了。"

门,纹丝不动。

门里面,仿佛死了一样,什么声音都没有。

拾荒女人失去了耐心,却又不甘心离开,咬牙切齿,低低咒骂:"骗子!他妈的全是骗子!"

辛远一直保持着刚才的姿势,自他打开马桶箱子后,他也同房间里的死物一样,不能动弹。

他的目光,死盯着马桶里的一样东西。

马桶内,安放着一只生锈变薄、肮脏不堪的东西。尽管表面已变形损坏,但他仍能从那东西盖子上的网眼和圆弧形的拎环上辨别出,这是一只暖手铜炉!

他伸出颤抖的手,把铜手炉从马桶内提了出来。

铜手炉的手环突然松动,与炉体分了家,砰——砸到了地上。声音吓着了他。他死死盯着炉盖上錾有六棱散热孔的铜手炉,仿佛有可怕的鬼魅会从密集的散热孔中浮现出来。他眨了眨眼睛,眼神里是不信,但更多的是不安。

这铜手炉看起来颇有年头,遍体岁月沧桑。

他终究是伸出手,用力将炉盖从盖合严密的炉身上撬了下来……

在这一瞬间,最后一片记忆碎片,随着他视线所触之物,全回到了体内。眼泪溢满眼眶,像是白茫茫的水花遮挡了他的视线,模糊一片,有不知在地狱还是人间的错觉。仿佛有一道轻柔水纹掠过了脑海,带着梦中暗色的回忆,将熟稔的水底异境,与飘浮的现实对接起来。在重复了无数次的记忆之海里,这一宿命幻影终于穿透了阻隔,清晰可见:

他和她,戴着简易潜水装置,站在凉亭石凳上。凉亭橡上绑了一条长绳,长绳末端绑了重物,绳子垂直而下。

两人彼此互看了一眼。她做了个成功手势,随之两人齐齐跳入青湖,循绳而下。沈月如是提着铜炉投水的,她落水的方位就在附近。

但水底世界比他们想象得要复杂,找了很久,他和她,渐渐分开。

在半明半暗的水底,曼妙地舞动着少量水草。不知是幻觉还是真有水波的折射,水底竟有一条结成了晶体的光柱,直直照射着被水草缠绕着的某一物,拨开淤泥,闪烁出微弱的弥久之光,是铜手炉啊!

世上真有沈月如的铜手炉啊。它竟然还没同周边环境融为一体。他欣喜若狂,接受了这手炉魅惑般的召唤,将它艰难地从水草堆里捧了出来,准备带至地上,让它重见天日。

它顺从了他的虏获,却又想从他手中逃离分崩——手环上的螺丝早已不堪重负,手环与手炉眼见就要分离。他看着黑暗的水底和蔓延无边的水草,心中的惊喜转眼被焦急淹没。

他不敢提那手环,只得小心翼翼地用两只手捧铜手炉。

他想找到颜谁,将铜手炉拿给她看。他探视幽明不清的前方,并没有发现她的身影。他试着转过身子,他看到了她,就在他身后,正睁着一双眼睛,看着他。

他举了举捧在手中的铜手炉,以胜利姿态。她表情依旧,视线依旧,一眨不眨,似乎穿过他的身体望向无限的远方。

他惊觉不对,朝她游去,却发现她已不对劲。

在水底,他的左手握住已无知觉的她,右手拎着铜手炉。

他的气力已经不足,氧气也是,他死死扯着两只手上的人和物,每艰难往上攀升一寸,本就不足的氧气便急剧减少。

突然,铜手炉的手环松动了一下,那细微的感觉通过他的指尖,更令他心跳加快。

他低头看了一下铜手炉,长期浸泡水下的手炉环早已脆弱不堪,用一只手拎,不出水面,它一定会散架,跌落水底。若再下水一次,他不知自己是否还会这么好运,能如此轻而易举地就找到了它。

他本能放开左手,用左手托住铜手炉的底部。

她,软软地沉了下去。

他回过神来,急急去拉她的手,然而,左手一旦离开铜手炉,手炉便不堪重负,有破碎的细微震感从手柄传送到他手心上,这铜手炉随时都会碎开散去。他的氧气已然不够,他俯视她,她双眸一动不动地睁着,似乎已没有生命的气息,她的黑色长发随着水波漾动,飘散在她美丽脸庞周围,异样的虚幻感笼罩在她身上。他只能选择一个。浮出水面的那个世界,那个谁都活得异常艰难的世界,在召唤他右手上提着的东西。或许,只要他的速度够

237

快,她和它,他都能送到岸上去。他的手,渐渐握不住她的。他似乎看到有一串眼泪从她那毫无知觉的眼睛里滑出来。她留给他最后的触感,是她的小手指,最后碰触了他的小手指,轻轻地,如一片羽毛拂过他的手指,如细微的疼痛。从此,一人往上,一人往下,渐渐远离……

沉寂,无声的世界。

他的一念,是他永远不能接受的真相,永远的水之梦魇。她身上的光,越来越阴暗,即将融入黑暗的水底。他知道,他的手,够不到她了。

这只一直被藏在马桶里的铜手炉,好似最后的注释,补完了画面的缺漏。所有的记忆复苏了,所有的故事都完整了——这也是他自己心里一直的困惑:如果一起入水,为什么会有他从岸上跳下去救她的记忆?

原来,他入水,有两次。第一次是他和她一起下水,在湖内,找到了黄金,而她却濒临死亡,他犹豫了一下,本能闪现的一念,让他放弃了她,先拿了快散架的铜手炉上岸。上岸后,他第二次跳入水里,找到了她,把她救回岸上时,已回天无力。

他后来回忆起来的片段,包括汤一友催眠所得知的一切,都是他第二次入水的情景。到了如今,他才明白,原来他的本能,没有选择她。

她的死亡衍生的痛苦,让他无法直面他本性之恶。他抛弃了她的尸身,踉跄回家,当日便得大病,虽被爷爷送去了医院,但他像见不得光的动物,从医院辗转回到家里,昏睡在幽暗里。通过这一场高烧,他失去了记忆,终于让自己看不到本来面貌。

青湖如巨蟒的蛇腹,而这样的自己,陌生、恐怖、残忍,就是蟒蛇的毒牙。他仿佛看到了善良的颜谁被毒牙咬住,吞入了腹内,她没有惊呼,脆弱的生命被撕裂,消失在那不见天日处。他一回想起看到她的最后一幕,身体不由自主蜷缩成一团,手一下又一下地扯着头发。

慢慢地,抬起头,他死死盯着那一手炉的黄金,眼神渐渐绝望。

没有心的躯壳,宛若行尸走肉,原来他早就是个"亡灵"。等他记起事,原来已是来生。而也是在他的手上,葬送了自己和她。

没有预兆地，无声地，他捧起那一手炉的黄金，咧开了嘴，像一只鬼一样，露出白森森的牙齿……

门外的拾荒女人清晰地听到室内有东西落地的声音，她按捺着性子，试图再一次敲门。

咚——咚——咚——

门内没有声音。

咚——咚——咚——

拾荒女人举起的手，猛然停住，她将耳朵凑到门边——门里面有低低呜咽声，哭得似很伤心。

没想到，男人哭起来，声音听起来有这么凄惨。

拾荒女人皱了皱眉头，不知发生了什么事，不敢再敲门，只是将耳朵紧贴在门上。

从门里面突如其来地爆发出一阵笑声，歇斯底里的，又笑又哭，又哀号又嘶喊，像鬼一样幽怨，又像疯子一样。

她被吓了一跳，全身顿起鸡皮疙瘩，见鬼似的变了脸色，她抱紧小木箱子，提着钳子，慌慌张张奔下楼去，控制不住地大喊道：

"疯子，疯子！"

风穿过一道缝吹来，室内飘荡着他从未闻过却又莫名熟悉的气味。在那三根清香的引诱下，时隐时现的沉水香，明媚如初的迷迭香，无处不在的水粉香，生生不息的还魂香，一缕缕上场，一丝丝交缠，一寸寸，一股股，将他紧缚在妖异的香之国内。

辛远望见爷爷遗像中那一个被光笼罩着的自己，映着手上捧着的黄金反射上来的光，金色闪烁着，头发被染成了奇异的金黄色，一飘一飘。一眼瞧去，他这样的人，像是用那些常见俗料铸造成形的，其中包含了飘忽不定的风、重生又透着死亡的气味、沉重的金子和盲瞑无定的灵魂。

他紧盯着遗像玻璃中的自己，看到光在渐渐隐去，蓦然间，暗如湖水浪潮般涌来。他眼前,已是另一个世界。所有的香化虚为实,喷变出黑色云雾般的浓烟,像是从失火的地狱中蹿出,在疮痍满目的人间摇曳。

烟气弥漫,吞噬了一个短暂光华的世界,也包覆了他自己,就像水的包围,一手拎着铜手炉,一手拉着颜谁。此刻他分不清楚,自己到底在房里,还是在水里。他不知颜谁的亡灵会带来什么幻象,他只知道自己四十九天的幻景和考验,已完结了。

这似乎就是坟墓的世界,更是人死后,中阴身七七四十九天后的短暂停留,也只有经历这一程,灵魂才懂:这一切,一直在循环,从来没有结束。

原来是自己牵引着自己,走完这所有选择后的历程,真是可笑的过程啊!

他的脸扭曲着,咧开嘴巴,疯狂大笑,像是要肆意笑尽生命所有能量,越来越响,充满穿透力,跌跌撞撞在六道轮回中回响。

随着这狂笑,黑暗来临,永不向阳。

他随黑暗中不见面目的众生,永堕无限的轮回……

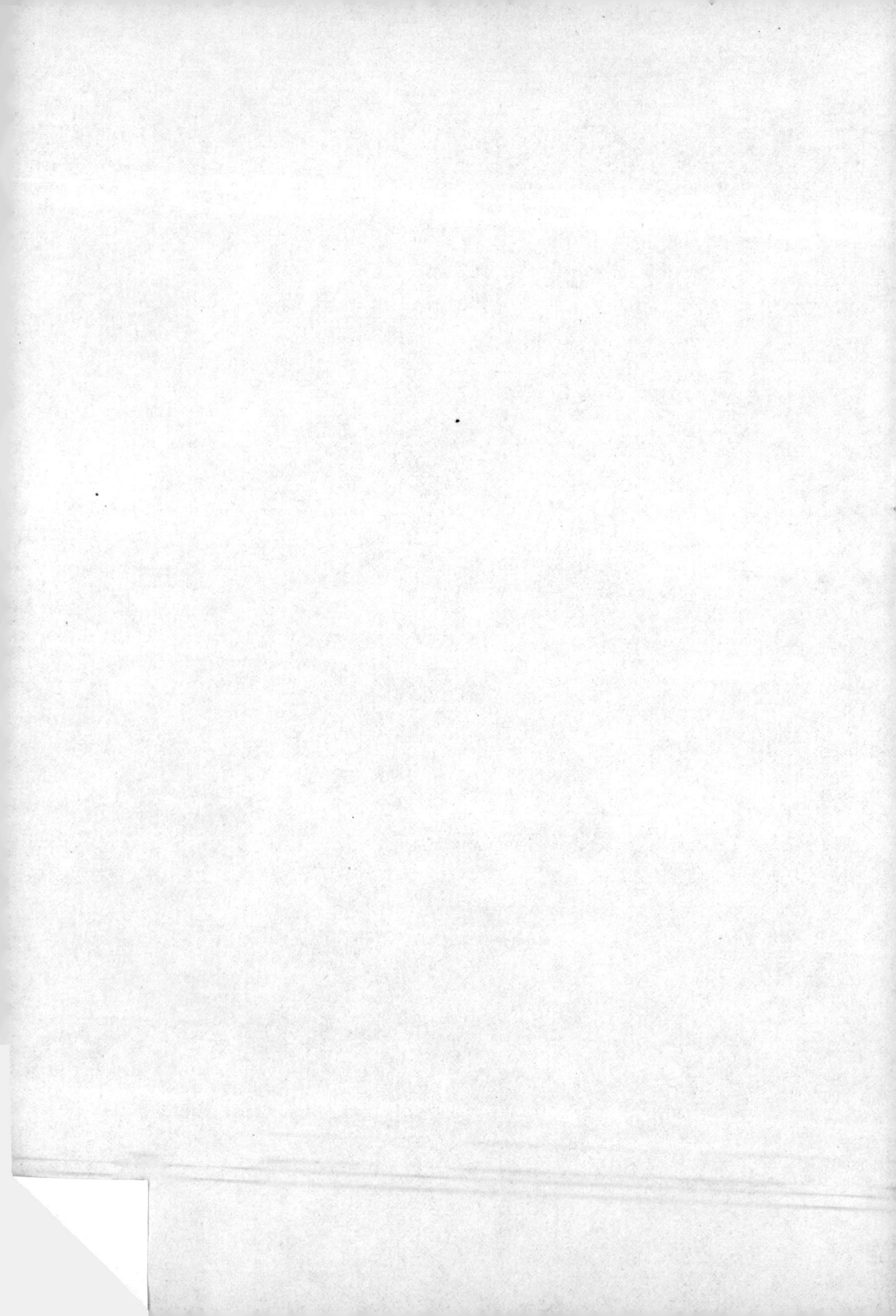